A horse running from dream

廖鲁川 主编

第二届青未了散文奖获奖作品选集

一匹马自梦境中奔来

山东友谊出版社·济南

图书在版编目（CIP）数据

一匹马自梦境中奔来：第二届青未了散文奖获奖作品选集 / 廖鲁川主编 . — 济南：山东友谊出版社，2023.9
ISBN 978-7-5516-2739-9

Ⅰ. ①一⋯　Ⅱ. ①廖⋯　Ⅲ. ①散文集 – 中国 – 当代
Ⅳ. ① I267

中国国家版本馆 CIP 数据核字 (2023) 第 163617 号

一匹马自梦境中奔来
YI PI MA ZI MENGJING ZHONG BENLAI

责任编辑：王德超
装帧设计：刘洪强

主管单位：山东出版传媒股份有限公司
出版发行：山东友谊出版社
　　　　　地址：济南市英雄山路 189 号　邮政编码：250002
　　　　　电话：出版管理部（0531）82098756
　　　　　　　　发行综合部（0531）82705187
　　　　　网址：www.sdyouyi.com.cn
印　　刷：济南乾丰云印刷科技有限公司

开本：880 mm×1230 mm　1/32
印张：8.875　　　　　　字数：200 千字
版次：2023 年 9 月第 1 版　印次：2023 年 9 月第 1 次印刷
定价：59.80 元

《一匹马自梦境中奔来》编委会

◎ 主　　编：廖鲁川
◎ 编委会成员：王光营　曹竹青　王　娟
　　　　　　　孙远明　秦　娟　周　静

序一

用文学点亮生活

◎ 廖鲁川　齐鲁晚报·齐鲁壹点 总编辑

以青未了散文奖和壹点号为平台连接大量的文友，对媒体而言，是幸运的和值得自豪的。

在这个移动互联的时代，信息如洪水般宣泄令人应接不暇，能沉下心来阅读思索、抒发心意成了奢侈的事儿，连带着媒体的融合转型和传播力拓展任务也颇为艰巨，这个背景下，在"齐鲁壹点"上能聚揽上万热情的文友，日更数千篇图文，风光这里独好，岂能不感幸运自豪！

两届青未了散文奖举办下来，效果是明显的。首先是作品总体的艺术水准有所提高，评委会上山东省散文学会丁建元会长、山东省写作学会韩品玉会长、山东大学文艺评论家马兵教授都对参赛作品给出了很高的评价。文学评论家李掖平教授用"非常欣喜"描述了自己的感受。评奖前，《齐鲁晚报》的编辑跟她讲："李老师，这可不是评'茅奖'和'鲁奖'，您得有心理准备，这里面不少作品都是业余作家凭着自己对文学的热爱来投稿参赛的。"然而评完了奖，李教授欣喜地说："好作品好作者有许多，总体水平较之上届有了很大提高。""有热爱文学的情怀，就一定能写出让人感动的文字来。"

还有作者队伍大扩容，从白山黑水到两广湘鄂，从西部高原到东海之滨，都有文友参赛，说明青未了散文奖的名气大起来了。选题更是丰富多彩，作家们记录时代、言之有物，作品则文气饱满、情感真挚。

"文学点亮生活"，是青未了散文奖的主题词。对我来说，更大的收获是通过各位文友的文章、通过线下的聚会，结识了许多新朋友，感悟到文学和当下结合产生的新的魅力，我的眼界也被点亮了。

说两个印象很深刻，令我感动和震撼的场景。

一个是青未了散文奖颁奖笔会。尽管受疫情影响，那天还是有七八十人从各地赶来参会。李掖平教授的主旨发言是我听过的最好的文学鉴赏课，她只拿着一张获奖篇目名单，完全是脱稿的演讲，对获奖作品进行了一一点评。她的演讲热情洋溢，对参赛作品如数家珍，点评字字到位，金句频出，我在台下听得那是如饮佳酿，如沐春风，听到半道赶忙用手机录了下来。李教授演讲的主要内容被我们的记者记录下来整理成了稿件《文学值得让人敬畏》，有兴趣的文友可以搜索来读。讲得精彩、听得认真，气氛热烈、交流酣畅，参加活动的文友大概和我的感受一样吧。我特别注意了一下，根本没发现有早退溜号的。我参加过许多会议活动，秩序这么好、情绪这么高、听众这么认真的，还是头一回儿见。

还有就是壹点号签约作家严春芳老师的新书发布会。这是一场热闹又跨界的文友笔会：跨区域，山东和湖北两省的作协主席来了，专业作家、评论家们来了；跨领域，书法家、公益人、非遗传承人，大家以文学为纽带，和和乐乐得像一家人，倾心交流了大半天。别忘了那可是疫情反复令人心情沉郁的时节，看着来宾们眼中的光，品悟着现场的氛围，我深深体悟到，原来文学可以这么有力量！

这大概就是我们爱写作、爱文学的原因吧！文以咏心，文以载道，把自己内心世界与社会、与自然的磨合碰撞写出来，点亮自己，也照亮周围。我喜欢的一位作家说："人有两个自我，一个是内在的精神自我，一个是外在的肉身自我，写作是那个内在的精神自我的活动。""外在自我会有种种经历，其中有快乐也有痛苦,有顺境也有逆境。通过写作，可以把外在自我的经历，不论快乐和痛苦,都转化成了内在自我的财富。有写作习惯的人，会更细致地品味、更认真地思考自己的外在经历，仿佛在内心中把既有的生活重过一遍,从中发现丰富的意义并储藏起来。"

写这篇文章的时候，我和编辑部的同事多次一起研讨"人文沃土可以深度耕作"这个大课题，策划沿黄河、沿大运河、沿齐长城、沿黄渤海和沿胶济铁路线"四廊一线"文化体验廊道的文化挖掘和新闻报道方案。其中议论到文化人物这个点，数出了众多声名赫赫的人物：在济宁生活了20多年的李白，宋词婉约派代表人物李清照、豪放派代表人物辛弃疾，北宋大家范仲淹，在山东任过职的苏轼、苏辙、曹操、郑板桥……他们的作品写在了黄河沿线、运河两岸，写在了海岱河山、齐鲁大地上，至今还在传诵。

其中苏轼、辛弃疾是点亮自我、光耀后世的榜样。辛弃疾下马文上马武,"气吞万里如虎",是真英雄;苏轼才气英气俱备,志向高远,因秉笔直言历尽坎坷却始终初心不改,是真汉子。苏轼年届不惑时,任密州(现在的诸城)知州两年,当时的密州蝗灾旱灾交加,苏轼深感百姓不易,尽全力治蝗灾、缉盗贼、祈雨寻水、改善民生,这个时期也是形成他现实主义豪放文风的重要时期,此时他创作的作品流传至今的有200多篇。

"古人不见今时月,今月曾经照古人。"历史、现在和未来,文脉传承绵延不绝,读古人的诗词文章,领悟他们的思想和精神,你会发现我们是有纽带相通的——深深的家国情怀,高洁旷达的品格特质,浪漫奔放的风格,积极进取的人生态度……

最近读到一个很励志的人物故事——内蒙古的秦秀英阿姨65岁开始识字写作,之前只读过小学的她,目前已经出版了两本书,书上署名:秀英奶奶。她用心写自己的心、写自己的生活,第一本书《胡麻的天空》完成时已年近古稀。自从开始写作,她的笔好像变成了一把钥匙,一转动就打开了记忆的闸门,一辈子在内蒙古河套平原上见过的人、经历过的事就都涌了出来。2022年,她又著成了第二本书《世上的果子,世上的人》。如今,76岁的她正在进行第三本书的创作。有写作相伴,她也有了很大的变化,不再是无聊打发时间的老妪,上了老年大学,精神抖擞地,活出了一个全新的自我。在她身上,我又一次感受到了文学的力量。

在第二届青未了散文奖获奖作品结集出版之际,以这篇小文表达对文学的敬意,和对所有作者的祝愿。愿大家都能有辛弃疾们的风骨、苏轼们的精神,他们是高峰但一定不是终点。期待各位文友在这块古老的土地上,在这个激昂的新时代,用文字抒写生活,展现人民之美、山河之美、文化之美,记录、讴歌发展和复兴之路,创作出更多、更好的作品。

用文学点亮生活!

序二

你们用文字记录大地正义的心音

◎ 马 兵　山东大学文学院副院长、教授、博士生导师

对于文学爱好者而言，散文是最熟悉的文体，也是最陌生的文体，或者换句时髦的话说：如果你爱一个人，就让他写散文；如果你恨一个人，也让他写散文——而这正是散文创作易写难工的原因所在。"易写"是因为几乎每一位写作者的文学试炼都是从散文开始的，散文作品占据我们创作的巨大版图，散文没有题材的限制，疆域辽阔，可以自由无拘，是包容性和灵活性最强的文体，极易上手。"难工"是因为散文有着巨大的背负，对个人的文学修为和积淀提出极大的挑战——故乡童年、春夏秋冬、风雨阴晴、生老病死、父母恩人，所有构成我们成长最根本经验的领域，"前人之述备矣"，你落笔时如何规避？形散神聚、卒章显志、诗性修辞或朴实的细节，这些散文的要旨人尽耳熟能详，你构思时又如何写出新意？更不要说学养的支撑了。一位评论家说过，民国时期一个三流的散文家放在当下可能都是一流的，这句话虽不免哗众取宠，但有其一定的合理性，因为民国的散文作者大都有极好的旧学功底，又兼有开阔的国际视野，所

以现代散文多种流脉齐头并进，如众泉奔涌，汩汩潺潺，虽不及小说那么引人注目，但是自有卓异宛然的风姿。这对散文写作者而言，是资源和传统，也是巨大的包袱和压力。

读了第二届青未了散文奖的获奖作品，是相当讶异和惊喜的。尽管散文创作是条畏途，但是依然有那么多坚贞的写作者无畏地、坚实地走在这条长路上，且留下那么精彩的文字。这真是让人觉得可喜的事情，也让人对"青未了散文奖"的未来充满期待。整体而言，本届散文奖获奖作品质量高，题材面向广，年龄覆盖面大，专业作家和业余作者共同参与，文体意识自觉；时代生活、齐鲁风情、文化走笔三大范畴的佳作都是大大超过上届的。祝贺所有获奖的朋友，你们的文字体现了一种创化的能力，面对已经过于拥挤了的传统的素材、面对征文主题的必要框限，依然用别具匠心的构思、用或精巧或轻盈或质实或烂漫向荣或充满哲思或布满张力的文字，记录下时代变迁中的个人，记录人心微处的善意和恩慈，记录大地正义的心音。谢谢你们的文字，让我们在一个不断加速迭代的时代依然保持对故土、对记忆、对旧物混沌而溢满芳醇的爱意与沉浸。阿多诺说："对于一个不再有故乡的人来说，写作成为居住之地。"我想补充，阅读也大抵如此，读这些获奖的散文作品，让我本人在一个时间里获得某种素朴的近乡情怯之心绪，这是很久违的一种生命感觉。

刘星元的《一匹马自梦境中奔来》就像它的题目一样，有着令人惊惧的奔涌的力量。刘星元来自散文的厚土兰陵，其散文的厚重其来有自，但他行文的想象力，对语言纤敏的把握，跃动的激情，在语言的疆域攻城略地的雄心和在小说与诗的跨界中自由穿梭的能力，则是他个人独特的标记。我对于星元的创作相对熟悉，相比于他的前作，《一匹马自梦境中奔来》最难能可贵的是，作者勇于走出个人写作的舒适区，通过一匹"用意念与情感豢养、呵护了半生的马"与老驿卒、饲马者、病书生等人命运的牵绊，以马的隐忍和不驯，测度人性的诚与真。这匹自梦境而来的马从时间的序列中挣脱，进入如雕塑一般的视觉空间中；这匹虚空之马的意义并非虚空，它见证了那些为了自我确立而进行搏斗与挣扎的瞬间，它以虚空刺向精神的结节，为我们提供了一份年轻的散文作家勇于自剖的成长切片。这篇散文有华丽奇崛的想象和语言，但更有与之相符的批判的力度和忧虑的思想，它的神韵发自内心，而不是自外的敷粉，它带给读者磅礴的文气和精警的语言质感。

葛小明的《早餐里的烟火》起笔于寻常，却通过日常的吃食写出了深长隽永的人生滋味。在他的笔下，油条对食客有自己的判断，做拉面的汤锅"不虚伪，不做作"，火烧"便捷，粗暴"……这种手法不只是拟人化的修辞那么简单，它背后体现的是作者的洞察力，是一双新鲜的眼睛，是我们习焉不察的人生体验和智性的审美观照的结合。更难得的是，葛小明跳出了写身边琐事而时常难以避免的"性灵""小我""软性"的创作积习，也并非刻意升华寻常巷陌的众生，而是由食物及人进而入世，处处体现了叙事者的沉思，他打量食客众生的目光里隐含着一种休戚与共的"关情"，正是这沉思和关情，让《早餐里的烟火》写出了日常的真意和精华。

小明和星元都是山东省作协张炜工作室的作家，他们也是山东新一辈散文写作队伍中的佼佼者，期待他们未来有更长远的发展。

犁米（李书忠）的《大地素笺》知难而上，通过对儿时乡间分地瓜和晒瓜干的若干记忆，串联个人对城与乡的思考，为坚固的散文乡愁美学添加了一块厚砖。文章的构思立意谈不上新，但是因为记忆真切，文字清拔，情意凝贮而让人读来别有记怀。比如写下雨天抢收瓜干的场景，没有切身的经历是很难写得如在目前的。散文名为"素笺"，对乡间景物的描写却如工笔画一般细致。

陈忠的《从麦穰垛上看过去》将诗与思、历史的感喟和对生命意义的思考冶为一炉。文章的前半部分，通过叙事者对对面山腰上看风景的人的观察，巧妙地把个人的思悟引渡到以"他"为人称的统辖之下，就像卞之琳著名的《断章》，人称的互换隐含的相对之理带出绵延的哲思；文章的后半部分，则引入黄巢的信史和各种关于他的各类传说，文字在叙述中夹带铁骑戈矛的风声，又将这一切笼于个人的感怀之中，文体意识非常鲜明。

陈振林的《母亲去云南》是一篇歌咏母亲的佳作，全文用朴素的语言记录一位普通的从未出过远门的、大字不识一个的母亲因思念儿子而从湖北荆州远赴云南的行旅，就像火遍全网的治愈我们的"二舅"，这位母亲也是凭依"再远的路我也不怕的"亲情踏上远途的，她的朴素的信念和坚定的步履里凝聚的母性庄肃地呵护我们，也提醒我们记得来路。

田俊明的《家物拾忆》以锁、扇子和雨伞等寻常物件串接诸多旧日回忆，调遣出丰富的生命细节，并且总能从物件升华出一种通达的人生理解，如谈到锁，长命锁、嫁妆锁固然寄托了人们的美好，但毕竟"生命锁不住，人生无彩排"，"唯有尽情演绎方才是对生命的最

好诠释"。

钟倩的《秋天的怀念》写她与一条路的"情感联结和灵魂共振",这条交校路就像一张巨大的底片,叠印着作者成长的痕迹。散文开口很小,但内在开阔,对成长的咏叹、对世相的体贴、对社会的沉思,都写得率性而真醇,有一种可贵的静气。

崔洪国的《济南的桥》眼光独到,在济南的山泉湖柳之外,把老城区里的几座桥细细历数,白石桥、青龙桥、鹊华桥等,写出了每一座桥不同的风情和景致,也写出了桥带给济南城的别样温文和风雅。

限于篇幅,还有很多优秀的篇章无法一一记述,而且这挂一漏万的点评也纯粹是一己的观感,不当之处,责任在我个人,请作家朋友海涵。

目录

壹 文化走笔
一匹马自梦境中奔来

003　**一匹马自梦境中奔来**_刘星元

016　**无约**_房子

030　**母亲去云南**_陈振林

035　**家物拾忆**_田俊明

041　**天风海涛琴之绝笔**_张正虹

046　**大写在天地间的"人"字**_王离京

053　**乡村游**_冯连伟

062　**父亲和牛**_冯秀丽

070　**树影里的少年**_张瑞超

078　**一个人与一座村落的千年邂逅**_钟光武

贰 时代生活
早餐里的烟火

087 早餐里的烟火 _ 葛小明

098 向后走的树 _ 刘太义

104 路过南阳 _ 唐戈

118 荒芜中照见的美好 _ 殷艳丽

124 那时春天长远 _ 朱小平

128 乡村教材 _ 王国政

136 致敬烙在心头的那个秋天 _ 程学军

146 溜鲜的年味 _ 徐滔

150 推磨 _ 庄园

158 油炸糕 _ 齐望

叁 齐鲁风情
大地素笺

169　**大地素笺** _李书忠

179　**从麦穰垛上看过去** _陈忠

190　**齐鲁祭坛** _孙葆元

200　**请为大树唱首歌** _陈凯

209　**在生命中总会遇到一座属于自己的山** _董玉军

215　**秋天的怀念** _钟倩

224　**山居纪——济南印象** _徐长臣

239　**一个人的日照** _崔新志

244　**济南的桥** _崔洪国

253　**芝罘味道** _刘玉涛

壹 文化走笔

一匹马自梦境中奔来

一匹马自梦境中奔来

❦ 刘星元

老驿卒

一匹健步如飞的良驹由什么构成？三十年前那位收留我的老驿长曾经问过我这个问题，我告诉他，我会先把他问题里的那匹虚构之马复原到一匹实实在在的马匹身上，然后再像一名屠夫，按照血液、健肉、骨骼、毛发、杂碎……把它分门别类地肢解，将这匹意念中的速度之马，用死亡的静态呈现到面前。老驿长对这个回答并不满意，但他还是收留了我，替我隐瞒了过往，让我替代了不久前那个从马上摔落而死的驿卒，以他的身份继续活在这尘世。

现在我老了，三十年前的那个问题也老了。然而，从问题里飞奔而出的那匹马仍然健在，仍然还在这世间狂奔。这么多年了，我不知道它已经越过了哪条河，跨过了哪座山，奔向了哪个府哪个州哪个县，但我知道，它一直还在时光的深处流浪，从未停下四蹄。我曾无数次想象它现在的样子：它蒙尘而飞，尘像天空中的流水一般沿着它搅动起来的风，滑过它更为顺滑的身躯，它继续向前奔驰，尘却已纷纷向后退去……哦，那匹我用意念与情感豢养、呵护了半生的马，它从时光的藩篱中飞奔，为时光描绘出更具美学意义的曲线，让时光这一不苟言笑、不容商量的判官暂时遗忘了自身的存在以及存在的价值。

或许，我应在心中默默地向已故的驿长重述我的答案。三十年了，时间悄无声息地修改了我对这个世界的诸多认知，倘若能在梦里梦到我初次与驿长在驿站相逢的那个暮晚，倘若在梦中驿长再一次喊住了我将要离去的身影，倘若驿长重新提出他的那个问题，我再不会把一个美好的概念实物化，我会用自己历经三十年后实物化的残躯作证，再来回答那最初的问题。我会说，一匹健步如飞的良驹由风、时光以及诸多我无法言说的东西构成。

这一生，我颠簸的命运是在马背上度过的。如果把一生视为一程，那我前半程与后半程的分野并不是用时间这个刻度界定的。我的刻度是遇见老驿长这件事——遇见老驿长前，我身在战场，骑着马；遇见老驿长后，我身在驿路，也骑着马。

在战场上，我是骑兵。作为骑兵，我出生入死，最后又死里逃生。三十年前，那场戈壁滩上的大战，让我所效忠的帝国陷入了穷途末路，我却侥幸从死人堆里爬了出来。是我胯下中箭累累的坐骑把同样中箭累累的我压在了身下，让我躲过了胜者打扫战场时的再次杀戮。我在风与沙的拍打中醒来，从马腹下艰难地爬出来，在死寂而苍茫的战场上，我经历了此生最为漫长的一个夜晚，从暮晚到黎明，缺口的兵刃、残缺的肢体、枯凝的血液……它们横七竖八地散布于我的周围、我周围的周围。我坐在死去的坐骑上，月光坐在我身上，坐在我身上的月光有一副好心肠，它在舔舐我的伤口、拍打我麻木的面颊，而我却没法唤醒自己的马匹。

在驿路上，我是驿卒。作为一名资深驿卒，作为这庞大帝国的通信线上一颗移动的棋子，我与我的马背负着王朝的荣辱兴衰，穿行于这庞大帝国的土地上。我曾运送过边关的八百里加急，也曾为皇帝的妃子送去过美味的果品；我曾迎着朝阳出发，也曾追赶着夕阳向着虚无前行。夜间赶路的时候，万籁俱寂，只有我哒哒的马蹄声，回响在这空寂的夜色之中。我也曾遭遇过暗杀，他们在我的必行之路上设下埋伏，我侥幸逃脱之后，他们便一路狂追了数十里，直到彻底被我甩到脑后。我运送的消息，往往是一件惊天动地的大事件的萌芽，那些大事件，会在时光的流转中发酵，它们都被镌刻于史书中代代流传，而作为隐藏于其中的一个小角色，我将是被史书率先剔除的杂质，不值得言说。不只是我，我胯下的驿马也很难在历史的轰鸣声中留下飞奔的身影与悠长的嘶鸣。作为微不足道者，我们都被选择性遗忘了。

使命使然，驿路之上，我换了一匹又一匹马，它们与我临时搭档一程，最后又全部被我遗弃于沿途的驿站，就如时光把我遗弃于衰老之列。现在，我老了，新驿长如换掉老马一样也把我从飞奔的驿马身上换了下来，把我遗弃于驿站的沿途。去年的时候，收留我的老驿长暴毙，不久之后，新驿长就到任了。与前任驿长不同，新驿长是当地的富户，家里做着药铺生意。某一日，笑眯眯的他破天荒请我喝酒，一杯酒举起来，我就丧失了驿卒的身份。我想起从前的一位皇帝，据说他只用一杯酒，就轻松卸去了将军们的战袍。然而与将军们不同的是，我并没有得到养老的礼遇——我从驿长手里牵过一匹老马，在驿路上

去为他运送货物。

是怎样的一匹马呢？据说它是从战场上退下来的，不知为何辗转流落到这里充当了驿马，被驿长公器私用。马名黄骠，它的尾巴只剩下半截，垂垂耷耷的；它的左后腿处有疾，一瘸一拐。我曾经历过属于我的战场，它也曾经历过属于它的战场，现在，我们相依为命。

我走的还是老路，用的还是驿马，身份却已不再是驿卒。驿长怕上面深究，再不让我以驿卒的身份出现在驿路之上。驿长太过谨慎了——国家已经开始动乱，各级官吏面对大厦将倾时未知的命运自顾不暇，已经再无精力去监督驿卒这一可有可无的行当了。

不管怎么说，现在，我只是一个运送药材的老奴仆。一路上，时不时有快马与我擦身而过，它们超越了我，向着我的前方或者背后疾驰而去。快马之上，都是年轻的驿卒，我知道他们背后的包裹里，肯定背着火漆密封的忠言或废语。帝国已经病入膏肓，即便是忠言，也不过是延缓它断头的时间；就算是废语，也只不过是让它的死亡提前一点儿来临——从本质上讲，这些加急信件是无足轻重的，它们既构不成良药，也构不成剧毒。

有时候，我和我的黄骠老马来不及避开，那些我不认识的骑在驿马之上的后生就将马鞭狠狠抽下来，叫了声"老东西"，便扬长而去。我不怪他们，因为我也曾年轻，我也曾是他们。他们就是另一个我，而我就是另一个他们——年轻的他们现在还不知道，无论是与我相向而行还是背道而驰，在时光的戏弄下，他们注定会在许多年后重新到达我。

我以衰老的名义，等待着他们自投罗网。

饲马者

我也曾有过这样的一匹黄骠马,它是我在广袤的草原腹地驯服的唯一一匹马,作为北方部落众多王子中的一员,我刚学会这种技艺,就以人质的身份被派遣到了中原。其实我明白,我只是一个鸡肋,只是一个象征之物,无论是在我的母地还是中原,都是微不足道的存在。在充斥着野性呼吸的草原,我亲眼看到过自己的兄弟互相残杀;在标榜文明的中原,我也曾以"猴子"的身份观看颤抖如鸡雏般的异族皇子被屠戮。在街坊林立、铺肆繁盛的中原都城,我为笼中鸟、为安乐公,并时刻担忧会因父兄的反叛招致杀身之祸。我常常做梦,梦中,只有那匹被我遗弃于草原的黄骠马在与我对视,并把我看穿。几年后,王朝倾覆,我乘乱逃了出来,隐姓埋名,充当了这偏远之地的驿站里,一个邋遢的饲马人。

从我委身于这家驿站担任饲马者,已经十年了,十年间,我接待过数不清的驿卒、客商、官员,饲养过数不清的马匹,我自信对于马的理解超越众人,然而,我仍看不清、看不透马的眼窝。我坚信,一匹马的眼睛里,始终藏着一个湖,在它面前,我是心甘情愿的沉溺者;我坚信,一匹马的眼睛里,始终藏着一团雾,在它面前,我是自愿沉沦的迷失者。

今夜与我对视的这匹马,是在傍晚的时候到来的。当那位风尘仆仆的老人将这匹马交到我手上时,夜色彻底暗了下来。我疑心,夜色这最后的质的变化,正是来自这匹马。它把夜色背在背上,藏在身体里,只为沿途配送它们。因为我发现，今晚的夜色比往日更为浓厚、纯粹。

我认识这匹马的主人好多年了。他是个老驿卒，是驿路上的传奇人物，他曾在烈日下、在寒风中、在倾盆大雨或皑皑白雪里，身背文书袋，匆匆奔驰在驿路上。他背在背上的文书袋里，藏着帝国的隐疾，他背着文书袋，快马背着他，他们像巨大的肌体上急速运动的细胞，给帝国输送着紧要或不紧要的信息。与以往不同，这一次他穿着粗布便装，他的马也是一匹老而病的马。或许他这种抛弃身份和速度的做法只是一种伪装，只为了便于更安全地将使命送达。

必须承认，我被那匹马吸引住了。与其它马匹一样，这匹马的眼睛也致幻，然而我发现，这匹马的眼睛里，除了通常所见的镜湖和迷雾，还存在着更为丰富而神秘的镜像。更为重要的是，这匹马，无论是它的外观还是神韵，都与我当年驯服的那匹马一模一样。像老朋友一样，我用手摸了摸它杂乱的鬃毛，它便顺从地低下了头。

我从它的左眼里看到了另一团火。原本是我燃起的一团篝火，但现在，它躲进了它的眼窝里。在篝火的反衬下，夜色显得更加浓密、深邃，老马显得更加神秘、沉稳。我从它的右眼里看到了另一个我。居住在眼窝里的那个我，他还是少年模样，被水墨般似有若无的草原托举着，在一匹急于摆脱他的马的背上翻滚腾挪，渐占上风。

有人说，一匹马只有跑起来，才能分辨优劣。而我则认为，只有在夜晚的马槽间，才能分辨出马的资质。据我所见，夜食之时，越是驽马往往越不安分，它们拒食、甩蹄，与其它马匹争斗，与街头的混混儿一个德行。而真正的千里马，它只是在那里安静地、优雅地、一心一意地吃草，倘若夜空给它一轮圆月亮，它一定不会辜负这样的好意，它会像美人一样借着月光，用唇、用齿、用微风，默默梳理自己的毛发。然而，我却很难评判眼前的这匹黄骠马。与我少年时驯服的那匹马一样，就奔跑的资质来看，它不过是众马中普通的一员，然而它却勾起了我尘封了十多年的回忆。这匹马，它如一面时光之镜，让我与多年前的自己再度相遇。

遗憾的是，这么多年，我已被这凶险的尘世打磨得越来越圆润光滑了，好多不规矩的念头，已在我的血液里凭空蒸发。老驿卒，请原谅我头脑里的不道德：多希望我草原人的野性还在，如果那样，我就可以解下眼前这匹黄骠马的缰绳，让它逐风而去；或者我骑上它的背远走他乡，从此后我们一起相依为命，一起浪迹天涯。

你知道的，在这个帝国的黄昏，在这样一处小小的驿站，一匹马的走失根本就不值一提。

病书生

一场大病把我拦在了驿站。其实更准确地说，是我自己把自己拦在了驿站，拦在了自己用多少年的时光钩织的执念之中。几个月前的秋闱，我落第了。在回乡的途中，没有春风得意马蹄疾，只有秋风秋雨愁煞人，只有近乡情更怯，无言对父老。我因此病倒并羁留于这处驿站。本朝规制，驿站乃飞檄来往、官宦暂借之所，平民不得入住，然而如今帝国根基动荡，这些规制也便形同虚设了，很多驿站开始半官半私，明里依然按照规制行事，暗地里却早已做起了老百姓的生意，而我，就是他们私下里招待的顾客。

我在痛恨这场病的同时，又在感激这场病。它是一个准允我可以晚一点回乡的借口，这样在道德上，我的良心可以稍微轻松一点儿。然而我知道，噩梦终究会到来，我也势必将会回到父母的跟前，到那时，我便是世俗的屠刀下引颈待宰的牲畜。

在驿站，日复一日，我把自己关在小小的斗室之中，如一具行尸走肉。偶尔也出来走走，只是，我通常会选择暮晚，尽管我不认识这里的任何人，这里的任何人也不认识我，但我仍羞于与他们相见。

那一天暮晚，在驿站门口，出门散心的无意识的我差点与那匹马迎面相撞。幸运的是，那马的主人，一个看似也病恹恹的老人及时勒住了缰绳，让马从无意识中猛然醒来，它打了个响鼻，一阵雨就从它的口鼻中喷到了我的身上。我很懊恼，但我还是大度地摆了摆手，表示没事。就是这么一段小插曲，恰好被一个同样住在这里的房客看到，正是在那一刻，他把我错认为另一个人了。房客是个告老官员，他错认的那个人则是个诗人，我知道那个诗人，我的包裹里就有一本一位同年赠与的这位诗人的诗集，但我从未读过。这位诗人因诗而贵，被皇帝赏识，充当了御用文人，为帝国和君主歌功颂德，粉刷门面。然而不知为何，他最后却选择了针砭时弊，讽讥圣上。圣上大怒，却也不愿意承担昏君的骂名，找了个借口，将他送出了京城，任他浪迹天涯去了。我对那个诗人是反感的，我承认他的才华，但我厌恶他的潇洒——他明明得到了天下读书人想要得到的东西，为何还甘愿轻而易举地失去？对我而言，这简直是在侮辱我。尽管如此，在这小小的驿站，我的虚荣却还是逼迫着我做了一个痛苦的选择：在官员希冀的目光中，我默认了他的指认。

我只是一个来自偏远之地的穷酸书生，读圣人言，也希望能代圣人立言；可怜驿站后院那些被豢养的马匹，却又总是希望自己也会被朝廷豢养。多少年了，我一直在读书，读书是为了与天下书生竞争，竞争一场被豢养的梦，在梦中，我相信自己就是一匹马，春风骑马，我骑春风，春风得意马蹄疾，一日看尽长安花。然而此刻，在驿站，这场由竞争失利诱发的削骨抽髓的病，让我第一次认真地去审视自己。我问自己，如果我真的是一匹马，那么这匹马的归宿究竟在哪里呢？

午夜，灯如豆。我翻开那位诗人的诗集，里面的文字在跳动。我看到白衣翩翩的诗人在向我招手，迟疑了一下，我向他走去，走进了他的身体里，与他合而为一。不知道从何处奔出了一匹马，就是那匹差点儿与我相撞的马，在它与我擦肩的那一刻，我飞身跃上了马背。我们向着月光的深处奔去。没错，是月光，但不是十年寒窗下的冷月光，而是诗人的句子里出现的圆而大、明而亮的月亮，它卧于前方的夜空中，指引着我们的道路。一路上，我看见了古往今来那么多的圣人、那么多的君子、那么多的帝王、那么多的将相，他们与我们迎面相遇，又擦肩而过，面对我们，他们默然，他们错愕，他们愤怒。我不管他们，我只管逆行而去，向着月亮而去，向着未知的远方而去。这匹马会带我去向哪里？我不知道，但我好像并不担心。那一刻，我隐隐约约体会到一个词，那是一个在这个世界上还不存在的词，但我相信，千百年后，会有人把它创造出来，创造出这个词的人，定是我隔世的知音，或许，他会把这个词叫做——自由。

跑着跑着，马身上的鞍鞯和缰绳就凭空消失了；跑着跑着，我身

上的衣物和发簪就随风飘走了。天地之间，只有一匹干净的马和一个裸体的我在狂奔，我们之外，世界空无一物。

终于终于，我们闯入了一个光的世界。在光的惊扰或庇护中，我醒来，唯有诗集在侧灯在燃。窗外，天光已经大亮。

我又一次想起了那个诗人，如果说，之前我只是将错就错地默认是他，那么现在，我多么希望自己真的就是他。我又一次想起了那匹差点儿与我相撞的马，如果它也会做梦，如果它的梦中恰好也与我同行，它是否也希望自己就是梦中的样子呢？

我不知道自己抛出的问题的答案。但我知道，我将与那匹马在此作别，分道扬镳；但我知道，作别之后，我还会继续梦见它，在梦中，我们将会抛却那些有形和无形的枷锁，一起走属于我们自己的路。

梦游人

梦境是被挖掘机的轰鸣打碎的。我窗外的工地上，大型机器正在连夜推倒那些和城市发展不相匹配的建筑，深夜里，喧嚣之声穿过夜空钻进我的耳道，我知道，又将有一批存放众人记忆的建筑成为废墟。

倘若梦境也是建筑的一种，时代的"挖掘机"岂不一样在摧毁它？

这是个连做梦都奢侈的时代。我们低头看路，我们忙忙碌碌，我们疾冲奋行，我们被生活这一潭泥沼吞陷，我们被时代无形的链条和齿牙驱赶，对于事物，我们越来越喜欢物质化，越来越注重实用性。对于我们这个时代而言，梦这种东西，不但无形无质又无用，而且还耗费着脑力，让我们在睡去之后仍不得安息。秉承物竞天择的真理，我们中的很多人已经在基因里把梦悄悄地篡改或删除了。是的，对越来越多的我们而言，梦成了空想的代名词、失落的孪生子，与许多美好或不美好的事物的命运轨迹一样，它将渐渐无立锥之地。

　　幸运的是，我依然还在做梦。也可能是一种不幸，它或许是以再现的方式正在我的躯体上抽离——我是说，这一场声势浩大、情景离奇、色彩斑斓的梦境，之所以能如此浓墨重彩地出场，可能别有深意；我是说，如果可以喻指，这场深邃的梦境，它可能意味着，是将要燃尽的火苗的最后一次跳跃，是一个人走到穷途末路时的回光返照。

　　最后一次，在梦中，我远离了本该身处的尘世，远离了尘埃的层层覆压，远离了负重累累的躯体。最后一次，在梦中，我时而为老驿卒，时而为饲马者，时而为病书生……

　　为老驿卒时，我用胯下的一匹匹马为时间加速。在时间飞速的运转中，我如此轻易地触摸到了衰老的面门。在梦里，我提前预知并且体会了自己的衰老；在梦里，衰老之后的我终于学会了缓慢，蹒跚行于人生的道途，等着构建出我的那个我，等着他以皱纹、白发以及诸多疾病的名义与我会合。

　　为饲马者时，我在寻找一匹从时光深处穿行而来的梦境之马，我在这尘世已经积重难返，因此更希望能借助一匹虚幻之马带我跨过这即将没落的繁华，越过这刀光剑影的人性，抵达它的来处以及我的归途。

　　为病书生时，我与梦境中的那匹马同病相怜。我的病来自世俗的价值取向，来自我自身的虚荣和浅薄；而那匹马的病，来自它身上狗皮膏药般的缰绳、鞍鞯以及蹄铁。以月光的名义，我要在梦里与那匹马一起反叛，抛弃别人交与我们的枷锁和轨迹，向着自由的方向飞奔。

其实，我最想把自己置换为那匹马——那匹与老驿卒、饲马者、病书生结缘的马，那匹被老驿卒、饲马者、病书生解读的马；那匹与无数人结缘的马，那匹被无数人解读的马。在梦里，我还没有与老驿卒、饲马者、病书生以及其他我将会遭遇的人相遇；在梦中，我还未被任何人驯服。作为一匹尚未被驯服的马，我曾经追逐过白云。那是在我出生的广袤的草原之上，我随着白云爬上高坡，又向着坡下的草花繁茂处冲去，最终消失于无形。只有风在吹，永不间断，当它们在草上跳跃的时候，任何与它们相遇的事物都会低头。天空之中，一只懂得我的隼会对万物说：列位请看，那匹马被草与花接纳，最终成了它们的一部分；草原之上，一头懂得我的羊则会对万物说：诸位，请抬头看看这亘古的蓝天吧，在这广袤的大野之中，那匹马正在以云的名义飞翔。

在梦中，我还将继续做梦。梦境是从与一匹马的对视中抵达的。那匹马，它把自己的身躯隐藏于自己的眼睛里。在由它泛着水纹、散着迷雾的眼睛幻化出的秘境里，它从一面沉寂了千万年的镜湖中毫无征兆地破水而出，以清晨的名义，踏着流质的更似月光的晨曦，穿过树林中随心所欲聚散的迷雾，向着偷窥者藏身的位置飞奔而来，一直奔入我的体内。

哦，这一匹梦中的虚构之马，它像磁铁，深深地吸附着我，让我在醒来之后仍无法确定，归来的我是清醒的还是沉睡的。假设此刻我是清醒的，当我与它对视，它会留给我怎样的嘶鸣呢？

它可能会说：梦也是会苍老的，如你所见，现在，我也已经衰老到要回顾一生的时候了，所以，请在梦境中抛弃我、放开我、成全我，让我在余生找一处人迹罕至的地方，咀嚼这一生的冷与暖，回味这一世的快与慢。

它可能会说：梦是虚幻的，所以，我将永远年轻，你看到的我的衰老，只是你孤单时想找个陪衬，不至于形单影只而已，当你衰老得再也无力做梦，你将会从梦境里黯然退出，而我将会在梦境里永生。你离去后，作为梦境里唯一的事物，我就是梦境，梦境就是我。

它可能会说：在梦中，你已经借他们之口，把你眼中的我说完了，我已无话可说，然而，这并不代表我对你这些话的认同。

当然，这些"可能"只是可能。我知道，任何妄图用自己的见解去为另一种生灵代言的做法，往往都是可笑的，即便这生灵是虚构出来的。事实上，与一匹梦中的虚构之马对视，我们越是觉得体会到了一点儿什么，我们便越是无知。

❣ 刘星元

　　1987年生，山东兰陵人，中国作家协会会员，山东省作家协会签约作家、山东省作家协会散文创作委员会委员、山东省散文学会理事、张炜工作室学员，作品散见于《花城》《天涯》《钟山》《散文》等刊，散文集《尘与光》入选中国作家协会"21世纪文学之星丛书"，曾获山东文学奖、齐鲁散文奖、孙犁散文奖、长安散文奖、丰子恺散文奖、万松浦文学新人奖、齐鲁文学作品年展最佳作品奖。

♥ 本文荣获大赛一等奖　作品发布壹点号：刘星元

无 约

- 房子

它们被赋予了自然之命,在经历聚合、分散、回归、再分散的命运。有许多极其重要的东西,都在流浪。它们丧失了故乡而寻找着自己的方向。它们其实怀着对乌有之乡的巨大热情,行走在寻找幸福的道路上。

一

芭蕉叶是饥渴的,它们在喝太阳的光。

那上面一些水印,极细小。大水珠分解出来小水珠,像梦一样清晰。留在他口齿之间,一个城市在那里。那些短暂的时间里,他留在那里,像火焰留下灰烬。有一天,他觉得自己是从路边一棵树下迷失的。

那天大雾,从外地回来,进入这个城市。走过街道、房屋,到了路口,突然就失去了方向。他不知道该怎么走,才能走到居住过多年的那所房子。站在路口，他为在生活了十几年的地方失去方向而恐慌。

"这是一个极其虚弱的人。他的肉体和灵魂都受到了严重创伤。"他旁观那个外地，一个梦想之城，在他对未来的规划里，是一个比天堂还好的地方。那里的际遇终于变成一种坍塌。一个熟悉的人形同陌路，许多姹紫嫣红山川水泊，落幕于黑夜的到来。那么好的风景，而人却被空置了。那带给他的疏离感，像是一次对自己的肢解。那些植物，空气，飘散在道路上的气息，全都被时间辜负了。他的存在，变成一场虚空。

好久之后，他回到家里。他不明白，失去方向的早晨，究竟说明了什么。他的感觉和识别能力，为什么会突然丧失。他确定是自己出了问题。他必须再次回到那个路口。深夜，从家里出来，走入了那个地方。他以为闭着眼睛就能走到任何一个地方。他重新出现在那里，终于认清了路口的格局。眼睛把自己带回了熟悉记忆里。

白天，他走进那路口的一个巨大建筑里，穿过回环的走廊，到了一堵玻璃墙的后面。他站在那儿，面对街道，一只手在那里举起来。哦，那个人一瞬间那么熟悉。他嗅到了大厅里一股水果汁液砰溅出的香甜气息。一个吃着水果的孩子，口角是苹果碎屑。孩子边吃边走，从他身边走到远处。那个熟悉的人无数次出现在梦里。

他从大厅里出来，沿着那条笔直的走道，进入房间。整个空间变得昏暗下来。墙壁的雪白色，在空间里和走过的人构成交错的影子。它们安静到毫无声息。过道里飘荡着让人说不出来的味道，那是一种奇异的香气。那让人觉得有些暧昧不明。但又是绵软的，让人紧张的神经松弛下来。他走着走着，整个人就懈怠下来。

房间，初始是空洞的。给人的感觉是一场巨大的变动之后，一切都空寂下来。令人疑惑的是，之前到底发生了什么，已成了未知。房间留下被清扫过的痕迹，黑红色地毯上，有一些深浅不一的水印，空气中弥散着葡萄酒的味道。他先是坐在一张椅子上，朝窗口那地方看了一会儿，目光就适应了整个房间的明亮度。那个条形花纹的窗帘，厚厚的，遮挡着色彩和光，也阻隔了外边街道上的声音。

他依稀熟悉。他觉得身体内某个地方出现了问题。那个下午，他突然倒地，虚弱感淹没了他。他已肌肉劳损。而这一切是因为他不可抗拒地陷入一场内心世界的变故中。当光的影子从身体上斜移，漫过去很久，他苏醒过来，捂着胸口，喊着"疼"。他像一个中枪的人。在身体之外，莲花在几百米之外开放。"只有在远处才能嗅到莲花的香气。"他发现往事中某个情节片段，正在破碎之后复原。

有一会儿，他在念词。或者说他用念词的方式看到，一片无声的黑暗，一个人从那里走出来，怀着使命。"这世界到底有没有使命？"他想。但除了这个词，他不知道该怎么说。而他内心却那么严肃、庄重，它们来自哪里？摸着黑暗中一个小小的塑像。他觉得它们完全代表了某种声音。"听不到这个声音，我活不下去了。"大约，他要走很远，才能走到那条道路上。必须到达一个站台，在交错的铁轨上，找到去向。那路边深夜的灯，才会像一双眼睛。它看着他，一个会移动的城市，正来到这个房间，正在空中飘过。

他在想：这世界是一个需要穿过的迷宫，等待人出去的一个隧道口。他完全陷入对一个出口的梦想里。一个人，不论从哪个方向来，只有站在隧道口，在夜晚亮着灯的指示杆下，才能看到结伴的人影。他们要沿着铁轨的方向，走很远的路，抵达那个想去的城市。那里，模仿了他曾经有过的记忆之梦。

很多日子之后,他在房间里,回想起和地域的疏离。一些幻觉正在那里丧失。一些梦想,在辨别方向,像雾气中的水珠,被早晨的阳光蒸发。在失去出走的想法之后,那些美丽的梦,从另一个方向过来,像烟火,在燃烧之后,变成坠落的灰烬颗粒。仿佛要在,他迷失之后的,一天清晨,尘埃落定。

二

他的影子来到我的乌有之乡,我们互为镜像。

现在回忆,我走过的地方,像一场虚幻。也像极了那谁的一次次失踪。那一片空白,令人恐惧茫然。"我是否真实地存在过?"在毋庸置疑的答案面前,找不到任何证据。我变成了被时间"谋杀"的人。我看见,没有身体的衣服,挂在树杈上,空空荡荡。

一阵急雨过后,秋天残损的蓝花草叶子上,挂着露珠。阳光不是那么明亮,正从游离的云彩中穿行。那明亮的光线,必然很快冲破云彩的遮挡,完全把它的光辐射到大地上。我站在草边,抬头看天,看鲜绿的草。我清楚感觉到光越来越多,光完全洒到这里之后,叶片上闪亮的露珠一点点地消失。露珠是干净的,像从夜晚出来,和我相遇的另一双眼睛。它明亮而热烈地看着,并告诉我一切自然在人内心凝结的本质。它是一种最干净的美。而它却不能永远以一种姿态停留。

或者风穿过来也能把它带走，而光在这个时候，却扮演了掠夺者。光，它蕴涵的时间里，草叶依附露珠的美，带着这么大的悲情。

我确信它们都会走的。这个念头，令人难过。我想要一个人跟着我，在土地上走，在大街小巷走。在无数荒凉的角落里，发现自己的黑影，像一个幽魂。我经历过太多从东到西穿过一条大街的时间。我了解属于一个人对世界的恐惧。我给自己说，世界的本质是孤独的。随便存在的一棵草、一株树，它们与自己为伍，接受外来的雨水和阳光，安静地生长。那种安静，像要等着一场渴望到来的终结，而之后，喧哗和热闹，把物象移植。我在想着，如此一场安静中的抵达，必是某一个人带来的，一场火海。

是的，幻觉是那一滴露珠，看着自己存在于某个沉迷而清静的时刻。而又清明知道那仅仅是短暂的一个过程。是草留不住露珠，还是露珠抛弃草。没有答案。把露珠的安静搅乱了，而光仿佛也带着一种令人绝望的使命，把露珠带走。在这仅有的时间里，答案看起来又并不重要。那些来自阳光之外的力量，是胁迫了，还是拯救了它们？在这里，它们变成了美的伤。那份天光之下的完美，要走了。那个时刻收容了一个人全部的灵魂，而当它们离别，却是灵魂从肉体撤离的现场。你怕走近，又渴望走近。最后终于扔掉那份怕，带着全部的爱，进入了那份美的核心。而之后，却是一次盛大仪式和内容的退场。

天色黑下来，我将如何退回到一间收容自己的屋子？看到障碍，多么巨大，它几乎在一瞬间，丧失了自我。此时，露珠变成了一场回忆，光辉灿烂又模糊不清。它在一面镜子里窜来窜去。黑夜和时间，在我朝向回忆的露珠里，站成了一堵墙。那面墙上，浮出凌乱的画像。我抚摩着那些线条，那些棱角，那些进入柔软而具有吸力的画面，它们变成了内心汹涌的潮水，推搡着摇晃不定的墙体。脚下也变得摇晃不定，我隐隐觉得，许多力量集合着，朝我撞击。胸口上，一阵阵发怵而疼痛。我是否还能站得住？在急促的呼吸声里，感受到巨大的摇晃，产生了倒地的危险——那时，我已精疲力尽，瘫坐在地上。

现在，看着过去。我在我的乌有之乡。沸腾过的水，冷凉过的水，原本都在一个容器之内。隔着透明的玻璃看着一次安静下来的水。我想着，多少次被它们烫伤。那份热烈和灼痛，像画在墙上的图案。在接下来的某个时刻，再一次面对水，我该如何小心地看着杯子，水在时间里冷却下来，想它变成一杯合适而温暖的茶水，在夜晚或者白天供我饮用。我想象，那杯水在我的体内安然存在，肉体获得生命，它们是属于身体的。他们说趁时间还来得及，那些水，我爱的那些水，就一起埋在身体和灵魂中。

太阳走了，那些露珠飞走了。在夜里的梦中，我看到一双手，把人推到天空。那只手只负责把你推上去，而不管你落下来。梦是我的乌有之乡。透过它，我看到，那些走在道路上，被飞翔折磨得消瘦的人。那些生活，那些制造过梦的细节，就像一个个寻找梦想的人，他们把自己推到了天空之上，而我要找到那个梯子，月亮悬坠的天梯。我回土地上，重新做回庄主，安心地在那片土地上，种植花草。或者，百年的人生，到了后期。而不管如何，第二年春日都会来临，草，重新长满脚下。

我不在意，那些看到这样的梦而又笑话它的人。这毕竟是一个秋日凉爽的夜晚。露珠在雨水过后，留在草上，秋天的早上，也并不仅依靠雨水，它们飞走后，河里的浓重的水雾，重新回到草叶上。它们被赋予了自然之命，在经历聚合、分散、回归、再分散的命运。有许多极其重要的东西，都在流浪。它们丧失了故乡而寻找着自己的方向。它们其实怀着对乌有之乡的巨大热情，行走在寻找幸福的道路上。

三

我在寻找：你是那里一个缺席的人。

你看得见一个房间之外全部的风景，以你虚弱的身体，心肌炎的病痛，一双大而清澈的眼睛。囚禁你的白色房间转换了好几个，它们无一例外地成为你在时间里的另一种存在。

我可能在这个城市的某个地方见过你。每天经过的西街上，白天、傍晚，或者夜里，你都会出现。你时常让我惊醒。你消灭了时间。躺在一张床上，一年多了，病情反复。最近一次咳吐，一口鲜亮的血喷出，把人吓住。没人知道你的病因。我常在就职的一家医院走廊上，走来走去。每一个打开或关着门的病房，好像都有你的影子。你说的话，常常在冥思的地方，微弱而清晰地出现：

我从小就不吃肉。每一种肉食，吃它们，我会看到本源。一块鸡肉，是一只鸡；一片猪肉，是一头猪；一片羊肉，是一只羊。我吃不下去。我会看到它们用悲怜的眼睛看着我。

弱肉强食，一个巨大的循环食物链，人是最顶端的那个。我无力反对别人吃肉。我因不吃肉，成为一个近乎植物的身体。你看我像一根瘦弱的草，躺在病床上。一直以来，我的身体维持了它很好的平衡。我吃所有的谷物，身体所需的微量元素都能满足活着的需要。我因心疼而心痛。它是生理的，还是心理的？我想是双重的。别人可能只是心理的，我更为直接，作用于生理。

我不是故意想一个人。故意是一种能力。我没有这样的能力。那些东西掌控了我。我到今天，不觉得我对，也不觉得我错。我对自己没有办法。他的出现，让我没有了"我"的概念。我是后来才知道那是爱一个人。几年之后，我到处找他。我看到他留在这个城市的痕迹，他的照片，写在某些媒体上的文字。我一看到他，就说"是这个人"。他嘴角的笑，无人可知的孤独，一下子，全部在我的面前呈现出来。我好奇这个人，他怎么会那么痛。那天，那条大街上，迎面走过来一个人，他不认识我，而就那一眼，我就觉得我们认识好多年了。

我奇怪，他看都没看我一眼，但是我却觉得他会发现我。当我停住，无法走动时，他旁若无人地走过去，我才知道，他并不认得我。我挪不动脚步，忘记了自己在哪里。人流和汽车喇叭的声音，在那一刻全部消失。有一个影子朝我撞过来，我摔倒的一瞬间，一个男人的手抓住了我的胳膊。我以为是他，一瞬间看到他的面孔，却又惊醒得无比羞愧。

"你没事吧，对不起。"这个男人的声音温和。我连话也说不出来。这个男人扶我到路边站住，我重新听到街道上的声音。那些嘈杂的声音重新又在我耳朵里响起来。

在我这里，爱是比爱人大的东西。它就是它自己。既不大于，也不小于。在我以前的成长日子里，那么多年，没有那个人，少年时我就没遇见过他。他是不在的，所以他不是。

病了之后，害怕想一个人。可我已丧失控制能力。我像一根草，长出来就是这样子。这样思念一个人，身体陷入了病痛。我对不起生养我的父母。妈个子小，不足一米六，头发灰白。她坐在我面前，努力打起精神，紧张地看着我。我愧疚了。他们在我身边，我还是不能制止想念。我非常不安。我觉得不能思念。我害怕自己，讨厌自己。那一会儿，我能把自己怕死，手脚冰凉，不能动。妈一离开，我又拼命地想。觉得这样想，真好。

为什么想一个人，想他做什么，我要怎样。我不知道，不能理解，不能掌控。它以从来没有的面目出现——我不可遏制地想找到这个人，没有力量质疑自己的行为。我一次次跑到那张照片前看这个人的样子，不断地跑开，又不断地回来。到处找他留下的蛛丝马迹。

到底是什么让我这样？那是一个巨大的东西。一开始我就不能承认这个东西的存在。但是它足够完整，足够强大。对于我而言，已没有可分担的地方。它们全部占有了我。我不知道发生了什么。我从来没有具体地面对一个男人，没有过任何细节经验。

我看过太多人世故事，爱情有无数样式，从书里看到过，听说过，以为懂了这一切，觉得千真万确地懂，所以，我从来没觉得自己需要爱情。现在，我发现，以前的我不过像风一样从上面漂过去，没有任何自身的联想。

一个人拒绝和这个世界发生冲撞并伤害，他（她）就只有放弃任何有目的的行为。每个人，都和时间一起成长，而我却没有和时间一起成长。这是很罕见的。一个聪明的大脑，安在一个虚弱的身体上。现在，它们是一种什么结果？大概就像我这样吧。上帝开始惩罚我了吧。如果我死了，这些问题都解决了。

好多人当我是转世的人，以为能给很多人保佑，真是可笑的一件事情。很久以来，我在大脑里屏蔽掉很多东西，我对除他之外的人，失去了表达的欲望，只有看着天空的蓝，无限旷野的绿，我才觉得自己飞翔起来，那时我的身体被轻掉了——知道存在，而感觉不到存在。我不是佛，我现在执迷于一个人，执迷于一种东西，就不是佛，佛讲究放下。

我不是写字的人，文字落后于人的思维速度。人处于思考状态时，是不能写下来的。那样跟不上大脑的思维速度，影响了思考。所以，你记录吧。

——现在，我知道她大脑反应是超速的。她还认为，写字是有目的的，而她拒绝一切有目的的行为，是为了让自己安全。无目的行为，对这个世界没有伤害，也没有冲撞。而我觉得，她的考量和行为，已成为一种悖论的存在，和这个世界的本质一样。或者她缺席的爱人，和她一起，成为陷入这时间深处的一面镜子。我在一旁看到这些，像某一日走过西街，看到一个大人抱着孩子，孩子眼里流出两行泪水，而那孩子为什么哭呢？

四

现在，我在写这个无约之书。

一辆车开走了，许多辆车开走了，那天的黄昏就来了。我不知道该怎么回去，但我在不知道中，沿着一条道路回来了。我又一次失去了和一些事物，在内心的约定。如果我期待约定如期到来，那么约定往往会背道而驰。在诸多窗户的关闭和打开中，我看到一朵花枯萎，另一朵花开放，它们共同拥有一个山坡。其实，这些都是无约的。

有人说每一次完成都是失败，人在失败中长大。我看见了光，它不再是驯服的，也不是一半投降，另一半藏在一个巨大冰山背后而不能动弹。对于我而言，它是一个完整的球体。一个从领地上，升起来的太阳。我在一边看着，光和热力。不像过去那样，总有一种顽疾控制着，我热爱的事物，一边是沉陷的温柔，一边是离别的悲伤。现在，它们像山间长满的荆棘野草，在那天空下，新鲜而散布着湿漉漉的水汽。

我的约定，在那片蒸腾的云之上，下面长满新鲜的夏日之草。它们追赶着一些朝向前方的事物。我告诉自己："这个夏天，无论多么卑微，只要能以一种明亮而深邃的安静，待在身体里，世界就会变得美好，我就会发现更多和过去不同的东西。它们生长在我的文字里，也一并生长在我的身体里。"

在那条小街走着的下午，想到后来某天晚上，我来写无约之书。我不知道谁将看见，或者最应该看到它的人看不到。一想到这，就觉得人生有许多徒劳。人走在去天堂的路上，抓着当下的瞬间，对于身后的一切成为陷阱和枷锁，深觉无力。几年前，从现实与心的夹缝里，爬出的过程，就像刀刀见血的割裂。我知道很多人畏惧丧失生命的一线光亮，不敢前行。

在诉说之前，那段黑暗和混沌，从心里走出的语言已沉寂，像一个肉身变成焚化的尘埃，散落在大地上。这些碎片和千百年来腐化的物体一起，变成共同的尘土。从众多离去的事物里，某件神秘的影像被目光窥视，原来它是一个人。那些有着因果关系，原本一体的碎片，忽然之间被某种神秘力量集合起来，重新有了一次清晰还原。我感动于它们的重现。

我还是离开了。作为一棵水稻，在故乡的秧田里，也作为被移植的树，跟着车奔跑。远方的人，把他（她）的语言交给我，说，温暖的风如何吹拂大地，泥土下的种子如何醒来。在一片混沌的生活里，遇见是多么具有生机。而那些废墟上，世事远离，在灾难和疼痛面前，失去表达，或者任何表达，都不足以成全我们。

一座人来人去的小桥附近，时间空置了的一间屋子，忘了外边的世界。一个人的躯体被一个长久不变的空间收留，似乎成了我一直以来的梦想。只是，那间不足十平方米，白天黑夜亮着灯的小小空间，在某个时候，因为某件事某个人，流水一般遭遇到突然被截停的时刻，最后被埋进了废墟。

一步步地走，低头、抬头，从东到西，走过去。背后的空间越来越大，道路越来越长。天光略微灰暗，缓慢流逝的时间甬道里，某些事件闪电一样划过大脑。模糊和清晰之间，一些面容悲伤和欢乐交替呈现。那些恒定的东西，被我的"永恒的微言"描述过，从沉渣中泛起。我热烈地爱过它们，在类似起伏的水的波光中，我和它们一起浮沉。

幻想站在那儿，永不离开，像小时候父母的关爱，永不离开家。事实上，那只存活于瞬间，或者说很短的一个片段内。体察到每一个生命的必然离去，父母的容颜，见证了生的蜕变，死亡的念头会蹦出来，落在父母身上，会突然惊吓得失魂落魄。到后来，变成一个人守在内心里的疼，一种警醒在内心的梦。

那个长大的孩子，眼里充满惊恐和害怕。那时，她的渴望睡醒了。她想要一束花，一个人的声音，还有一个人的眼神，一只手抚摸她的额头。为什么要这些东西，而又那么重要。事实上，她没有得到这些。她被时间悬置在一种虚无里，而想的结果却是痛楚的。于是，一转身，就那样出现了故障，直至她以失踪的方式，告别了际遇。

现实是一盆张着的兽口，伸向事物的牙齿都是雪白而尖利的……形体隐藏在每一次朝向世界伸出手的姿势里，就像她从一个画面里走出来，说："每次梦见你穿深蓝色衣服，你就会走的。你为什么总穿蓝色衣服呢。"在那个黑夜里，她无辜、懦弱，影子也那么小，躲在春天阳光照不到的黑暗墙角里，一个影影绰绰的小人儿。树要成长，人也要成长。无法成长的树和无法成长的人，是多么悲哀的一种存在呢。

下雨了，那些弱小的草，不畏惧摇晃和雨点的击打，获得长高的能力。它们告诉我：黑夜就在那里，各种意外近乎无可掌控。那些失去轨道的东西，跌落、粉碎、毁灭、消失，或者经历重创仍能承受而复活。在那条道路上，一些被强行改变的东西，逐渐把过去变成，一点一滴消失了疼痛的伤痕。你看到，一切都没有约定。

婆婆的风景写在去天堂的一段道路上；令人刻骨铭心的文字，来自那些物语；你是抒写者，也是阅读者。

❗ 房子

　　枣庄市作家协会副主席，枣庄作协散文创作委员会主任，山东省散文学会理事。发表出版诗歌、散文、小说、评论等多种体裁文学作品 200 余万字，作品收入《山东三十年诗选》《山东作家作品年选》《齐鲁文学典藏文库（散文卷）》《好散文 1978—2018》《首届吴伯箫散文奖获奖作品集》等。获孙犁散文奖、首届吴伯箫散文奖、齐鲁散文奖等。出版散文集《境遇》《被时间偷窥的秘地》。

❤ 本文荣获大赛二等奖　作品发布壹点号：穴居地

母亲去云南

● 陈振林

母亲去云南

我大字不识一个的母亲,曾只身去过云南。

她一个人,从我们的老家荆州监利出发,到达云南思茅区南屏镇。我如今一查地图,居然有1800公里之远。

母亲自然不知道云南有这么远。她连40公里外的县城也没有去过,之前独自到过最远的地方,不过是2公里外的小镇,再就是3公里外她的娘家。她常年往返于自家屋子和自家田地间,不停地劳作,忙着一大家人的生活。但是,母亲知道,在云南的一个地方,有她的家人。她决心要去云南,她要和"大部队"的家人们在一起。

大弟1996年到云南思茅,他本是帮人去做铝合金门窗生意的。三年之后,大弟和他爱人也开了间小铺子。不久,因为缺少帮工,他让父亲和小弟也跟了去。就这样,一大家子人为了谋生,都去了云南。我呢,留在家乡的一所中学教书。

家庭"大部队"去了云南,母亲留在了家里。我让她到我的小家里来,跟着我一起生活。她不肯,她说她得侍弄家里的猪和鸡,还有两亩地的菜园。

可是,有一天,母亲突然对我说:"我要去云南……"那天天气晴朗,是个开学不久之后的日子。

"我开学了啊,得上班,我没法送您去啊。"我说。我心里担心母亲,不希望她一个人去。

"我不要你送。"母亲说,"我自己能走,我能去!"母亲的语气有些坚定。

其实我是真担心母亲。母亲已年过50岁,本来个子不高,不到1.5米;长年劳作,身体也不大好,她又如何能够行远路呢?更要命的现实是,母亲并不善于言谈,在外人看来甚至有些木讷。而且,那个年月的社会治安也不尽如人意,总是传出这样或那样不好的事情发生。

我知道我是阻止不了母亲前往云南的脚步的。

母亲迅速卖掉了家中的猪和鸡,两亩地的菜园也转交给了邻居。她简单地打点了自己的行装,其实也就几件衣物,用一个大袋子装着。我小声告诉着母亲应该怎样注意安全,怎样问路,怎样找到自己车上的座位。母亲不停地点头,像个小学生一样听我说。在那个灯火通明的夜里,我将母亲送上了开往省城武汉的汽车。

她的衣袋里的一张纸上,写有我的电话号码和我大弟的电话号码,这是担心万一出意外时,可以有人联系我们。母亲不会使用手机,当年的条件也不可能让母亲带一部手机。

母亲坐长途汽车到达武汉之后,会前往汉口火车站坐绿皮火车到

昆明。武汉有我的表哥，他负责接到母亲之后，送母亲到火车站。上了火车前往昆明，预计行程时间为27小时。我如今仍不知道，我不识字的母亲是如何找到座位，这27小时里她是怎样去找寻卫生间，火车上的饮食她是怎样安排的，下了火车之后她是怎样走出火车站的。也许天佑福人，我的母亲顺利走出了昆明火车站。

在火车站站前广场，有我另一位表哥等着母亲，然后送她坐上昆明前往思茅的班车。表哥告诉母亲，到思茅之后，就直接叫个的士，到一个叫"倒生根"的地方。

"您要记得'倒生根'这个地方啊！"表哥对母亲说。母亲点点头，算是记住了。我不知道母亲是怎样记住"倒生根"这个地名的。

还有，人生地不熟，连的士长个什么样儿都没见过的母亲，她是怎样叫上一辆的士的呢？

母亲后来告诉我们兄弟："倒生根啊，我种的菜园里好些个菜也有倒生根的，这好记啊。要认得那些的士啊，不难，要是车上边长个帽子一样东西的小车，就是的士啊。"我们兄弟听了哈哈大笑。

一切顺利，母亲到达了叫着"倒生根"的地方，那是思茅南屏镇的一处公园。大弟的铝合金门窗小铺子就在公园对面。那张写有我的电话号码和我大弟的电话号码的纸片，自然没有用上。

我们兄弟后来也问母亲："要是中途没有两个表哥帮忙接送您上车，您恐怕不会去云南吧？"母亲轻轻笑着说："肯定要去的啊，再远的路我也不怕的。"

51岁的大字不识的母亲，第一次独自远行1800公里。这是她第一次坐长途汽车，第一次坐绿皮火车，第一次坐的士。

"再远的路我也不怕的。"母亲知道，那个远方，有她的家人们等着她。

　　那个云南思茅的倒生根公园，我没有去过，但我知道是因为长有一棵特大的倒生根榕树而闻名。那特大的榕树，也名之"一树春秋""独树成林"。因为，这棵榕树太大，倒生的根成了一片树林。每到秋天，这棵树的东边枝头会结满一串串金黄色的榕树果，而生长在西边的枝头，却是一派青枝绿叶。

　　这个奇妙之景的远方，我的母亲曾独身前往。

母亲的歌儿

　　那天，我正读大学的女儿问我的母亲："奶奶，您会唱歌吗？"我已经70岁的母亲连连摆手："奶奶不会唱歌啊，奶奶不会，奶奶儿歌也没唱过……"

　　我的母亲基本一直生活在乡下，她没有进过学堂一天，一个字也不认识，她也没有向别人学过唱歌。可是，在我的记忆里，我的母亲是唱过歌的，而且，我觉得她的歌声还很美。

　　我当时不过六七岁，刚刚上小学。那一天放学之后，母亲要带着我到外婆家去。走在田间的小路上，背着小书包的我落在了母亲后边。母亲看到我的样子，站住等着我，说："你是小学生了，不能落后啊，要加把劲。"说着，她拉住我的手，开始唱歌："三岁的娃，穿红鞋，摇摇摆摆上学来，老师老师不打我，我回家吃口妈（指吃奶）了来……"

唱着唱着，我的脚步加快了，挣脱她的手一下子走到了她的前头。

农忙的时节，好多个有月亮的晚上，母亲和父亲都会在田地里加班收割或者插秧。月光下，我和小我两岁的弟弟坐在屋门口等着他们回来。他们一回到家，简单地吃过晚饭，母亲就张罗着我们在外乘凉。我们兄弟两人，睡在竹凉床上，母亲摇着芭蕉扇给我们扇风。有时，她就会讲《牛郎织女》的故事；有时，她就唱起了歌儿。我如今仍然记得她的唱词："月亮公公，跟我走走；走到南山，去卖瓜蒌；瓜蒌瓜，换枇杷；枇杷丑，换瓜蒌……"

后来我们家又有了小弟，母亲就更繁忙了。父亲已经到学校去工作，基本上没有时间管家里的事儿。母亲似乎成天都在劳作，回到家还得料理我们的生活。在一个下雨天，母亲和我们三兄弟说话，说到有一天我们三个都会娶媳妇进家门。母亲脸上就有了笑，她说："这新媳妇要走出自己的家了，她会哭的；有的不是真哭，哭的是家里席面上的几碗菜。"说着，她开始唱："一碗粉，溜溜滚；一碗鱼，煎烟皮……"最小的弟弟嘻嘻地笑着，我听着母亲唱，也记住了她的歌儿。

一个不会唱歌的母亲，即使生活再苦再累，在哺育她心爱的儿女成长之路上，也是会在心里发出自己的歌声。这歌声，是人世间最美丽的声音。

❣ 陈振林

中国作家协会会员，特级教师，正高级教师，《读者》《意林》等期刊签约作家。现任教于广州市西关外国语学校。

♥ 本文荣获大赛二等奖　　作品发布壹点号：当代散文

家物拾忆

❦ 田俊明

锁

记忆如锁,锁着像宝贝一样的许多往事。每当想起母亲衣柜里的"老古董"——长命锁和嫁妆锁,那童年的往事,就好似立体的黑白照片般呈现在眼前。

锁,在我的印象里,只是锁门、锁柜、锁包,保护贵重物品的防盗之物。母亲的两把锁却意味深长。母亲对我说:"锁,是守护的信物,吉祥的象征,上了锁就安全无虑了。"

两把锁是外祖父手工技艺的结晶,是外祖父用平时攒下的碎银精心打造的。外祖父曾是一位铁匠,在铸银制锁方面也是巧艺精工。母亲说:"你外祖父从小就疼爱我,这两把锁就是为我精心打造的守护物。"

细目看去,外祖父打造的两把锁确是精致的:一把长命锁,小巧玲珑,银制的,古锁状,前面镌刻有"长命百岁",背面刻着寿桃和石榴,顶部两条长链,下垂有八条带风铃的短链,银光闪闪。另一把嫁妆锁,铜制的，也是古锁状，一面是隶书镌刻字"福禄寿喜"，一面是草书镌刻字"百年好合"。

两把锁是母亲淳厚情感的寄托，是对美好事物的企盼。

母亲曾对我说长命锁喻义长命百岁、长命富贵，戴上它图个吉利。我记得有一次母亲带我到外祖母家，外祖母告诉我，母亲小时候穿着红肚兜，戴着长命锁，可美了，长命锁因而受到好多亲友的青睐，都夸外祖父的手艺精。我小时候过生日时，母亲就把这把锁戴在我的颈项上。而今，每当拿起还有我童年体温的银锁，总感到沉甸甸的，它充满了对给予我生命、哺育我成长的父母的感恩之情。

嫁妆锁是母亲出嫁时用的。母亲虽不是出生在"大家"，但也是"闺秀"。母亲当年出嫁没有什么嫁妆，可外祖父做的这把锁格外醒目。

多年来，两把锁被母亲精心保存着。破"四旧"时，两把锁被认为是"封建迷信"之物，母亲悄悄地用绒布包起来，放在一个陶瓷罐里。母亲说："睹物思人，两把锁是历史的见证物，要不忘过去的苦日子，珍惜今天的好日子。"

往事情长。如今，两把锁成了家中的"老古董"。我也逐渐悟出了"锁"的"吉祥""安全"之意，实际上不过是寄托着人们对美好事物的企盼，生命锁不住，人生无彩排，天天都是直播的人生舞台，唯有尽情演绎才是对生命的最好诠释。

扇

扇子，千姿百态，丰富多彩。

就扇子的材质进行分类，有蒲扇、芭蕉扇、葵扇、骨扇、绢扇、麦秆扇、竹扇、羽毛扇、檀香扇、玉雕扇等；就扇子的形状进行分类，有圆形、桃形、方形、葵花叶形、六角形等。

在我的记忆中，扇子总能带来温馨的亲情回顾。

扇子，是全家人夏日的密友，大家一起引风纳凉，聊天读诗。

开始是用蒲扇，蒲草编织的，有一股草香味。继而是芭蕉扇，扇大而轻巧。出门时往往拿的是纸扇，扇面有字画的，也有诗文的。炎夏，扇子是消暑纳凉的工具，家里总是准备几把扇子，入伏热不可耐，人手一把，摇来扇去。

"小扇有风，拿在手中，摇来扇去，扑面清风"，这是小时候，外祖母常自言自语的一句话。坐在自家小院的大榆树下，外祖母一边摇着芭蕉扇，一边讲着古老的神话和故事。外祖母最喜欢讲的是《西游记》中的孙大圣三借芭蕉扇，扇灭火焰山火的故事。她还给我讲过《水浒传》中"智取生辰纲"中的一段故事，挑酒担的"白日鼠"白胜，用计诱使"青面兽"杨志的随从买酒，唱了一首歌："赤日炎炎似火烧，野田禾稻半枯焦。农夫心内如汤煮，王子公孙把扇摇。"外祖母告诉我，歌中说的是火红的太阳滚烫滚烫，田里的稻苗干枯焦黄，农民急得好像心里浇了开水，而那些财主老爷们却逍遥自在摇着扇子乘凉。当然他们摇的不是芭蕉扇，而是昂贵的折扇，这首歌以扇为题讲出了贫富不均。外祖母讲的《西游记》中的那个特大的芭蕉扇和《水浒传》中的那首扇歌，一直留在我的记忆之中。

母亲总爱摇着她的那把蒲扇消暑纳凉，记得高考那年，我在家中复习功课，闷热不通风，母亲总愿拿着蒲扇不时地给我扇风，顿时清风扑面，一股母爱的暖流随着清风徐来，沁人心田。在母爱和蒲扇的呵护下，我度过了一个炎热而又清凉的高考复习阶段。当年，我幸运地考上了省城的大学。

父亲喜欢听京剧，而扇子也常常是父亲乘凉时的话题，他拿着一把上面有字画的纸扇，讲了许多京剧中与扇子有关的戏，《借东风》中诸葛亮手执白羽扇，指挥若定，成竹在胸，展现着"羽扇纶巾"的风采；《西厢记》中红娘手持团扇，扑蝶戏耍；《闹江州》中李逵手持二尺长大折扇，粗犷豪爽；《贵妃醉酒》中，艺术大师梅兰芳凭一把扇子，把贵妃醉态表演得惟妙惟肖。

岁月留香。家中自从有了电扇、装上了空调，扇子的用处就不那么大了。但每当走在路上，或坐在车里，在热风扑来的时候，我仍怀念扇子。扇子携带方便，使用灵活，更难忘的是昔日那蕴藏在扇子里的亲情，这是电扇、空调替代不了的，扇子是无法让人忘记的情感物。

千态百态、丰富多彩，扇扇摇摇、点点拍拍的扇子，总是给我留下美好的回忆。

伞

我的记忆中,伞是情感之物。

一把伞,就有一段美好情感的回忆,有一张美丽的图画,向人们展示着一个美的追求:细雨蒙蒙中,它开放着一方晴朗的天地;阳光照耀下,它支起一篷浓郁的阴凉……

雨天一把伞,寄托着绵绵亲情。

家中的那把黄色油纸伞,虽早已陈旧斑驳,也无人再用它,但母亲却一直保留着。我记忆中小时候的伞,是黄色或暗红色的油纸伞,是在纸上涂油制作的简易伞。那时,家中那把黄色油纸伞,是全家人的共用物。我读小学时,有一次放学回家的路上,天偶降大雨,只好待在路边的一处屋檐下避雨。雨,下个不停,正在我焦急之时,忽感雨停了,好像雨过天晴,迎来一片明朗的天地。噢,一把雨伞撑在我的头上,是母亲撑着一把黄油纸伞为我遮雨。母亲是从家到学校沿路一直找到这里的。顿时一股暖流涌上我的心田。我和母亲共撑着一把伞,紧缩在小小黄油纸伞中,母亲紧紧把我偎在她身边,动情地说:"咱这把黄油纸伞虽说简易,但有奇妙之处,你看雨小伞小,雨大伞大。"母亲的汗水、我的泪水,还有母亲这番有哲理的话,至今还留在我的记忆中。我和母亲共撑一把伞,沿着大雨冲洗的马路,足足走了半个多小时,才回到家里。

一把质朴的黄油纸伞,洋溢着淳厚的亲情,也记录着一家人的人生足迹:父亲撑着这把伞,下乡支农维修柴油机;母亲担任义务街道干部，撑着这把伞走访居民……

旱天一把伞，寄托甜甜的乡情。二十世纪八十年代，我在辽南的一个水乡参加劳动锻炼，那日，骄阳似火，我和村民们在稻田里插秧，汗流浃背。午饭时，烈日当空，又没有阴凉处，只好坐在水田边歇脚。此时，吕大娘给我们送饭来了，可口的水乡风味，主食是当地产的大米焖的饭，菜是水田里养殖的河蟹加盐后，放在缸里腌制的咸卤河蟹。而让人感到新奇的是，吕大娘还带来了几把好似大蒲扇似的东西，笑着说："我带来几把荷叶伞，每人一把，是自家荷花塘里的荷叶，自家编织的，雨天避雨，旱天遮日。"细嗅之，这用荷叶编织的伞，还散发着荷的香气，一把荷叶伞，支起一篷浓郁的阴凉，留下一片温馨的乡情。

伞，家中的那把黄色油纸伞，乡下的荷叶伞，引人无限遐想：想起著名蒙古族歌唱家德德玛赴日本演出时，突患病住院，她的丈夫每日撑着一把红雨伞，到医院陪护，那把红雨伞凝聚着夫妻真情。想起把一颗真心，献给帕米尔高原偏僻的乌恰县柯尔克孜族人民的吴登云医生，他扎根边疆，献血救同胞，抗震建院救死扶伤，实践着站起来当"伞"，俯下身做"牛"的高尚情怀……

伞，留下了太多的情。

❗ 田俊明

笔名田樱，中国作家协会会员、辽宁省作家协会理事。曾任大连市作家协会副主席、大连市企业家协会常务理事，现为大连市作家协会顾问、大连市散文学会会长。著有散文集《榴莲情》《樱花情》《草屋情》《巴厘情》《吴哥情》《基纬情》《雅典情》《海天片羽》《樱》等。

❤ 本文荣获大赛二等奖　作品发布壹点号：穴居地

天风海涛琴之绝笔

● 张正虹

我是一把琴。

"天风海涛",我挺喜欢这个名字的。

如果江月不随流水远去,天上的清风和海上的波涛,也必将洗去尘埃,重卷而来。

如果有一天,有幸相遇,请听我诉说……关于我的前辈——琴的传说,可追溯到《太古遗音》,这是关于古琴最早的传说,也是中国人特有的浪漫。

自然万物哺育了生灵,于是人们将它们赋予器物之上,给予新的生命和内涵。

《太古遗音》说,"伏羲见凤集于桐,乃象其形""削桐""制以为琴"。多么美的传说啊,一切美的创造物。

而那曾经被赞不绝口的、人们深深仰慕的四大古琴,早消逝在了岁月的长河,随着风沙风云湮没。

桓公收藏的"号钟"之琴,加以牛角,那千军万马已然沸腾。

庄王喜爱的"绕梁"之琴,铁如意使它碎了。从此,那万人羡慕的名琴"绕梁"成为绝响。

相如觅音的"绿绮"之琴,成就千古美谈,一心予君,白首莫离,凤凰于飞。

蔡邕制作的"焦尾"之琴,是本就残缺了的美,还是制琴人的含血愤慨:"灵帝无珠走良将,焦桐有幸裁名琴。"

荒!

随着一个恶谥的掷地,琴声哀鸣,我的最后一代主人卷入黄土,我亦随之。

朱檀,我曾经的拥有者,也是朱元璋时代第一个死去的藩王……关于他的故事,我该怎么去讲述?

"好文礼士,善诗歌。"这是《明史》对他的赞歌。

是啊,他也曾经是朱元璋的光啊。

他的出身多么显赫,他的母亲,统领六宫的郭宁妃,他的父亲,一代帝王朱元璋,而他深受帝王的喜爱,两个月大时就被封为鲁王。

朱檀,我的一代主人。

时代变迁,我身边的人来了又走,他们都曾和我诉说,而我陪他们度过枯寂岁月,他们对我,珍兮,爱兮,他们逝去,我悲兮,痛兮。

我曾听他们生命弥留之际的叹息,他们的泪滑落在我的身上,琴弦铮鸣,悲痛欲绝。

在一片沉寂中,他的身躯被尘土掩埋,年轻的脸上还残留着惋惜。

唉,太年轻了,他追求炼丹,想要求长生的道法。可笑,一个藩王,竟因服食有毒的丹药,双目失明,最后身亡……在黑暗中,我已经无法看清外面的变化，只是我知道，时代终将向前，天风海涛的传说终将还能显现在世人面前，那时我再把你的故事慢慢诉。

我隐约听到送葬的奴仆窃窃的私语。

"听说他生前最爱的琴，也随他一起掩入尘土，可惜啊，那可是把好琴，光看上面的花纹，准能值个大价钱……"陆游曾经写诗称赞我的美貌："古琴蛇蚹评无价，宝剑鱼肠托有灵"。

这可多亏了我的制造者，他，赐予我优美的衣裳和华美的外饰，不过这就是另一个故事了。

此时，我只想用尽全力，为你弹奏一曲最后的挽歌，只可惜，这墓内的空气太稀薄，我无法发出任何音符，终于，我陷入了沉睡。

恍惚间，我回到了我的故乡，也忆起了我的童年。

梦里的大唐，"兰陵美酒郁金香，玉碗盛来琥珀光。"还是那么让人魂牵梦绕。

梦里的他，那么清晰，还是熟悉的样子。蜀地雷氏，谁人不称赞一句：好！

在一个平常的大风雪天，在深山老林里的我，在叹息这枯燥的日复一日，年复一年……倏忽，狂风震树，雷威来此，听树之发声，因辨吾之良材，亲制之为琴，名"天风海涛"琴。

苏轼也曾誉吾："声欲出而隘,徘徊不去,乃有余韵,此最不传之妙。"

我得以遇知音，因而发声。属于我的传奇，从那个被称为盛唐的朝代，从那位蜀地雷威开始。

他，我的制造者，为我穿上华美的衣服，这也就有了我们前面提到的，"古琴蛇蚹评无价，宝剑鱼肠托有灵"。

而，关于我的华服，可大有来头。

裁剪成仲尼式的衣形，很好地容纳了我的身躯。衣长121厘米，用以装饰的发饰，足足高7.9厘米，肩宽19.5厘米，衣尾摇曳，宽13厘米。

衣服用桐木做面料，梓木用作底衬，衣身通体黑漆，其上有金片镶嵌而成十三徽和蛇腹纹，琴底二雁足为玉雕仰莲形，并有长条形龙池和凤沼两共鸣槽。

可见，他，在我身上下了大手笔，就单单这蛇腹纹就价值连城了，这可大大提高了我的地位。

岁月侵蚀过后，蛇腹纹仍旧在我的衣衫上熠熠生辉，这特别的加持，让我的歌喉在多年后，还能够松透古雅，音色美妙。

他的大手笔，得以让我名声大振，因而君主心向往之，使我被当作珍品藏于皇室之中。

接下来就是另一个梦境了。宋亡后，我被元世祖忽必烈的曾孙女祥哥剌吉收藏，她是我的第二位主人。

祥哥剌吉对我是十分喜爱的，她热爱汉文化，自然也爱着汉人的琴棋书画。

后来，她嫁给了元朝的鲁王雕阿不剌，我始终伴随她左右，和她生活在鲁国。

梦，断断续续，恍恍惚惚。

又梦到了朱元璋称帝，元朝灭亡。因此我这把绝世唐琴就流传到了鲁荒王朱檀的手上。

朱檀因为荒唐的吃丹药行为而亡故，我也跟着他埋入地下。

这梦可是有点长了，忽然，我嗅到了腐烂尘土之外的味道——那是清新的空气，我知道，我终于要重见天日了。

1969 年的一天，山东济宁邹县的几个农民发现了一座超规格的古墓。不必说，这就是我之前藏身之处。

等到 1970 年，被埋藏了六百余年的我重见天日，震撼考古界。

可我已经沉寂了太久，我的身躯早被腐土侵蚀，七弦已失，再无法发声弹奏。

张正虹

山东青年政治学院学生，山东潍坊人。

指导教师：张然

本文荣获大赛三等奖　作品发布壹点号：而月光衣我以华裳

大写在天地间的"人"字

● 王离京

天人合一,是一种境界。一种古往今来为无数人所孜孜追求、至高无上的处世境界。

我一向以为,在天地之间,一定会有一些地方,能够完美地诠释天人合一的精神内涵,从而成为展示这种处世境界的绝妙载体。这样的地方也许不算很多,但是一定会有。

奔流不息的岷江,流到成都平原的西部之后,写下了一个大大的"人"字。这个大字的一撇一捺,深深镌刻在天地之间,已经约83万个日日夜夜了。这段漫漫的时光,长度接近中华文明史的二分之一。

都江堰,就是那个大写"人"字的别称。作为一项举世闻名的古老水利工程,都江堰如今已被开发为广为人知的旅游胜地。山清水秀、草木葱茏的都江堰,吸引了无数游客前来观光览胜。那些徜徉流连在都江堰的游客们,是被她秀美的风光所吸引,还是被这伟大的水利工程所震撼,抑或是二者兼而有之?

因公或者因私,我去过成都好多次。每次去成都,只要时间允许,我都会去都江堰看看。那是一个怎么看都看不够，每次去看，都会让人生发出一番关于人与天地、关于人与自然之全新感悟的去处。因而，为都江堰写下一些文字的念头，在我的心头，已经蛰伏了接近二十年。之所以迟迟不敢下笔，是因为我觉得，如果对都江堰的伟大，感悟理解不深不透，就贸然写下一些粗陋浅薄的文字，那便是对她的轻慢亵渎，至少也是不尊。

水，是既平常又宝贵的自然资源。人类的生存繁衍，片刻也离不开水的滋润涵养。当然，这是指它在温驯状态之下而言。当它变得狂暴之时，又会给人类带来巨大灾害。这世间所有的大江大河，在滋养了流域民众的同时，频发的水患也经常祸害他们。岷江，自然也不例外。

自从人类文明诞生之时起，人类就在不断探索与水相处、共存之道。大禹治水，不仅仅是个传说。这个家喻户晓的动人故事，不仅寄托着一种美好的愿景，也折射出人类与水复杂紧密的关系。随着社会的发展、文明的进步，越来越多的有识之士认识到，人类不仅要防治水害，更要让宝贵的水资源，最大限度地为自己所用。换而言之，治水的理想境界，应当是变害为利、合理有效地使用水资源。于是，世间便有了"水利"这个词。

大约 2300 年前，一位叫做李冰的秦国官员，被任命为蜀郡太守。此前在他的辖区，一方面岷江经常发生水灾，使流域内民众苦不堪言；另一方面，大量江水在白白流失的同时，成都平原多数时间却处于比较严重的缺水状态，民众耕种完全要看老天的脸色。都江堰，便是李冰为了改变这种状况，造福一方民众，而创造出的不朽杰作。

都江堰的建成，在成就了李冰伟大水利家名号的同时，也证明了

他是一位心系国家民众，具有悲天悯人情怀，敢担当有作为的好官。在当时那种落后的生产力水平之下，修建这样一个浩大的水利工程，会怎样的耗时耗力啊。一个只会关心自己官帽和利益的官员，又怎么肯下决心做这样旷日持久、费力不讨好的事情！

悲天悯人，是一个现代语境中使用频率比较高的词汇。悲天，是为对天地自然的敬畏。悯人，是为对民众苍生的关爱。具有这样的情怀，方能生发出人间之大爱。所以，这四个字的分量，是很重的。翻遍中外历史，真正配得上这四个字的人，我以为并不是很多。我只能说，这世间比较多的，是悲天与悯人二者只具其一的人。而因为都江堰，李冰成了当之无愧两者兼具的一位。

鱼嘴、飞沙堰、宝瓶口，初次从导游口中听到这些名称的时候，我是没有什么感觉的，一听而过而已。那几个地方，看上去也比较平淡自然。草木土地与别处无异，平缓流淌的江水也很普通平常。总之，一点也不让人感觉有什么特殊之处，更谈不上宏伟震撼了。

都江堰，是个有大内涵的所在。如果多去几次，对她进行细细品读回味，从天地自然与人的关系层面深入思考，才能体会到她的神奇，感受到一种巨大的力量。可以这么说，都江堰给人的震撼，是一种心灵精神层面的、无形无声的震撼。而现代一些诸如大坝之类的水利工程，虽然看上去非常雄伟壮观，效用也称得上十分显著，但比之于都江堰，总感觉有些简单粗暴。如果说它们也体现了一些美学精神的话，那也是一种"暴力美学"。

有一种修为，叫做大道至简；有一种存在，叫做大象无形。都江堰的奇妙之处，就在于她一点也不像是人力之所为的水利工程，而更像是浑然天成。都江堰水利工程的精髓，是"无坝引水""四六分水"，巧妙地利用地形和地势落差，顺势导水分水，完美地兼顾了用水治水两个方面。旱时，便于引水灌溉，充分发挥水资源的作用；涝时，利于分流行洪，尽可能减轻洪水的危害。都江堰，完美地体现了道法自然、因势利导的理念，简直就是人与自然和谐相处的神来之笔！

与自然和谐相处，是人类生存发展的最高境界。都江堰的修建，把对于自然的改变和破坏，减少到了最低限度。时常祸害民众的岷江，便也在基本没有改变模样的情况下，大大改善了自己的性情，由一条过往令人畏惧的"害河"，变成了与人亲密相处的"益水"。以往非旱即涝、基本靠天吃饭的成都平原，也因此而实现华丽转身，成为沃野千里、物产丰足的天府之国。

最深刻、最有效的哲学原理，不应当仅仅停留在哲学家的口头上，或是印刷在专著里和论文中，而是应当运用在人类生产生活的实践之中。李冰没有给后人留下什么豪言壮语，史籍中也没有记载下他的什么哲理名言。但是他主导修建的都江堰，却蕴含了深刻的哲学思想，生动形象深刻地诠释了什么叫道法自然、天人合一。一个不具有悲天悯人大情怀的人，是断不会有这样的大手笔的，即便他很想这么去做。心存杂念的刻意为之，是成就不了不朽的。

若要强国，必先富民。都江堰和后来建成的郑国渠，在造福了一方百姓的同时，也一起为秦国的强盛直至一统天下，奠定了坚实的物质基础。李冰和郑国这两位中国乃至人类历史上最伟大的水利工程师，都能够在秦国获得展现才干、成就伟业的机会和平台，个中缘由，也很值得后来人深思。

对自然的深度理解，是与自然和谐相处的基础。我相信，在都江堰动工修建之前，李冰一定无数次来到这个地方，长久地凝视这里的山水草木，在心灵深处同它们进行反复真诚的沟通对话。在双方彼此达成了充分的谅解、高度的默契之后，一向桀骜不驯的岷江，心甘情愿地做出了妥协让步。于是，在大自然雕刻出的那长长一撇的一个恰当节点，李冰又主导着写下了那有力的一捺。一项不朽的水利工程，便也宣告问世。

"全世界迄今为止，年代最久、唯一留存、仍在一直使用、以无坝引水为特征的宏大水利工程"，这是对都江堰最常用的文字介绍。这些文字，很普通、很平常，一点儿也不华丽深奥。但是对于李冰而言，这是对他伟大历史功绩最中肯、最实在的评价。我以为，"仍在一直使用"六个字，比所有褒扬文字的分量，都要重得多。因为这再简单不过的六个字，李冰把自己的名字，永久地刻进了人类文明史。

历史，没有也不应当忘记李冰那个全力协助他修建都江堰的儿子。虽然历史没有记下他这个儿子的大名，人们只能称他为李二郎。没把大名写进历史，并不妨碍李二郎跟自己的父亲、跟都江堰一道永垂不朽。

风光旖旎的都江堰，游人如织。我不知道，那些或漫步游览，或品茗下棋，或轻舞练拳的人们，可曾感觉出，古老的都江堰，宛如一架硕大的古琴铺陈在苍穹之下。那个大写"人"字的一撇一捺，就是这架琴上两条粗大强劲的琴弦。人们又可曾聆听到，都江堰这架古琴每时每刻都在弹奏着一首雄浑低沉的奏鸣曲。左边大大的一撇，奏响的是对天的尊崇。右边深深的一捺，弹出的是对地的敬畏。在这一撇一捺中间，和弦着对自然的顺应。在这首奏鸣曲之中，清晰地律动着李冰父子的脉搏、混响着李冰父子的嗓音。所以,这首没有休止符的奏鸣曲,长空会听到,大地也会听到。

凝神聆听这撼人心魄的乐曲,我仿佛看到,李冰父子虔诚地伫立在天地之间,久久地凝视着都江堰。那不仅仅是他们主持修建的一项水利工程,更是他们向天地自然最好的致敬。中华儿女乃至全人类,没有理由不向李冰父子、不向都江堰永久致敬。

有时在都江堰漫步,我不由会突发奇想,我们国家"基建狂魔"的雅号,原来是有着悠久的精神传承的,它是自强不息、永不屈服的进取精神的体现。敬畏自然、尊重自然,不等于在自然面前逆来顺受、无所作为。在秉持保护自然环境原则的大前提下,努力让自然变得更加适宜人类文明的发展进步,是对自然最好的敬畏和尊重。俄国伟大作家果戈理曾经说过,当歌声和传说都已经缄默的时候,只有建筑还在说话。那些代代相传、生生不息的优秀建设项目,原本就是人类文明的最重要载体之一。

为了纪念,也为了宣传介绍李冰父子,后人为他们修建了一些祠堂、树立了一些雕像、绘制了一些图像。这些东西所展示的李冰父子形象,我想基本都是作者想象的产物。他们的真实面容,早已被漫漫时光所淹没。

李冰父子的模样究竟如何,并不重要。重要的是,我们应当明白,仅仅修建几座祠堂、树立几座雕像、绘制一些画像,并不是对他们最好的致敬方式。

最好的纪念,是精神的传承。

❗ 王离京

笔名谷荻,中国作家协会会员,公开发表出版文学作品 300 余万字,多次获奖,多部作品成为国内外著名高校图书馆馆藏书目。

♥ 本文荣获大赛三等奖　作品发布壹点号:谷荻

乡村游

● 冯连伟

说起旅游，有人说一辈子是场修行，短的是旅行，长的是人生。还有人说，赶快上路吧，不要有一天我们在对方的葬礼上说"要是当时去了就好了"。

对我娘来说，一辈子生活在沭河岸畔的小村庄里，她心中的旅游概念应该是到远离故土的地方走一走看一看，俗语说："十里不同风，百里不同俗，千里不同情"，娘只是想看看外面的世界有多精彩。

娘现在已经成了故人，每每再听到身边的人说起陪同父母旅游的事，我的心中就涌起深深的自责，这是永远无法弥补的遗憾。

我没有实现，没有完成，没有满足娘生前去北京旅游一次的愿望，这成了我心中永远的痛。

没有实现娘生前的愿望，是娘这一生往北最远走到了济南，连黄河大桥都没跨过，更别谈去北京了。

没有完成娘生前的愿望，是娘表达想去北京看一看的愿望时，我是当着家人的面拍了胸脯发了铿锵有力的誓言的，作为给娘的承诺没有兑现;作为给亲人的表态,我没有落实到底。

没有满足娘生前的愿望,是因为娘上北京的愿望其实很简单,她是一位拥有几十年党龄的老党员,唱着《东方红》《我爱北京天安门》成了一名省、市、县表彰的"三八红旗手""妇女积极分子",她想去北京看看天安门,瞻仰一下毛主席的遗容、鞠三个躬,她从没想过到北京还去逛更多的景点,这个小小的愿望,我没带娘去北京又怎么去满足她这简单的愿望呢?

这就是生活!这就是人生!再完美的表态,再铿锵有力的承诺,千言万语,万语千言,都不如一次实实在在的行动。

如今对着娘的坟头,跪在坟前的时候,唯有让我略感弥补一点心中遗憾的,是陪娘一起为数不多的几次乡村旅游。

一

2005年的春天,桃花盛开的时候,我们全家陪着已经75岁的娘一起开始了她的第一次乡村旅游,那次的目的地是蒙阴县。

之所以把第一次外出选在蒙阴县,也是为了满足娘小小的愿望。

出生于二十世纪七十年代之前的中国人很多都对露天电影有很深的印象,很多人写过文章叙述看露天电影年代发生的故事。我也和同龄人一样,让娘抱着、背着,看了不少描写战争年代的露天电影,如《地道战》《地雷战》《洪湖赤卫队》《小兵张嘎》《南征北战》《红日》等等。记得看完《南征北战》后,第二天上学时和小伙伴们学电影里解放军战士说的话:"同志,饭要一口一口吃,仗要一个一个地打",或者学国民党士兵,苦着脸说:"军座,不是我们无能,而是共军太狡猾了。"过了多少年想起来,还是回味无穷。

参加工作后,经常到蒙阴的孟良崮战役纪念馆参观学习,对解放战争时发生在沂蒙大地上的《南征北战》和《红日》的故事有了全面的了解,周末回老家的时候,和娘聊起来,娘说你经常去电影里说的那些地方啊?离咱家有多远?我从娘的问话中判断出娘也想去看看。

于是,利用一个周末,我们一家和娘去了蒙阴。我们尊重娘的愿望,先陪她到了孟良崮战役纪念馆,让娘这位老党员第一次全面了解了发生在沂蒙山区的孟良崮战役,告诉娘当年她看的电影《红日》里说的故事就发生在以蒙阴县为中心的沂蒙山区。娘尽管不识字,没有什么文化,但她却听得非常认真,不时地把解说员的介绍与她脑海里的印记进行对接。

参观完红色圣地,我们又陪娘去看桃花。"春来遍是桃花水,不辨仙源何处寻。"蒙阴县百万亩林果中桃园占了71万亩,我们带着娘在一处桃园停下后,让娘走进桃园手扶开花的桃树,照了很多张照片,娘尽管很疲劳了,但精神状态却非常饱满,始终是快乐的表情。

当娘站在桃花盛开的桃树林中留影时,我手拿相机对准精神焕发的老娘,镜头里的娘笑意写在脸上,但头上稀疏的白发却被风吹得有些凌乱,我放下相机走到娘的身边用手给娘把头发拢一拢,娘也自己用手把散乱的头发往耳朵旁塞一塞,看着娘手上的老茧我的心里五味杂陈。

出生于二十世纪三十年代的娘嫁给我爹的时候,我爹的财产就只有一间半草屋和半个铁锅,媒人给我姥爷说的我爹有两亩地一头牛都是假的。娘16岁嫁给我爹,娘36岁又给爹生了个儿子,让爹拥有了仨儿俩女，到娘63岁那一年，称得上儿孙满堂，但我爹却在那一年离开了人世间，用我娘哭诉的那句话说："从此我还能给谁说句知心话啊。"

娘在乡下的老宅里一个人生活，我平时一早一晚给娘打个电话，可娘每天都要独自面对漫漫长夜。老宅里的鱼缸是24小时开着灯的，缸里的锦鲤每隔一段时间就要补上几条，娘曾对我说："我晚上睡不着的时候，我就起来坐在鱼缸旁，看看鱼缸里的鱼；上院子里走走，小狗爬起来跟在我的身后或跑到我的前头；往头顶上看看，眼睛早就花了，什么也看不清，哪像年轻时好啊。"

娘年轻的时候，为了多挣工分，并且要保证一家老小的吃喝，娘都是天不亮就把大家喊起来推磨，推完磨别人还可以喘口气休息一下，娘在锅屋里又开始忙活，炉台的铁锅里加上水，锅底下是点燃的柴草，地上是支起的铁鏊子，娘开始烙煎饼。天亮了，生产队上工的钟声响起，娘已经让全家人喝上了糊糊吃上了煎饼。

年少不知父母苦，懂时已是泪满襟啊。我也有了自己的儿子，养儿方知父母恩，做父母的，上半辈子抚养自己的孩子，下半辈子又操劳孩子的孩子，等孩子们都长大了，自己已经老了，老得牙快掉光了，腿快走不动了，儿女孝顺的东西只能看看了。

我给娘拍了很多张她在桃花林里的照片，我还对娘说等桃子成熟的时候再陪娘来摘桃，娘说："你们都挺忙的，今天来看看桃花我就心满意足了。"我知道娘凡事都是把儿女放在第一位，她不想给儿女添一点点额外的负担。

娘的这第一次乡村旅游让她激动了好长一段时间，不仅我们回去时她多次说起，也成了和左邻右舍的婶子大娘经常聊的内容。

二

　　陪娘第二次乡村旅游选的是莒南县的马鬐山景区。

　　莒南县与我们是一河之隔。我的故乡位于沭河西岸，沭河的东岸就是莒南县。

　　因为与莒南县一河之隔，从我家沿着河堰走三里地跨过沭河桥就到了莒南县。虽属两个县区，但老家与沭河东岸莒南县的村庄可谓是亲戚连亲戚，特别是离我的故乡十五里地的板泉镇上有逢五逢十的大集市，每年春秋还要举办两三天的山会，是必赶的大集，让我终生难忘的赶春会喝猪肉汤、吃热锅饼，赶秋会吃兔子肉、啃猪蹄。

　　娘那时赶板泉集都是用她那不超过34码的脚一步一步走去又走回来的。但娘走到板泉可以说就到了莒南县的最东侧，板泉再往东是什么样子娘就不知道了。记得我第一次让娘带着我去赶板泉大集的山会，到了集市上看到了人山人海，看到了牲口市里卖猪卖羊的，粮食市里卖小麦卖地瓜干的，农具市里打铁炉旁火星飞溅，熟食市里支起的猪肉汤锅，就是没见山。我问娘山在哪里，被问得一脸茫然的娘拉紧我的手对我说，山会就是人多，人多得跟山似的，一层一层的，娘也没见过山。娘没见过山，我更看不到山，但山会上娘让我喝上了平时喝不到的猪肉汤，吃上了厚达两厘米刻着印模的香喷喷的热锅饼，却是我一直记在心里的。

　　娘去马鬐山还是我们一家陪同去的，这次乡村旅游让娘看到了莒南县的大山。

马髻山景区山峰海拔 662.2 米，风光绮丽，景点众多。导游给我们介绍景区的一些独特之处至今还记得一些：

马髻山，山之雄，石之奇，峰之峭，崖之险，涧之幽，物之美，景之秀，在国内外实属罕见。有"四奇""四怪""四险""四秀"之说。

"四奇"者：芦苇长上马口石，银鱼万条游天地，山顶黑土不见底，金蟾绿背红肚皮。"四怪"者：马髻山四方像天台，山顶倒比山帮矮，十万巨石天外来，陕北山丹丹遍地开。"四险"者：七十二道鹰愁涧，钻天鹞鹰飞三天；八十一座擎天峰，峰峰高耸入云端；千丈悬崖如刀削，猴子见了也胆战；万仞绝壁倒卷帘，神仙看了也心寒。"四秀"者：三面碧水四面山，流泉飞瀑挂山川，云海冲腾托红日，古松老藤伴月眠。

马髻山是座神奇的山，也是座英雄的山。南宋抗金英雄杨妙真在此山下扎寨，率十万精兵演绎了一曲巾帼不让须眉的英雄乐章。至今，山上仍有杨妙真的亲笔摩崖石刻大字："嘉定九年四娘子此山下寨"，是国家级保护文物。山顶有甘露遗址、兵营旧址和生活用的石碾、石磨，还有残留的碑碣和古城墙。这一切，都使游人产生无限幽古之情。

马髻山植被丰富，奇花异草遍布全山，如山丹丹、杜鹃花、映山红、迎春、连翘、地锦、粉黛……《本草纲目》中记载的名贵药材这里有 300 多种。有别处不见的奇禽珍兽，如绿背红肚皮的金蟾，通体透明的天然银鱼，野鸽、山鸡、狸獾、獭兔……有连林业教授也叫不出名字的乔木、灌木和藤萝……清新的空气，使人感到进了大氧吧，与山下的天湖相配，是难得的休闲度假胜地。

娘爬马髻山的时候，马髻山还没有索道，我们只能步行。娘的脚上穿的是偏带布鞋，她的心还年轻，但毕竟年龄摆在那里，体力已经跟不上了，刚开始的时候，娘还可以爬上半个小时才歇歇，越爬她步履越沉重，汗水在娘布满皱纹的额头上密密麻麻地渗出，娘用她那汗味挺浓的毛巾擦了一下又一下，爬到半山腰时，娘摆摆手说："你们别管我了，我不上去了，就在这里等你们。"

我和媳妇对娘说："今天我们就是陪着你出来看一看，你不想往上爬了，我们就下山吧，山下也有很多好看的地方。"于是，我们一左一右搀扶着娘下了山。

山因水而灵秀，水因山而妩媚。一座俊秀的奇山，一湖壮阔的碧水，赋予了马鬐山景区独有的魅力。从山上下来，我们就陪娘在山前的水库边上休息。

我告诉娘这座水库还是1958年的时候开始动工兴建的，现在成了旅游景区的一部分，其实当年修水库是为蓄水浇地，拦截洪水。

娘看着水库给我们讲起她"出夫"的事。娘说："我们年轻的时候，每年生产队都要在冬天农闲的时候组织'出夫'，去修路、修河堰、修河道，咱村北的那条大路从沙子路修沥青路的时候，我还是咱村去'出夫'的队长，带了十几个闺女干了半年多……"

在莒南马鬐山之行我和媳妇陪娘照的众多照片中，我挑选了一张我们三人的合影放大到二十寸，装上相框挂在娘的床头上方，娘经常指着这张照片给到我家的婶子大娘讲她的莒南之行，讲看到的美景听到的故事。

三

娘的乡村游实在屈指可数。

曾经我和媳妇私下商量，我们利用周末的时间陪着娘到临沂所辖县区都看一看，因为临沂的每个县都有自己的特色景点，如沂水的地下大峡谷、天上王城，平邑的龟蒙景区，费县的指动石景区等等，但是随着娘年龄的增大等多重因素的叠加，除了又带着娘去平邑龟蒙景区走了一趟，其他地方就没再去，再往后想去其他县区看看，娘的身体状况已不允许了。

我现在常常反思，人生就是这样的无常。父母总认为我不会长大，再大也是他们眼里没长大的孩子；我总认为父母不会变老，他们已经老了我还是认为他们没老；有一种幸福叫陪伴，其实，我们已经长大，父母已不再年轻了。

趁着他们还年轻的时候，多陪他们去看看外面精彩的世界；他们已经变老，常回家看看陪他们聊聊过去的岁月。

父母在，人生尚有来处，多为他们做一点事是一种幸福。

父母不在，人生只剩归途，再想为他们做什么已找不到他们在哪里了。

尽孝，在早；子欲孝而亲不待，是终生的痛。

我已经没有机会陪娘哪怕到村外去走走看看田野里的麦穗和田坎上的野花了，因为村外是娘的土坟，她在地下，我在地上。

❗ 冯连伟

山东临沂人。中国作家协会会员、中国散文学会会员、中国自然资源作家协会会员、山东省作家协会会员、山东省散文学会副会长、山东自然资源作家协会副秘书长。作品散见于《阅读》《散文海外版》《散文百家》《绿洲》《中国报告文学》《当代散文》《山东文学》《时代文学》等杂志；有作品选入各年度散文选本，曾获山东省作家协会颁发的《时代文学》年度散文奖、《齐鲁作品年展》最佳作品奖，并在全国散文大赛中获若干奖项；著有散文集《静水深流》《真水无香》《似水流年》《掬水留香》《水，在说》等。

❤ 本文荣获大赛三等奖　作品发布壹点号：真言贞语

父亲和牛

◆ 冯秀丽

吃过早饭,母亲又煮了一大锅小米粥。烧大锅的时候,母亲一边拉着风箱,一边往灶里塞木柴,还不时停下来拿围裙一角擦眼睛,可能是烟熏到了眼睛。父亲蹲在堂屋门口,抽着卷烟,一口一口慢慢地吸进去、吐出来,眼睛盯着小东屋。

小东屋是牛棚,有两头牛——一头老牛,一头小牛,这是母子俩,拴在牛棚的右边;还有一匹毛驴,拴在牛棚左边。两头牛悠闲地吃着牛槽里的拌料,今天母亲在草里多加了两升麦麸,每一片草叶、每一截草段都被麦麸包围了起来,像用淀粉包起来的炸带鱼。老牛吃进嘴里一大口拌料,慢慢地咀嚼,很享受的样子,长长的牛尾甩来甩去,驱赶嗡嗡乱叫的苍蝇,不时抬头往屋外望望,正好能看见蹲着吸烟的父亲。小牛吃得有点急,嚼几下就咽了,再从槽里吃一口,好像在和老牛抢食吃。毛驴只顾低头吃自己的拌料,偶尔抬起头来,看看牛,看看牛槽,比较一下自己和它们的草料有何不同。

父亲吸完一支烟,又卷了一支。这时厨房传来母亲揭锅盖的声音,父亲把刚刚卷好的烟卷卡在左耳朵上，起身到井边提了一桶水，倒进一个大铁盆里，又提着铁桶进了厨房。母亲把煮好的小米粥都盛进铁桶，一点都没有剩下，父亲小心翼翼地把铁桶提出厨房，倒进大铁盆里。两头牛听到铁桶碰大盆的声音，听到水的响声，都要出来喝，使劲甩牛头，想把缰绳挣脱，挣脱不掉，就把牛屁股转到了门口，老牛的后腿站在门外边，牛屁股示威似的扭个不停。小牛也往外挣扎，屁股顶着老牛的头。毛驴也想出去，可过道被牛占满了，它连驴屁股都转不过去，急得直叫。

父亲往大盆里放了一升麦麸，才去解牛的缰绳。父亲拍拍老牛的屁股，老牛往里缩了缩，给父亲闪出了点地方。父亲贴着牛屁股走到牛槽跟前，先把拉得紧紧的缰绳解开，老牛感觉到牛鼻子上的缰绳松了，就想调头往外跑，向左调头，被牛槽挡住，向右调头，被驴槽挡住，试了几次都没有成功，就屁股朝外慢慢退了出来，一出门就朝大盆跑过去。小牛看到老牛出去了，挣扎得更厉害，缰绳勒得更紧，父亲费了好大劲才解开，缰绳一松，小牛就冲了出去。驴也想出去，父亲却没有解它的缰绳，等牛喝完了才能让驴喝呢。两头牛大口大口地喝着小米粥，本来就吃得圆鼓鼓的牛肚子眼看着变得更大更圆，一大盆汤水很快见底。父亲点上卷烟吸着，蹲在旁边看着，母亲站在厨房门口看着，眼睛里不知有了什么，又拿起围裙擦了擦。大盆里的小米粥没有了，两头牛就用舌头舔盆壁盆底，想把每一个米粒都吃下去，一粒也不给驴留下。母亲看两头牛喝完了，对父亲说："牵走吧！"父亲深深吸了一口烟，慢慢吐出来，说："停一会儿，再让它们舔舔。"等了一会儿，看到两头牛把大盆舔得干干净净，母亲说："行了，牵走吧!"父亲这才把手里的烟头扔掉,起身走到两头牛身边,牵住两条缰绳,拉着它们朝大门外走去。母亲把刷锅水倒进大盆,准备喂驴。

父亲把牛牵到后院,先把老牛拴在了柱子上,又拴好了小牛。父亲从墙角拿起一把大扫帚,在小牛身上扫了几下,又给老牛扫。父亲先把老牛身上沾着的草叶一片一片取下来,然后用扫帚清扫起来。父亲轻轻地扫,一些藏在牛毛里面的草屑、灰尘纷纷落下,一些脱落的牛毛也随之飘落,老牛一会儿摇摇头,一会儿甩甩尾巴,算是对父亲的回应。扫完左边,父亲又扫右边;扫完右边,父亲又从前往后扫,扫得仔细又认真。看看没有漏掉的地方,父亲放下扫帚,解开了老牛的缰绳。出了门,父亲把大门锁好,里面传来小牛"哞哞"的叫声和蹄子蹬地的声音,父亲知道它想跟着老牛一块出去。老牛朝里面"哞哞"回应了几声,像是告诉小牛,别着急,我去干活,一会儿就回来。

父亲牵着老牛往村北走,这条路老牛太熟悉了,我家的地就在村北紧靠小河沟的地方,犁地、耙地、播种、收获,都走这条路,一年不知走多少次。老牛今天觉出了身上的轻松——没有笼嘴、牛套,也没有犁铧、麦种,步伐显得轻快,大嘴来来回回咀嚼着,不知是咀嚼昨天夜里吃进胃里的草料,还是品味刚才喝的小米粥,嘴角冒着白沫,隔一会儿就掉下一块,在地上留下一小片湿,像在地上做的记号,随即又被蹄子抹掉。父亲的步伐看上去很沉重,每前进一步似乎都要下很大决心,完全不是往日那种大步流星的样子。路上碰到很多街坊,他们热情地和父亲打招呼,父亲却没有往日那般热情,仅微微一笑,不说话。

走到我家的地头,老牛停住了脚,父亲感到手里的缰绳一紧,也停住脚。老牛记得自家的地啊，父亲想。在这块土地上，他和老牛一块干了十多年，洒下了多少汗水。想当初，比现在年轻十多岁的他把比现在年轻十多岁的老牛从三里外的集市上牵回家，带它到这里干活，之前从来没有戴过套、拉过犁的牛，不听使唤。母亲牵着缰绳，父亲往牛身上放牛套。牛年轻力壮，劲头正足，父亲一把牛套往它身上放，它就马上挣脱。母亲使劲拽着缰绳，想让它站住，牛就四蹄蹬地往后退。来来回回几个回合，都没有成功。父亲生气了，就用铁锨把打牛，铁锨把一下一下落在牛身上，啪啪响，牛疼得哞哞叫，叫着躲着。母亲心疼，说别打了，停会儿再试试。父亲还是生气，说不打它不听话，打一回它就长记性了。牛没长记性，倒是留下了"后遗症"，只要父亲靠近它，它就吓得往后退。父亲和母亲忙活了一下午，也没能给牛套上牛套，庄稼却被牛踩坏了不少。回到家，爷爷说使唤牛跟使唤驴马不一样，驴和马不听话，打一顿就听话了，牛不行，你越打它，它越不听话。得跟牛亲近，使唤的时候先给它挠挠痒痒，让牛放松，再慢慢地把牛套套上，不能着急。父亲听了，再也不打牛了，牛也渐渐听从使唤，下地干活了。十多年来，牛都在这块土地上劳作，人休息，它也跟着休息。父亲休息的时候，喜欢卷上一支烟，慢慢地吸，或者跟在邻近地里干活的街邻凑到一块聊会儿天。牛休息的时候，就卧在地上，抬着头，一张大嘴不停地咀嚼，两个大鼻孔呼呼喷气，有时它会仔细打量耕作过的地垄，抬头静静地看着，是对自己的劳动成果感到满意，还是在计算干一垄地需要的时间，没有人知道，我也不知道，我猜不出牛在想什么。我的任务是看有没有牛虻叮它喝它的血，看到牛虻我就打。

老牛除了春耕夏收、秋收秋种，每年还给我家贡献一头小牛，偶尔也会贡献两头。我记得老牛共生了两次双胞胎，第一次只成活了一只牛犊，第二次两只都成活了，不过有一头牛犊怎么也长不大，它的哥哥都快跟老牛一样高了，它才大山羊那般高。父亲见这头小牛无法干活，就牵着老牛，带着小牛到集市上去，要把小牛卖掉。结果，没有人要小牛，倒是有不少人问老牛卖不卖。过了两天，邻村的一个人来我们村走亲戚，看到我家这头小牛，就买走了，说要当个山羊养着。每头小牛养一年就卖掉，卖的钱就成了我和弟弟妹妹的学费。老牛是家里的大功臣啊，父亲常这样说。

地里的玉米苗长势正旺，秆粗叶壮，绿油油的叶子像一把把利剑刺向天空。老牛抬头向地里望了望，它应该想起自己在这块地里来来回回拉了多少次犁铧、耧和耙。一阵风吹来，玉米叶子哗啦啦地响，仿佛在向老牛表示欢迎和感谢。老牛低下头，张开大嘴，拔下地头一丛青草，舌头一卷送进嘴里。这里的青草不知吃了多少次，它还是吃不够。"走吧！"父亲说着，拉起了缰绳。眼前这条路，紧贴着我家地头向北延伸，老牛对这条路并不陌生。当初，父亲把它从集市带回我家的时候，走的就是这条路，不同的是，那次是从北往南走，这次是从南往北走。从南往北，老牛也不陌生。每次卖小牛的时候，父亲总要牵着老牛一块去，只要老牛一走，小牛就会紧跟着，要不小牛不走。去的时候两头牛，回来的时候就剩老牛一个了，十多年来老牛每年在这条路上走一遭，都要经历一次骨肉分离之痛，不知它落了多少泪，心碎成了什么样。今天还是从南往北走，但只有父亲和老牛，没有小牛跟着。老牛像是注意到了这件事，向左向右向后摆头，寻找着小牛，没有看见小牛，就哞哞地叫了几声，没有小牛的回应。老牛不知道今天要去哪里，是不是还是要到集市去，要是到集市去，没有小牛跟着，去干什么。父亲紧拉着缰绳，老牛紧紧地跟着。

从我们村子到集市只有不到三里路，平时也就走二十多分钟，今天父亲牵着老牛走了一个小时还多。集市东头是座桥，过了桥向右转，是一片小树林，那里已经拴着很多牛马驴骡，很多人在它们中间走来走去，打量着它们，卖者、买者还有牛马经纪人商量着价钱。父亲牵着老牛走进小树林，在里面溜达起来。老牛不时低下头嗅嗅，鼻子一呼气，地上的尘土就飞了起来，出现两小片白白的地皮。老牛是不是在寻找自己以前留下的印记？自己的几个脚印，一泡尿、一块粪便残留的味道？对这个地方，老牛太熟悉了。当初，它就是从这个地方被牵着它的这个男人牵回石马村的。还是这个男人，每年都会牵着它带着它的孩子来到这里，最后把它的孩子卖掉，再牵着它回家。十多年，十几个来回，来来回回中它变老了。十多年的耕作，十多年的怀胎育儿，耗尽了它身上的能量和心血，现在也到了该休息的时候。从哪里来，到哪里去，这个小树林就是它的归宿吗？

有两个人走到父亲身边，问父亲这牛卖多少钱。其中一个人还掰开牛的嘴唇，看了看牙口。父亲看他们，跟自己一样是种地的，就说了个价。看牙口的人说，这牛太老了，干活不行，你这个价太高。接着，他报了一个价，父亲嫌低，摇摇头。又有几个人围走过来打量着老牛，看看牛身，拍拍牛背，捏捏牛腿，问父亲卖多少钱。父亲见这些人大都五大三粗，黑红的脸庞上横肉满挂，腰里挂着一个鼓鼓的钱包，一看就是干杀牛营生的人，心里不大愿意卖牛给他们。父亲说："不卖给你们，你们会杀了它。"一个大个子笑了，说："你把牛卖了就行了，管我们杀不杀干什么，我们给你个高价。你看你都转悠这么长时间了，天都晌午了，早卖了好回家吃饭去。""让我再考虑考虑。"父亲说完，牵着老牛走到一小片青草跟前，让老牛吃吃草，老牛看见青草立刻低头大吃起来，带刺的大舌头卷起青草拔出来送进嘴里。

父亲蹲在地上，卷了一根烟点着，一边吸一边看着老牛吃草。

"十多年的老朋友，今天咱们就要分开了，我真有点不舍得啊。以前我用棍子打过你，用鞭抽过你，使唤你干活，你受了太多的累，你不会怨恨我吧！我知道你是个牛脾气，牛哪能没有牛脾气呢，我也知道你大肚子里能撑船，你是不会生气的。今天，咱俩的缘分就算到头了，一会儿我回我的家，你走你的路，走到哪里去，就看你的造化了，别记恨我。"

烟吸完了，父亲站了起来。刚才要买牛的人走过来，对父亲说："卖给我们吧。"父亲点点头。那两个人又跟父亲讨价还价，最后终于商量好了一个双方都能接受的价钱，买卖成交。买牛的人把缰绳解下来还给父亲，用一根粗绳套住了牛脖子。

"你们先别装车，等我走远了，你们再装，一会儿再装。"父亲说完转身就走，身后传来"哞哞"的叫声和牛蹄子"嗒嗒"蹬地的声音。父亲的眼睛模糊了，他擦了擦眼睛，头也不回地朝家走去。

到了我家后院，父亲把缰绳挂在拴老牛的柱子上，旁边的小牛看见缰绳，"哞哞"叫着，使劲拉扯着自己的缰绳，想向拴老牛的柱子靠过来，几颗大大的泪珠从它的眼睛里滚落到地上……

❗ **冯秀丽**

男，1976年8月生，山东省聊城市莘县人，现为莘县第二中学教师。工作之余喜欢读书、写作，主要创作诗歌、散文、小说等，曾在《乡韵》《教师报》《大风》《聊城文艺》《群岛小小说》《星海》等报刊发表过文章。

♥ 本文荣获大赛三等奖　作品发布壹点号：江天寥廓

树影里的少年

❖ 张瑞超

一

暑假数学补习班,开在州城一个安静的小巷里。一处庭院,几间低矮的砖瓦房并排着,砖红色的木门落着锁。院子里唯一一棵高大的国槐,小巧的叶子铺陈成巨大的树冠,阳光透过叶子,稀疏地落在地上,浅浅的树影,投放出一片夏日绿荫。绿荫里,一条长凳上落满了树荫。

我停下车子,习惯性向那片院子里的唯一树荫走去。树荫下,长凳上,坐着一个正在读书的男孩。我愣住了,停下脚步,怔怔地望着男孩的身影。他端坐在树荫里,双腿上摊开一本书,正低头看那书上的字,看得津津有味。他认真读书的侧影,在寂静的院子里,凸显出一种美好。可是,我没有被这种读书的美好打动,因为他霸占了我的地盘。我贪恋每天早晨的清凉,所以来得早,教室的门没开,我就一直坐在树荫下的长凳上,看一会儿书,发一会儿呆。潜意识中,我想当然地认为,那片早晨的绿荫只属于我一个人。而现在,读书的男孩抢走了我的绿荫。我站在阳光里，酷夏的早晨，阳光也是那么烈，我多么想走到树荫里凉快凉快。可是，我不能，那是一个男孩，自古男女有别，我没胆量贸然走到一个陌生的男孩面前和他共享一片绿荫。我又不能上前赶走他，院子里的树荫每个人都有权利享有，我只不过比别人来得早，暗合了先占先有的原则。我坐在长凳上看书，别人自然不好意思靠近，默认了树荫暂时是属于我的，也仅限于早晨那几分钟的时段。下课的时候，谁跑得快，谁就先占了树荫长凳。课间十分钟，我也从不去树下，女孩子跑不过男孩，树下总是站着一群又打又闹的男生，他们的喧嚣和精力充沛的宣泄，我也从不去注意。我只关注，早晨那一点安静的树下读书时光。

可是，这仅有的一点安静时光，被一个陌生男孩占领了。我不知他是谁，但他一定是参加补课的同学。来这里补数学的，互相之间并不认识，有来自一中的，也有二中的，还有外地的学生。大约二十几个学生，没有一个是我同校的同学，我的同桌芬还是来这儿认识的。她小巧可爱，一说话就爱笑，小眼睛滴溜溜转，透出一股子精明劲儿。她一般踏着上课铃声，和老师前后脚进教室，所以她从没和我争过树荫。

我心里极为不快，站在阳光下走也不是，退也不是。就在这时，那男孩抬起头来，朝我看过来，和我的目光撞在一起，而且还朝我笑，露出洁白的牙齿。我顿时一阵慌乱，连忙尴尬地转移视线，转到屋顶上天空上去。天空很蓝，有一缕白云正在游荡。我还侧转了身子，不正面面对他，看白云看屋顶就是没去看他。我能感觉到他收回了目光，重新低下头看书。我的感觉是正确的，在我再次侧过身子偷偷看过去，他的确正低头看书。我敢说书上写的什么，他一个字也没看进去，因为我没见他翻过一页，偶尔有风掀动书页，他也任由风作乱。但是，他看书的侧影，安静而又美好。我偷偷地欣赏着，又怕他突然回头注意到我，只能一边偷看他，一边又装出看树听蝉鸣的样子。院子以外的地方，大大小小的树上，传来尖利的蝉鸣，此刻，要刺破耳膜，干扰院子的宁静。

打破宁静的还有陆续走进来的同学，有男生朝树荫下的男孩喊了一声，读书男孩立即抬起头，我又看到了他的笑，但不是给我的。他合上书站起身向那群男生走过去，经过我身边。我神经紧绷起来，随着他走开，神经才慢慢松下来。那空出来的树荫下，凳子上星星点点的落槐花，点缀在暗影里。我抬头看看槐树，那是八月份的国槐，开着很小的槐花，不时飘落下一点，发出很轻很轻的声音，不仔细听，听不到花落的细碎声。

二

我没再去树下，而是来到教室准备上课。我扫视了一圈教室，稀稀落落坐着交头接耳的同学。在我前排的三个高个子男生已经落座，他们正低头说笑。我没找到那个读书的男孩，我想知道他是谁，坐在什么位置，令我失望的是，他不在教室里。我拿出书本翻看昨天的笔记。这个时候又有同学三三两两走了进来，我看过去，于是看到了他，和一群男生在一起。他们很快走到我后边的座位上去了，好像是左边的一个比较远的角落。我的目光没有跟过去，眼睛盯着一个男生，终归没有这种勇气,我只是想满足我的好奇罢了。他究竟坐在什么位置,我不清楚,但是知道他就在身后不远的地方。他的眼睛随时能够看到我,看到我梳得高高的马尾和穿红色裙子的背影。我摸了摸头发,还好,今天仔细梳了马尾,否则马马虎虎不好看。我不敢拧着身子坐在凳子上,那一定难看极了,我不希望让他看到一个歪着身子坐着的女生。我直直腰板,这样后面的人看起来,背影不至于太难看。

上课铃响起来,同桌芬准时狼狈地跑进来,后面跟着数学老师。据说他是一名优秀数学老师,说一嘴带胶东口音的普通话,和蔼可亲。他头顶裸露出光亮的头皮,周边的几根头发搭在光秃秃的头皮上,半遮半掩。尽管课前因读书男孩的事,让我有些分心,老师开讲后,我的注意力还是集中到黑板和老师的那几根颤动的头发上。

老师卖力气地在黑板写满了粉笔字,还画了蔓延整个黑板的抛物线。黑板的最上边和最边角,也都被老师填满了。老师在黑板前踱来踱去找不出一块空地,他为难地对我们说:"谁上来擦一下黑板?"头顶上风扇呼啦啦地响着,他不停地用手绢擦去额头的汗珠,那手绢湿哒哒的。下面坐着安静的学生,没有应答,都在沉默。擦黑板这事,男生应该冲锋在前才是,女生不要去抢男生的英雄面子。男生也都低头沉思,是不是该冲上去?

老师拿着手绢擦了一把汗,诚恳地又问了一遍:"有没有同学愿意擦一下黑板?"

下面的同学依然沉思沉默。教室里的安静,几乎听到彼此的呼吸声。

还是自己来吧!老师见没有哪一位同学站起来,他也叫不上同学的名字,干脆拿着黑板擦自己擦起来。他头顶上的几根可怜的头发飘

起来，隐约可见银丝闪过。

这时候，从我身后不远处走上来一个男生，走到讲台上去，拿起黑板擦和老师一起擦起来，一边擦一边说："老师，我来吧！"

此时，我看清楚，正是那个树荫下读书的男孩。

怦然心动！这个词忽地闯进来，进入我的脑海。我看着他的背影，所有同学都在看着他的背影，我看他也光明正大。他扬起右胳膊，手里的黑板擦上下滑动，飞扬起白色粉末，坐在我前面的男同学拿手在眼前扇，似想把粉笔末扇走，而且还低头窃笑。

他是那种很结实的男孩，白色背心里露出古铜色的胳膊，健壮有力；他有中等以上的身高，还是未能擦掉黑板最上边的字，我以为他会跳脚去擦，但他没有，而是踮起脚尖向上够了够，然后利用了黑板擦的长度擦去了最高处的抛物线。他擦黑板的身姿帅极了！

老师停下来，看着他擦黑板，对我们说："这同学不错！"那男孩正好擦完，转过身来，脸上带着浅浅的笑，就像刚才给我的笑，但稍微腼腆一些。他放下黑板擦，跑下讲台，很快跑到我身后去了。

我就此把他的样貌印在脑海中，却依然不知他姓名。我也没想去探究他的名字，他的名字在心里并不重要。

三

后来的早晨，他没再和我去争树荫，我也只偶尔在树下站一会儿，抬头望望细密的树叶中漏掉的阳光，倾听远远近近的蝉唱。地上，依然会落下几粒槐花，凳子上也有，我不想拂去，就看着那花落在凳子上。

课堂上，他还会走上讲台擦黑板，我看着他在黑板前挥舞黑板擦，飞扬起白色粉尘。他甩动胳膊的身姿，以及回头刹那的微笑，甚至腼腆的表情，倏忽而过的目光，都被我一一捕捉到。他是一位在明处的舞者，我则是躲在暗处的观众。他是否感觉到讲台下一位女孩关注的目光？我开始希望他能注意到我的存在，这泛起的一点点涟漪，时常让人心怀神往。

男女之间的天然隔阂，是一条跨不过的银河，闪烁在星空，亮晶晶的。偶尔碰上他的目光，我们也彼此都以极快的速度移开。唯有对着他背影的时候，我才放任自己的视线，一直在他周围环绕。

我们之间，不曾有过一句话的交流。课上课下，也不曾有任何可以交流的机会。他走过我的课桌，我经过他的身旁，常常是擦肩而过的无语。

时间匆匆而过，一个月的补课时间仅剩两三天了。

那天的课堂上，我肚子疼。一如既往的疼，每次痛经能把我折磨得死去活来。老师在讲台上如痴如醉地讲课，肚子疼已经让我脸色发白，虚汗渗出嘴角形成一层细珠。我双手捂住肚子，趴在课桌上，盼望着下课。几经挣扎，我猛地推掉了课桌上的书本，哗啦啦掉在地上。我几乎晕了过去。

我制造出的声响终于惊动了老师和同学们。芬惊慌失措地站起来喊起来，教室里的气氛陡然紧张起来。所有的视线聚焦在我的身上，此时的我紧闭眼睛，虚弱无力，像灵魂抽离了身体，浑浑噩噩，晕晕乎乎。我把芬吓坏了，也吓坏了在场的所有同学。

迷迷糊糊中，我感觉到一双手扶住我，听到他急切的说话声，送医院吧！我听出来就是那个读书男孩。应该是他，没错，就是他。可是我已经睁不开眼睛了。

有人背起我，有人托起我的胳膊，脚步的凌乱声和说话的嘈杂声，像从另外一个世界传来。我唯一能感觉到的是，他的后背很温暖，粗重的喘息声在耳边似有似无，很近又很远。

苏醒过来后，我看到医院惨白的墙壁和穿梭的白衣天使。我被打了一针，躺在病床上，意识虽然回到身上，可无法指挥身体，一动不动。我看到了芬，她要哭的表情，我想安慰她，努力地笑笑，却露出的是惨笑。我也看到了他，那个树荫下读书的少年，正关切地望着我，那眼神里满满的怜爱。我闭上眼睛。这辈子把自己生病的难堪暴露在一个男孩面前，把脆弱的一面呈现在一个男孩面前，丢尽了颜面，叫我明天如何面对他。他对我一定很失望，对我怀揣着的只剩可怜。不应该是这样的，我难为情地闭上眼睛不敢睁开，其实也无力睁开。

补习班的老师，他，还有芬，一起坐车将我送回家。一路上，听着他们说话，我小声对他们说声谢谢，有心问问他的姓名，却始终没说出来。

他姓甚名谁，成为我心里的一团结。我把有关他的一切影像一遍遍在眼前回放，他的一点一滴，每一个眼神，每一个动作，都在心里无数次地回顾。我想知道他的名字，想当面跟他大声说的第一句话一定是：谢谢你！

过了两天，我身体无大碍，骑车再去补习班，已经是在补习的最后一天了。几天后的九月份将正式开学，我将不会再遇到他。

到了班上，几位同学围过来看我，关切地问我好了吗？我说，好了，没事了。我的眼睛飘忽不定，在教室搜索他的身影，始终没能找到。出于羞涩，我不好意思去问同学和老师，他怎么没来上课？这是短时间拼凑的补习班，彼此之间几乎陌生毫无关联，今后也大概率互相不知去向。

一个上午倍感失落，直到下课老师解散了补习班，我也未能看到他。

我故意走得晚，等到同学们都走了，院子里空下来，才一个人走到树影里，驻足在树下。树影比早晨小了一圈，长凳裸露在阳光下，暴晒出干裂的木纹，我不忍坐下去。就这样忧郁地站着，回想他投过来的微笑和目光，期望他的忽然出现。几枚槐花飘飘荡荡落下来，一朵落在肩头，一朵落在凳子上，几朵落在地上，很快融进地上的花堆里，再也找不到了。

❗ 张瑞超

笔名三月、三月春雪，山东省作家协会会员。有多篇散文和散文诗发表在《散文选刊》《奔流》《参花》《北方文学》《南方文学》《时代文学》等刊物，出版有散文集《等你春暖花开》《瓜蔓上的时光》，长篇科幻小说《宇宙怪兽之神农架野人》。

❤ 本文荣获大赛三等奖　作品发布壹点号：春雪

一个人与一座村落的千年邂逅

❖ 钟光武

也许,就是那一场披着晨曦的北方的春雨,叩开了朱熹的心扉。

南宋庆元三年(1197年)的那个春天,燕剪柳丝,绿意盎然,春风拂面,细雨如弦。在遥远而又陌生的齐鲁大地、潍河之滨,一个人与一座村庄不期而遇了。这个人就是朱熹,而这座村庄则是有着近五千年悠久历史的古老村落——孝行乡。此地在汉代,因村人毋丘长以孝著称而得其名。对于自幼就生长在江南的朱熹来说,南国与北方,千差万别的环境,迥然各异的地域,遥遥千里的距离,素昧平生的相逢……也许,正是那场刻骨铭心的春雨,让他在内心深处,产生了一种相见恨晚、宾至如归的感觉。

那夜,那场春雨一直都在下着,朱熹更是一夜未眠。雨落成诗,婉约唯美,他侧耳倾听,这北方的春雨竟蕴含了太多江南雨的韵味。霏霏的细雨如同三月的心事,湿润而又怅惘。雨丝如绪,缕缕往事萦绕在朱熹的脑海中,才下眉头,又上心头。庆元二年(1196年)冬,朱熹因主张"修政事,攘夷狄","复中原,灭仇虏"而得罪奸臣,南宋皇帝听信谗言，朱熹成了"伪学逆党"，被群起而攻之。在此高压下，朱熹在违心做了"自省检讨"后，遭落职罢祠，被流放外地。然而，命运在为他关上一扇门的同时，又为他敞开了一扇窗。令朱熹感到欣慰和庆幸的是，被流放的地方正是他心中向往已久的圣地，儒家圣贤孔子和孟子的家乡——齐鲁大地。

那年冬天，江南竟下起了一场罕见的大雪，刺骨的寒风夹杂着冰冷的雪花打在朱熹的脸上，刀割般的疼痛。已经六十六岁的朱熹辞别家乡和亲人，身背行囊，孑然一身，冒雪北去。"三十功名尘与土，八千里路云和月。"坎坷的经历，遥远的路途，人情冷暖，世态炎凉，让年近古稀的朱熹感慨颇多。昔日翩翩少年郎，为国青丝已染霜。从江南水乡到齐鲁腹地，几千里的路程，朱熹从白雪皑皑的冬天走到了春寒料峭的初春。越往北走，他越感觉江南太拥挤，走出门去却终日见不到地平线，很多的视线都被遮断了，而北方旷野的广袤和辽远则让他心生欢喜。

"有朋自远方来，不亦乐乎？"经过漫长的跋涉，当朱熹踏上齐鲁大地，接近曲阜的那一刻，他身心的疲惫顿然消无，难掩心中的喜悦与虔诚，到"三孔"拜谒了他的先师、儒家学派创始人、中国古代最伟大的思想家、政治家和教育家孔子以后，朱熹郊游踏青，信步闲庭，远处尼山如黛，春意渐浓，眼前泗水淙淙，清澈明净。北方初春的晴空丽日和无限风光让他的心境豁然开朗，《春日》脱口而出："胜日寻芳泗水滨，无边光景一时新。等闲识得东风面，万紫千红总是春。"然而，北方内陆早春的天气寒冷干燥，少雨多风，让从小就生长在江南相对湿润环境的朱熹很不适应。他想到了离开，他要去寻找一个气候适宜，环境幽静的地方，抛去世俗的纷争，过一段隐居的生活。于是，朱熹重新背起行囊，在那个露湿霜凝的早春的黎明，一路向东。

奔波数日后，一条大河横亘在他的眼前。这条河就是潍河。堤上草色入帘青，陌上花开可缓归。春天的潍河两岸，春雨朦胧，小草青青，春风和煦，落英缤纷。桃红复含宿雨，柳绿更带春烟。暖雨香风频相顾，花开正是好春光。远处绿意流淌的山野倒映在烟雨迷蒙的河面上，如梦似幻，如诗如画。此情此景，让人恍若置身仙境。也许，那个年代的朱熹还不知道，他眼前的这条大河，在6500万年以前的白垩纪时期，曾经是恐龙的王国和乐园；也许，那个年代的朱熹早已知道，他眼前的这条河，就是传说中古代大禹治水的那条河。他满怀期待，沿着潍河的流向，一步一景，向北而来。

忽然，他的视线被眼前一处三面环山，一面临河的古村落吸引了，朱熹发现，这里的整个地势自西向东呈马蹄形，而这座村落正处在马蹄的正中位置，村东面就是千年流淌奔腾不息的潍河。朱熹不但是儒学大家，他在地理方面也造诣颇深。在朱熹看来，这个地方不但钟灵毓秀，也是聚福四方的宝地，更是韬光养晦修身养性的理想之所。于是，朱熹就在此地隐居了下来。村内有座法林寺，寺外建有三宝塔，为塔寺并存的佛教圣地。法林寺，何时所建说法不一，确切时间已不可考。三宝塔，何时所建亦不详，但从《重修三宝塔纪事》碑可知，该塔曾在北周建德三年（574年）周武帝宇文邕发起的灭佛运动中被毁，隋开皇八年（588年）重修。该塔被毁的年代，比西安大雁塔建成的年代还早了近百年。

得天独厚的优越地理位置，浓郁厚重的历史文化氛围，热情好客、淳朴率直的村民，还有那一场场淅淅沥沥的春雨，让朱熹心中有一种宾至如归的感觉。本来，春天的小雨，对于出身江南的朱熹来说，是很平常的际遇，但对于"春雨贵如油"的齐鲁大地来说，那年春天的春雨一场接着一场，似乎真的有些奢侈了。但正是那一场场的春雨抚慰了朱熹那灼热的心胸，他闭上眼睛，闻到了熟悉的家乡的气息。山朦胧，雨朦胧，他的内心开始安静下来。光阴素淡，春色柔软。人生的路很漫长，有平坦，更有坎坷。任何时候，都不能放弃追逐阳光的步伐。

偶尔，朱熹也会趁着一场春雨的来临，到村里走一走，因为只有这个时候，他才能真切地体会到烟雨江南和家的感觉。在炊烟袅袅雨雾蒙蒙中，他像北方的老农一样，头戴苇笠，身披蓑衣，穿过氤氲着桃花清香的小巷，身后留下一两声狗儿的吠叫和鹅鸭的长鸣。娉娉杨柳风，点点池塘雨。走在雨水溅湿的青石板铺就的街道上，空气中弥漫着浓郁高粱酒的香味。朱熹知道，这座村庄是名副其实的酒乡，自古以来就有开烧锅酿酒的传统，最鼎盛期时，大型酿酒烧锅就有将近二十座，小型烧锅更是不计其数。该村的东面是广袤的潍河冲积平原，出产优质的做酒曲用的小麦和酿酒原料红高粱。据传，早在汉朝的时候，张良的老师黄石公在村北面的黄公山上隐居时，就把高超的酿酒技艺传授给了这里的老百姓。得天独厚的地理环境，清冽甘甜的水资源，颗粒饱满的优质原料，加上高超的古法酿酒工艺，使这里出产的红高粱酒醇厚悠长。村内的街道两侧，酒坊、店铺林立，青灰色的墙壁斑驳陆离，好似在诉说着这座村庄的悠久历史。砖瓦上更是透露着千百年来的烟火气息。古朴的街上，推车的、挑担的、背篓的、拎筐的人络绎不绝，他们大都是外地或附近来买酒贩酒的生意人。古老的村落，似一幅历史的画卷，每个人，无论显赫或平庸，都是其中的一抹亮色。

在法林寺内，有一棵年代久远的古槐树。这棵古槐虽历尽千载，却依然枝繁叶茂、华盖如伞。古槐树的上方有三个大的枯洞，下方有六个小的枯洞，无论大人小孩都能轻松出入，人称"三门六洞"。朱熹隐居法林寺后，在这棵古槐树下，传道授业、聚众讲学。朱熹是中国历史上伟大的思想家、哲学家和教育家，是继孔孟之后又一位儒学集大成者，世称"朱子"。弘扬儒学是他毕生的追求，他的著述颇多，有《四书章句集注》《通书解说》《周易读本》《楚辞集注》等传世。他一生学而不厌，诲人不倦。他说读书必须要有三到，即"心到、眼到、口到"。他的劝学诗《偶成》更是家喻户晓："少年易老学难成，一寸光阴不可轻。未觉池塘春草梦，阶前梧叶已秋声"。在他的感召下，孝行乡的百姓尊礼仪、重情义，"老老少少谦和让，家家户户读书声。"

"几年不踏仙洲路，梦入青藤古木间。好趁新秋一番雨，昼寒亭下弄潺湲。"宋庆元五年（1199年），年近古稀的朱熹自感身体有恙，决计重归故里、叶落归根。乡亲们闻讯，纷纷前来与他挥泪作别，相送十里。朱熹离开以后，该村被人们称为朱藏庄或朱藏里。后来，人们为了纪念朱熹在此聚众讲学，就在法林寺的古槐树旁，建立朱子祠，该村遂改称朱子村。

那一场近千年的春雨，从古一直下到今，那一段一个人和一座村落邂逅的故事，也一直在流传，虽然，斗转星移，时过境迁……

❗ 钟光武

笔名潍水晨钟。山东安丘(现峡山区)人。在《中国乡村》《当代散文》《潍坊广播电视报》《今日头条》等纸质报刊和网络媒体发表作品二百余篇。

♥ 本文荣获大赛三等奖　作品发布壹点号：当代散文

贰 时代生活

早餐里的烟火

早餐里的烟火

● 葛小明

一

油条有自己的判断，它会自主地选择将气味传递给哪些人。无论是在摊位一旁暂坐的食客，还是偶尔驾车路过的陌生面孔或者买完就离开的匆匆赶路者，都无法避开油条的有意"腐蚀"。对于那些"极饿分子"，油条给予了其更多的关照，那些扑鼻的香啊，一缕不落地萦绕在他们身边。而对于已经饱腹的路过者，它则还以一种不太好闻的气味，会让他们觉得那不是花生油，是一种反复使用的调和油，这让人瞬间丧失对油条的兴趣与某种认同。

卖油条的老板是位女士，几乎每天都发好几条带有视频的朋友圈。2020年新冠肺炎疫情防控期间，她因进各大小区配送油条添加了无数的微信好友，生意也一下子火了起来。后来她很少在朋友圈里"晒"油条，发的多是冷冽的天气或者乌黑的大马路的视频，这让不经意看到的你，不免心生一些同情。这也告诉你，该起床了，被窝此刻不再是你的。

如果你比较有好奇心，翻看了一下她最近几天的朋友圈，或许会得出这样的结论：这是一位被油条附身的人。你感慨日子的匆匆流逝，也珍惜不用像她那样每天早上4:30就得起床的日子。你会在早晨出来买早餐时，不由自主地走向那个摊位。

我没有求证过她的名字，但是可以确定，她名字的最后一个字是"霞"，这是每一位用微信付款的人，都能轻易知晓的秘密。而她的微信昵称也很有个性——"懂你"。在摊位的时候，她无时无刻不是一副打了"鸡血"的样子：一件油晃晃的皮衣，灰黄色的帽子，颇为粗糙油腻的脸，组成了一个四十多岁的女人的前半生。她是妻子，是母亲，是女儿，也是一位早起出摊的"生活者"。她把所有的满足感与缺失感，一一放进油条里，豆腐脑里以及韭菜盒子里。她动作极其麻利，无论你是要几块钱的油条，她总能在最短的时间内称好，甚至在称之前，她便已对斤数了然于胸。称完的瞬间，她又把手挪到舀豆腐脑的勺子上了，三五下就完成了这一单。当有顾客付完款给她看手机记录时，她头也不抬，只大声喊一句"收到了"。

豆腐脑有两种，一种是脑花式的，原汁原味，一份一元，还有一种是佐料丰富的豆腐式的，一份三元。喝第一种豆腐脑的人不需要用筷子和匙子，随便几口便能饮尽。而喝第二种的人则要麻烦得多，首先要一匙一匙地把豆腐脑"舀"进嘴中，还要让其在嘴里停滞一会儿，回味里面整颗黄豆的咸鲜之感。虾皮和香菜，也是要回味的，它们带给人的感觉毕竟不一。于是，来吃油条的人被不同的豆腐脑分成了两种行列，一种是不富裕的，另一种是稍微不富裕的。

每周二与周四的早晨，是我固定早出门的日子，因为这两天在高中工作的妻子不带早自习,起得稍晚可以在家吃饭,我要出去买早餐,油条和豆腐脑是通常的选择之一。出了小区大门,要继续走一条约1千米的柏油路,中间有一个红绿灯要等。如果恰巧是红灯,我可能要多逗留30秒。这时候,我前后左右的车子和人,都静止了下来。右前方的加油站被放大了,红绿灯附近的几乎所有视线都集中到了这个位置,你会清晰地看到,各种品牌的车辆依次停到了加油处。司机形色各异,只需简单的几分钟就完成了给发动机补充能量的重要使命。你听不清他们嘴中吐出的是什么言语,但从他们类似的面部表情中,几乎可以确定,他们是在和加油站工作人员说笑。加油站是个收集站,在这里一天中便能收获成百上千的故事,行色匆匆的人,拉满了一车车的生动有趣的段子。加油的片刻,故事被倾倒而出,虽然是片段,但足以拼凑出令人无限遐想的内容与情节。

加满油的车子,方向盘向右打死,便能从后方的出口拐出来,这时候司机首先看到的便是卖油条的摊位。那是另一个忙碌的"自己",一样需要早起的人,为了生计奔波于清晨的露水与凛冽的冬风之间。你不禁感慨,一根根被油烹炸的面团,何尝不是一个个被岁月抹杀的身体与灵魂。绿灯亮了,各色的车子开始急速通过路口,有几辆是奔着早餐摊点来的,多数驶向了出城的方向。远去的车子,速度极快,似在赶着打卡,又似在忙着逃离城市。这部分人,会自主地忽略掉周边的早餐摊,大概因为他们早已饱腹,不再计较一顿饭里的人间冷暖。

油条在热浪中挣扎,它也许并不知道这致命的液体叫做食用油,或许它称其为"毒""杀手""要命的东西""恐惧之物""垂死挣扎的液体""不明生死的东西"之类。当被两只手平整地放入这黄色的液体中，它的一生便迎来了高光时刻。它迅速壮大，肢体被拉长，膨胀，脆化，它的抒情直接而热烈，不用几次翻转，便长大成人。它在等待那个认领它的人，可以互诉衷肠的人，相看不厌的人。它的一生有三次机会可以接触到筷子，前两次来自那个身着围裙的女人，第一次是在油锅里翻转煎熬，第二次是被夹到一个可以让多余的油渗漏的竹制筐内。第三次，则来自它的第二任主人，那个把自己买走并且终结掉的人。油条在两根筷子中间立着，它能感觉到周围的风有些冷，有一些热气腾腾的豆浆微粒在徐徐上升。它们的归宿和自己不完全一样，因为那些出走的热气会被风带到另外的世界，下落不明。

她的身后曾是一排蜀葵，高大，鲜艳，大朵的花并没有被世间的油烟所玷污，它们笔直地站在世上形形色色的早晨里，一棵棵，一个个，与吃早餐的人保持着友好亲密的距离。阳光往往先光顾到花，再洒向低处的人，也有一些例外的时候，比如有云经过时，正好先挡住了花，再遮住人，花便做了一次后者。无论什么顺序，蜀葵都给制造早餐和享用早餐的人提供了一块不大不小的审美空间。面对一朵花，你总能在无数次的咀嚼中得到点什么。只是现在是冬天，蜀葵沉默了下去，这种两年生的植物，必须学会低调与蛰伏。它不敢像那个女人一样，在腊月寒风的早晨，对这个世界进行多次叫嚣。

二

世上的拉面有很多种，无论哪一种，都要经过至少几十次的揉搓，五次以上的拉伸，变形，重新组合，然后以一种细微的视角去审视身下的大锅。这不同于炸油条的锅，它的气浪是热烈而明快的，油锅看起来平静实则杀机暗藏。汤锅看起来是什么样子，就是什么样子，不虚伪，不做作，想进来就进来，不想也不做过多的暗示和强求。

拉面馆陈列往往比较单一，不售卖拉面、茶叶蛋以外的其他食物，一般两个人就可以立起小小的门面。负责扯面的男人，力大无穷，一分钟左右便能把手中揉好的面拉成应有的样子。开心时，他拉的面可能细腻动人，嚼起来柔和而绵密；不开心时，面则显得粗粝暴躁，入口时有顿挫之感。

拉面的人不需要离锅很近，只远远一扔，便能准确地将面扔进沸水之中。煮面的人，用两根长长的筷子，搅动几下，不用几分钟面便出锅了。拉面的人，极少言语，也不主动同食客们交流。偶尔的几句话，无非是跟煮面的人确认一下是大碗还是小碗，是一碗还是数碗。

这是一家在路边上坡处的面馆，甚至没有一个正经的名字，但是每天光顾的食客络绎不绝。老板就是负责煮面的那人，他把隔壁的店面一并盘了下来，加上路面露天的位置，足可以同时容纳三四十人。人们喜欢坐在路边露天的地方吃面，这里视野开阔，能够清楚地看到不远处的群山和较早照耀到这个城市的光线。吃面的时候，人们用着相同的碗，相同的筷子，几乎是差不多的吸面声。尤其是在冬天的时候，拉面一段段地从碗里减少，随着清晰的声音走进满屋不同人的肚里，着实有一些壮观。热气腾腾的烟火之气，缓缓地从地面上升到人间以外的高处，笼罩着冬天的大地。这是生机，是满足，是未来。

面馆里可以选择的小料很少，茶叶蛋，萝卜丝，辣椒面，醋，除了茶叶蛋一元一个，其他的都免费。食客们能在有限的食材中开发出最美味的吃法。老板为了节省食材，把萝卜丝腌制得异常咸，食客们吃上一点点便没法继续。很快他们发现用热水将其涮洗几次，咸味会明显降低，这时候再加上一点醋和辣椒面，那味道还是很不错的。更要命的是，凡是来吃拉面的，哪怕是初次光顾，也会被这种吃法所吸引，不由得去模仿。不知道老板对此作何感想，但是可以明显看到，面馆的生意一向很好。

为了更加人性化，面馆在2019年末的时候，增设了特大碗、半碗两种分量，加上之前的小碗、大碗，已经可以说非常多样化地提供了各种选择。有一点特别重要，无论你选择哪个价位，面给的量都比同类馆子多。还有一点，也很有必要提一下，这家面馆从不自诩是"牛肉拉面"，因为没有牛肉的参与。每当面从大锅中抄到碗里，老板会娴熟地把一小把切好的肉放在最上面，足足有十几块。你只要不问，他是不作任何解释的，如果你问这是牛肉吗，他会很大方地说，不是，这是鸭肉。

只用几分钟，桌子旁的人，便换了一轮。同样的动作，同样的声音，同样的烟火之气，再次上演。用旧的桌子，跟用旧的人间烟火一样，它们早已习惯身边的人群，身边的饥饿和饱腹，身边的早起与奔波，身边的刹那永恒和身边的寒来暑往。当一碗面被放在桌子上，便是把一个男人的大清早放在了世间的早晨里。桌子感受到了这股压力，它不作任何声响与回应，它只会静静看着这个吃面的男人的衣裤和粗糙的双手。不知道他是建筑工人还是装修材料的销售者，不知道他昨天夜里是否睡得安稳，今天能够赚上几碗拉面。不知道腊月的风会不会不浸透那看似厚实的军绿色大衣，不知道那双端起碗喝热汤的手，能不能从一碗面中得到一丝丝额外的温暖。桌子要承受的不只是世间的冷暖，它还要感受从碗沿溅出的油花，感受一个人知天命之年的委屈，感受世上千家万户的忙碌与匆匆。

你很难看到有年轻女性光顾。坦白说，这里并不是一个多么高雅的场所，没有窗明几净，不能拍照打卡或者成为饭后的谈资。这并不是说她们矫情、金贵，她们有她们的苦。在世界上的所有早晨，女人通常起得比男人要早。往往是女人在天未放亮的厨房，为即将去上学的孩子准备早餐；往往是女人，在镜子面前给女儿梳头发扎小辫；往往是女人，把孩子的书包检查一遍又一遍，把保温杯里没喝完的水换掉，把昨晚写完的作业塞进去，把每一枚扣子扣好，再送那个娇小稚嫩的背影出门；往往是女人，用惺忪的睡眼掩盖了前半生受的委屈和一个母亲的不易。如果你看到有个男人将拉面打包而去，多数情况便是为家里的女人和孩子准备的。千家万户在同一时间经历早晨，他们的早餐各不相同，他们却又迎接着一模一样的太阳与寒风。

在早餐摊，在一个小城市的角落里，你很容易就窥见了芸芸众生。买早餐的人和做早餐的人一样，隆重地参与了早起的大军，他们搅动着清晨朦胧的雾气，动作迅捷，嘴里时常呼出"白气"。这种"白气"跟油条锅里升起的热气不同，它急促，没有章节，随着人的情绪而时常发生着变化。这种"白气"，也不同于流动在大地上的白茫茫的晨雾，里面充斥着担心和不安，充斥着惺忪与浑噩，充斥着爱恨情仇与生生灭灭。

三

火烧在鲁东南一带的早晨，是另一个不可忽略的主角。它便捷，粗暴，易携带，在随便一个角落，比如副驾驶座位，比如单位大门口，比如徒步上班的路上，就可以将它轻松解决。它不像拉面必须放在碗里，坐下一筷子一筷子地吃；它也不像油条，须辅之以小咸菜或者豆浆之类的才能进食。基于此，它有更多的受众，可以获得更多个早晨。

我常去的一家火烧店，在一条老旧但非常繁忙的街上，它"向阳而生"，离前面提到的拉面馆有1000多米的直线距离。它没有高大上的名字，但是比拉面馆多了一个红底白字的门面标识："潍坊酥皮火烧"。在我生活的地方，火烧与馅饼还是有一些区别的，馅饼外围一般比较酥脆，火烧则接受了更多的油烟，人间烟火气息更浓烈一些。

店门口处停车位紧张。几乎不会留给四轮的车一丝空间，于是你便能看到一辆辆的两轮电动车，偶有小汽车停下，车上的人也是快速跑进店里，买完即走，全程不会超过两分钟。老板是个精细的人，看到开小汽车来的，便先给他包好，并对其他人抱歉地解释，说没地方停车，先给他吧。常来买火烧的人，都知道这个约定俗成的规定，从不计较。

跟面馆一样，这里也有七八张桌子摆在了路边的露天地带，屋内则有固定的五张桌子，厨房里还有一张很小的折叠桌，人多的时候，也会派上用场，挤三两个人也是可以的。在座的人，一般是左手持火烧，右手执汤匙，豆腐脑和火烧是一种较好的搭配。当然，这家店陈列的东西要多一些。比如热气腾腾的茶叶蛋,不锈钢大桶里的豆腐脑,豆浆,小米粥,牛奶及各种饮品,免费的蒜、韭花酱、萝卜丝、酱油、醋、盐,该有的都有。人们会在咀嚼的过程中,跟邻桌的陌生人随意搭几句话,聊着聊着就能聊到某个共同认识的人,一下子便熟悉了许多,手中的饭食也跟着热情起来。你不得不放慢一些咀嚼的节奏,因为吃得太快略有不雅。这里你会比较容易见到女人,往往她会带着一两个孩子,不知道是急匆匆地忙着去学校来不及做饭,还是孩子吃腻了家里的面条和小米粥。小孩子喜欢这样的氛围,因为周围的桌旁坐满了人,虽然他们比自己年长,但是有妈妈在,可以肆意地观察每个陌生的人。

烟从横向的烟囱里缓缓而出,无论有没有风,它们都会继续上升,升到远高于大地的未知的地方。没有人在乎它们的去处,因为他们知道,自己也是人间烟火的一部分。烟飞过一排排汽车,飞过不远处频繁变幻的红绿灯,飞过晨起跑步的人,飞过12岁少年沉甸甸的书包,飞过偶有雾霾笼罩的城市上空,飞过虚无也飞过硕果累累。烟会去往世界上的任何地方,烟不会消散,它总能以其他的形式,重新走进人间,书写着一代又一代人的早晨。

买火烧的时候,每个人都能清楚地看到几个盛放火烧馅的大盆。肉馅最为显眼,浅红色的肉被机器狠狠地分解后,紧抱成团,这是它们此生最后的时刻。人们不会觉得残忍或者恶心,反而觉得这样可见的馅吃着放心。吃过一次后,人们坚信了这种想法。肉馅被送进火热的炉中,不用几分钟便成了另外的样子,它们将重新认领主人,它们不知道这是从一个巨大的深渊,走向另一个深渊。

火烧们紧挨在一起,于一个宽敞木盒里临时互相取暖,对于刚刚遭受的高温淬炼，它们达成了某些共识。无非是炙烤，无非是锻造，无非是成全，无非是为了生存和果腹作出的牺牲。新的主人马上就到了，他们随口说出一种馅的名字，火烧便被装进一个纸袋里。被铁夹子夹起的时候，它们竟有一丝不舍，回头看一眼那火炉，作了一次最后的告别。在这个寒风凛冽的早晨，它与她相遇了，一个头发略显凌乱的女孩。她的胸前还有一条系得颇为齐整的红领巾。在她吃火烧的间隙，母亲快速又熟练地帮她梳理了头发，只简单地捋了几下加一根粉红色的橡皮筋，就有了好看的马尾辫。这期间，母亲还说了两遍，不要急，多嚼几口再进肚子。这位火烧可能是第一次也是唯一一次遇到那个女孩，看到她津津有味的样子，它悬着的忐忑的心也终于可以放下了。总算没有辜负这个早晨。

当你饱腹之后，有足够的精力总结这顿匆匆的早餐，你开始计划着，明天不能再来了，得换一家吃。或者在家里早起五分钟，煮个面也是不错的，不能老在外面吃，既浪费钱，也可能对身体不好。你会在某个下班后的晚上尝试着烙几个火烧，你买最新鲜的肉，仔细和面，认真调馅，把电饼铛擦拭得干干净净。几十分钟后，出锅的火烧总是不尽如人意，无论是样子还是味道，总觉得缺少了什么。这是一件很难探寻到真相的事情。几次挣扎后，你不得不再次走进一家家形色各异的早餐摊。你离不开它们，任何人都离不开它们。

世界上有无数个早晨，无数个早晨里生长着无数个早餐摊位。人们从一个摊位，穿越到另一个摊位，从一片晨雾穿越到另一片晨雾中，循环往复，总也不会迷失。

❗ 葛小明

　　山东五莲人，中国作家协会会员，山东省作家协会签约作家，第五批齐鲁文化之星。在《人民文学》《钟山》《天涯》《散文》《青年文学》《北京文学》《散文选刊》等期刊发表百余万字，作品入选各类年度选本三十余次，获第五届"紫金·人民文学之星"散文奖、万松浦文学奖、大地文学奖、全国打工文学奖、齐鲁散文奖等多个奖项。著有诗集《集体失传》。

❤ 本文荣获大赛一等奖　作品发布壹点号：葛小明

向后走的树

◆ 刘太义

从家到单位24.3公里，从单位到家24.3公里。

这样一条往返的路上，哪些地段有个坑，哪个路段有座桥，在第几公里处有一个转弯，我闭着眼都能数出来。因为我已经在这条路上来回走了十来年。可这条路上究竟有多少棵树，我却没有数过。其实想数也数不过来。树们在公路的两旁蔓延开去，有杨树、柳树、槐树、臭椿、法桐等，一直蔓延到几公里之外的村庄和农舍。即使没有树的地方，也有辽阔的田野，田野里有一年四季不同的庄稼。田野大部分的时间都是绿色的，即便是在冬天，小麦也昂着骄傲的头颅，顶着严寒顽强地绿着。树们呢，一棵紧挨着一棵，有的树杈都勾连在了一起。这些树从我家小区外的公路两旁一直绵延到我的工作单位。

除了休息日，我每天早晨必须从这条路上乘车匆匆地往单位赶，清晨的车窗外还挂着太阳的微曦，天空里有时飘着淡淡的云彩，树在车窗外一闪而过。

我在一个偶然的机会看到，树是往回走的。早晨从家到单位，晚上再从单位到家,树一直在车窗里向后闪过,我们向前赶得快,看到的树却慢慢地往后闪,也许是树多的缘故,一棵接着一棵,一片连着一片,树离公路越远,往回走的速度越慢。树往回走的时候,慢悠悠地,伸展着枝杈,向着四面八方。

它们一定是经常看到车窗里急匆匆往前赶路的我。我偶一扭头,看到了它们的枝杈仿佛在交头接耳——这个一脸匆忙,一直往前赶路的人,你看他紧锁的双眉,他的心事肯定比我们脚下的杂草都要多,他为什么不回回头,看看走过的路程呢?我想,这些树一定奇怪于我脸上的那些匆忙与不安。

车内的我看着眼前仿佛虚无而漫长的前路有些发呆,也许那些树觉得我不扭头看它们一眼是错过了风景,可它们哪里知道,我的大脑里有一个叫作"纠结"的顽童在和时间玩耍,而时常把那些伸展着繁茂枝丫的树置若罔闻。是呀,静下心来也想想,我为什么不停下追逐那些未知的将来,去看看已经存在的路边的风景,比如,去看看这些树呢。

然而,我的内心深处有个声音在说,有什么可看的呢,这些十多年如一日的风景,不是每天都一样的吗?我用眼睛的余光就能把它们分辨个一二三四,我对这24.3公里的路或路旁的一切,再熟悉不过了。公路两旁的树外是或苍茫或青青的原野,田野以外又是被树覆盖的村庄。我不用去那些村庄里面,只听那些掩藏在树丛里的鸡鸣狗吠就知道这个村庄有多深,那个村庄有多大。那些生活在村庄里的鸡鸭猫狗,我单听它们的鸣叫,闭着眼就知道哪只在北市村哪只在小辛庄。

因为树送过来的这些声音是有距离的——听得清楚的,是在殷六村，殷六村不大，树再多也盖不住驴子那清晰且有质感的清脆叫声；听得辽远的，是在东门村，因为东门是个大村，狗的叫声藏得太深，传过来的时候，有一些模糊和黏稠。

诚如以上所说，一开始，我没有想过树是往回走的，十年如一日的风景，在某一天因为我偶尔一转头的时候突然就升起另一种感觉。那天我扭头从车窗往外看，看到那些向后一闪而过的树干和枝叶，才知道它们总是逆着我的方向走——它们是往回走的。这些往回走的树，是有话向车窗内的我说的，只是我平时没有注意到，而现在，我才知道了聆听。

那些树对我说，它们不光善于逆着我的方向走，还会逆着岁月走。一棵走到冬季的树被季节打磨得光秃秃的。本以为是被时间磨老了，等走到来年的春天，又有了柔枝嫩叶，又渐渐青青如伞盖一样茂盛。树从出生，走过了由盛到衰，再由衰到盛，几多二十四节气的轮回，在春天又看到了自己的少年期，它还是那么意气风发，顶天立地——当初它顶风冒雨，以为四个季节就是自己的一生，当初它紧紧拽住最后一片瑟瑟发抖的树叶，但还是被秋风无情地夺走。

树本以为自己的这一生就此终结，它一整个冬天沉默着光秃秃的身子，似乎都在总结自己的一生。春天来了，大地用温暖的双手焐化了它脚下的泥土，它的筋脉似乎又蠢蠢欲动地被输入了一些养分，它觉得自己几近萎弱的身子恢复了一些力气，崽儿们又从它的肢体上打着哈欠冒出来——到头来，树一个崽儿也没少，那些春天里又冒出的嫩芽，蓬蓬勃勃生长的叶子们就说明了这一点。

我是被时间赶着往前走的，我们的车往往风驰电掣般地往前跑，坐在车里的我，不知道是被生活的鸡毛蒜皮填满，还是被工作的七零八碎抽空。很多不可预知的事物，总是如滔滔不绝的黄河水走近我。早晨从睡梦中醒来的时候，这些络绎不绝的事情就催着我往前赶路了。于是，我乘上每天像公式一样的班车，被公路两边的树夹裹着往前赶。当我们的车走过一段康庄大道，汽车的马达声像在唱一首抒情歌曲那样惬意。当我们顺畅平稳地往前跑的时候，前面又有曲里拐弯和坑坑洼洼在等待着我们。没错，这是我每天的往返都会遇到的事，就像遇到每天夜晚的降临。可有一点我却明白，我们跑得再快，也不可能跑到时间的前面去。当我到达目的地停下来的时候，时间仍在继续着。

还是某一天，在这十年如一日的风景中，我又发现了些微的不同。直到下车，我才发觉，树往回走是我的错觉。其实那些树一直站在那儿，把根扎在土地里没有挪动半寸。我每次到达目的地，它们中的第一棵也可以说是最后一棵，十多年如一日地、挺拔地站在我的单位路旁或者我家小区的门口。我这才明白，树的路不是往前和往后，树的路在天空，树是往上走的。它们静悄悄地，慢悠悠地生长，不慌不忙，每年就长那么一小节，就像我从车窗内看到它们慢悠悠地往后闪一样，悠悠然，一点也不惊慌。

它们不惊扰谁，只有路上的车流惊扰它们。而它们依然向着天空不停地拔高，有时候坏天气也会给它们开一个不愉快的玩笑，但它们依然与大自然亲近相贴。树每重生一回，它的年轮就会扩大一圈。我从而又明白了，冬天当它们头顶光秃了的时候，那不是死，那是在为重蹈旺盛的生命做准备。

有多少时候，我老是被假象所迷惑，生活也时常与我们开一个不太愉快的玩笑,而我会把一种痛苦无限放大,慢慢地,我人为地守候在失落的大门前,让眼泪携带出更多的忧伤。我只是一味地往前赶,为什么不回头看看走过的路呢?有时候我自己也不知道,为什么走得那么不顺,我只会埋怨天气、坑洼和泥泞,从没有反省过自己走路的方式。路旁的树就知道,我这十来年中,在这24.3公里的路途中,从家到单位是匆匆往前赶,从单位到家也是匆匆往前赶。

树知道我们哪一次由于走神,把车陷进了坑里,哪一次由于分心,轧到了一块不小的石头,哪一次由于懒散,错过了最佳的行车时间。对于这些人们经常犯的错误,树的心里比明镜都亮堂。但人类的事情,又与它们有何干呢?即使人和树能够沟通,人也未必会听。

为什么要那么急匆匆地往前赶?树发觉不光是我,每个人都会这样。他们从来不知道慢下来,也不知道回头看看。树每年长一个年轮,每年都会重新回到青春。当树长成材的时候,人已经走得老掉了。

当我真正注意到车窗里那些往后闪的树的时候,那时我正好犯有严重的失眠症,又因此引起了情绪的焦虑。那一次以后,我开始反省自己曾经走过的每一米的路,我发觉当我拷问自己未知的将来的时候,从没有反省过我是不是不顾一切地往前赶,所以每个失眠的夜晚,苦痛就会以一定的形状出现。

从那以后,每一次在班车上,我就坐在副驾驶的位置,或者最后一排的位置,排空脑子里的杂七杂八,扭头看着往后闪的树。树悠悠地往后闪,我肯定看到了某一棵正在青春年少的树在对着我笑。我们互相倾听,互相对话。我上班的时候,树们也看着车窗里的我,虽然车还是疾速地行驶着,但它们能够看到我的眉头舒展开了,它们能感觉到，班车里的这个人，心已经慢了下来。我现在才发觉，我只是匆匆地前行，曾经错过了那么多美好的景色。

❗ 刘太义

《中国乡村》杂志认证会员，黑龙江省诗词协会会员，中国农业银行作家协会会员。在《人民日报》、中诗社、《齐鲁文学》、齐齐哈尔市及平阴县人民政府征文活动中多次获奖，部分作品见诸报纸杂志和网络文学平台。

❤ 本文荣获大赛二等奖　作品发布壹点号：山东金融文学

路过南阳

● 唐戈

一

房子嵌在坡腰上,放眼前方与左右,是一重又一重渐次模糊的山峦。灌木枝叶轻松地伸过后屋两丈多高的夯土墙,随着山风的节奏贼头贼脑地窥探屋内;大门上落一把铁锁,鸽子蛋大小,暗绿色油漆和褐红色锈迹无规则纠缠在一起,各自占据半壁江山。主人出门时咔嚓一声落锁,锁住了四四方方的一块天地,也禁住了许多脚步,屋外的世界便无拘无束地滋长,路面青石缝里的牛筋草招摇着高挑的身子,路边的五节芒锋利的长叶如刀明目张胆地横亘在路上。青草们编织一张铺天盖地的绿网,将路径、石臼、水泥疙瘩分割包围成破碎、独立的王国。我们没有意外,但内心还是有一点沉重,没有叹息,一副似曾相识、司空见惯的样子。

唯独没看到番薯!但我从铺天盖地的葳蕤中读出了土地肥沃、气候适宜、适合番薯生长等潜台词。

南阳这一带的偏远山村，在我儿时印象里是个近乎天堂般的存在：山坡上覆盖满了绿油油的番薯藤蔓，道路上流淌着圆滚滚的番薯茎块，而河滩边的竹席上铺排着白花花的番薯米，像腊月里一场声势浩大的雪初霁——想吃的话随手可取，差不多就是老师和驻村工作队所说的"各取所需，按需分配"吧？因贪恋南阳的番薯，多位同族姑、姐嫁去南阳。

南阳连拖拉机路都不通，出嫁的姑、姐们撑起红布伞，在欢天喜地的唢呐声中娉娉婷婷、哭哭啼啼步行，哭嫁的歌词伤感且充满对娘家的依恋，声音却掩饰不住对未来生活迫不及待的憧憬。回娘家时她们的脸庞光滑了，身材丰满了。"番薯米会养人啊！"左邻右舍发出感叹。她们怀抱孩子，手提一小袋番薯米，若是逢着中秋和春节，还会有一块海碗大的番薯米糕——番薯米磨粉加红糖蒸成糕状。我母亲好客，喜闲聊，邻里许多女孩出嫁前，闲暇时光多聚在我家的灶屋里学习女红，消磨时光，因此我偶尔也能尝到这种南阳特产小吃，好吃得无以形容。

南阳的番薯是怎样的传奇啊，"茎块硕大如钵头，藤叶粗壮如麻绳"？我想一定是的。夏秋季时节，男孩女孩都喜欢制作一种首饰：寻一根粗长的番薯叶柄，掐去叶片，撕去半边的皮，将柄肉折成米粒长的小段，靠另一边的皮连缀着，头尾相扣，就是一条青翠鲜嫩的"翡翠项链"。南阳来的表弟、外甥们的"翡翠项链"又粗又长，炫耀般在脖子上晃动。相形见绌，我们悄悄地把自己脖子上的扯了，扔进路边的阴沟。

南阳，曾是我梦想的目的地。如果自己也有姑姑、姐姐，如果她

能嫁到南阳，该多好！可惜没有。

二

将番薯洗净刨成细条状，洗去淀粉，沥干水分，晒干收储，谓之番薯米，是一年的主粮。新鲜的番薯米色白，状如蜜蜂幼虫，散发着浓浓的淀粉和秋日阳光的味道。它看上去很好吃，其实口感不好，柴而糙硬，特别是贮藏后不断氧化，颜色变深，煮熟即成黑褐色，色香味俱差，要拌以大米蒸煮才好入口。但番薯产量远高于水稻，在温饱为农民最大梦想的年代，自然更受青睐。

不知道我们为什么总是对圣人的话津津乐道，比如"食不厌精，脍不厌细"，即便不说是动物的本能，但也绝对算不上什么玄妙深奥的道理，虽说有点正常思维的人都能说得出吧，但问题是要有条件才行呀。而且，从现代营养学角度讲，这话是不科学的，研究与实践证明，粗粮以及简单烹调的食物更有益健康。那时的白米饭是我们能仰望到的最"精"和"细"的食物了，美得可以不配菜就能吃下三大碗。饭食里番薯米与大米的比例是判断一家伙食好坏最简洁直观的标准。小孩饭后总是串门，呼朋引伴出去玩，因此时常得以观望开饭较迟的人家的餐桌。我的记忆里，全村只有五户人家饭的颜色偏浅，有清晰可辨的大米影子：大队长家，村支书家，丈夫在县竹木联社当工人的背篮嫂家，劁猪师傅久安家，以及我细叔公家。那时，细叔公在生产队赚工分，细婶嬷还是全村唯一的裁缝。大米多的饭是我垂涎很久的东西，因此记忆特别深刻。

不过，在我的家庭里，我碗里的饭大米所占的比例也相对较高，那是在父母和哥哥的默许下"投机取巧"得来的。儿童时期正是贪睡的年龄段，我却尽量早起，当然不是因为听从了"睡早强（于）吃补，起（床）早做财主"的祖训。天光微露，母亲起床做饭，我也挣扎着起床，尽管眼屎和睡意固执地粘连着上下眼皮不让双眼轻易睁开。灶后墙壁上昏黄摇曳的洋油灯光，与灶膛流出的通红柴火光营造出一个影影绰绰、烟蒸雾腾的空间。母亲的身影在烟雾中穿梭忙碌，我则如一棵木桩钉在灶边，强撑着眼盯着雾气蒸腾的大铁锅，大米饭的香气混合着白茫茫的水蒸气从破损的木锅盖缝隙中嗤嗤地溢出来，浸染了整个灶房，也钻进我的鼻孔、口腔，搅起唾液如汩汩泉涌，搅得肚里也咕咕抗议。

米饭约七成熟，母亲拿着簸箕去仓里取番薯米，我迅速取出一个小碗，踮起脚，推开锅盖，操起锅铲，从锅里盛得一碗稀得照见人影的大米稀饭——这一连串动作我做得行云流水，赶在母亲回来之前一气呵成——"别烫着！"母亲看着我狼吞虎咽，叹口气，轻轻地摇摇头，目光里满是慈祥和无奈。

母亲把番薯米倒进锅里，用锅铲搅拌，试图将大米与番薯米充分搅匀。大米因自信而沉稳，因高贵而深沉，不屑与丑陋的番薯米为伍，努力从番薯米中分离出来，沉淀在锅底，如某些哲人所言，世界上没有绝对的平均。实践出真知，我在对白米饭长期执着的实践中，掌握了一套能淘到大米占比相对较高的米饭的技巧。番薯米饭煮开后，母亲用饭笊篱捞起，沥干，倒入饭甑蒸软食用。俗话说"好东西淀底"，倒入饭甑时，较多的大米会蜷缩在饭甑某一角落。蒸熟后，饭甑移动搁置在水缸盖上，母亲的手势是固定的，也就是说，大米相对较集中区域的位置，每天基本固定。

　　我像站岗的士兵，坚守灶房，以便确保自己是第一个盛饭的。我拖来凳子靠在饭甑边，跪在凳子上居高临下俯视饭甑全域，然后用饭铲细挖深掏，直捣饭甑前侧底部，如此总能挖到一碗大米占比较高的饭，这大概就是对"食不厌精"本能的最生动注解了。可是，不要以此推断我吃腻了番薯米，其实那时，就是如此难吃的番薯米，也还是年年短缺。

　　入夏，粮仓告急，父亲只能用扁担挑了布袋，步行三十里去南阳找嫁到那里的族姑、姐家借番薯米，待秋收之后再归还。秋收后的粮食本来就不够下一年食用，还得匀出一些还上一年的债，下一年粮食将更短缺，显然这是拆东墙补西墙，再拆南墙补东墙的做法，窟窿越拆越大，但有什么办法呢，先解决了眼前再说，唯一的祈望便是来年大丰收，补上这入不敷出的黑洞。可是，无论多么的风调雨顺，生产队的庄稼也很少丰收，它就是那么的吊诡，总是广种薄收。

　　父亲是全大队最勤劳的人，几乎出满工。生产队收工之后还拐到山上砍一捆柴火，或者到自留地里干一会儿活，每天比太阳迟回家，可粮食还是年年亏空。年年去南阳告借番薯米，让父亲很是没面子，南路之路横亘如天堑畏途，但又不能不硬着头皮迈步向前。临行前一天，父亲总是唉声叹气地和母亲商量，先找哪一家求借成功率大些，以免觍第二次脸、损三次面子。

三

南阳我一直没去成，地偏路险，不过，那时即便通了马路多半也是不会去的，温饱无着的人肯定不会想着去旅游，若无正经事，绝不会花那个车费。有的小脚女人除了回娘家，一辈子没出过村庄，那是个丢一分钱也要伤心几天的年代，村里曾有个女人因丢了五毛钱而喝过农药。

村庄的肇基始祖为何从百里之外通途处的一个相当繁华的集镇迁居偏僻的深山定居？南阳黄氏族谱无一字说明，但南阳有一位曾迁居外村的黄氏六世孙因"祖家田产更足，自愿留宗"回归南阳，看重的就是这里的山深路远，地广人稀，有足够的土地可自由耕种番薯。地广人稀倒在其次，因为闽东的山里，人烟普遍稀少。后来，我从南阳的一位同学那里得知，他的曾祖父的父亲确实是靠了勤种番薯，贩卖番薯米且极端节俭，置得水田旱地八百余亩，成为富甲一方的财主，盖了一座雕梁画栋的大宅院，一直到他父辈还住在那房子里。老房子前些年坍塌了，一同坍塌的，还有那个番薯米时代。

待我长大后，有能力去南阳了，外出闲逛也成了寻常事，但生活中早已抛弃了番薯米，南阳的辉煌便在心中黯然失色，想着"农转非"，想着"进步"，想着"下海"，想着去大城市，去大城市！谁稀罕南阳那山旮旯。

那时恐怕谁也不曾料到社会上会流行起乡村游。城市一口就吃成个大胖子，臃肿庞大仍无节制地暴饮暴食，像黑洞一样吞噬着农村的人和物。乡村则如弃妇，在寂寞中快速人老珠黄，空旷、破败、寂寞、哀怨，但在有或真或假文艺情结之人的眼里，她则别有一种风味，可劲对着她凭吊、伤感和悲悯，肆意地向她倾洒喜怒哀乐。

借了乡村振兴战略的东风，一条三级公路双向沟通了南阳这一带的山里，南阳之行变得简单而快捷。我要去往一个茶盐古道时代极繁华、而今被边缘化的集镇，我放弃了高速路和宽敞的国道，选择这条经过南阳的三级公路，以便能顺便看看南阳。我此时的造访，除了闲情、文艺心态，多少还有些探望一位没落穷亲戚的优越感，以及寻访儿时办家家酒时那个假扮我新娘，成长后再未相见的女孩的好奇心——其实完全可以想象得出她是如何的皱纹满面、齿脱发落、不忍卒看，但仍忍不住想看上一眼。

五座连排的土木结构明清风格徽式老房子挂在陡峭的坡上，坐落在葱郁的草树之间，白灰粉墙被时光和风雨剥蚀得斑斑驳驳，像长满癞疮疤的野狗，但如大鹏展翅的飞檐斗拱及巍峨高耸的马头墙，仍彰显出昔日的富贵豪华。南阳确实曾经富过，但即便是这样的财主豪居，仍可读出它受限于地理环境的局促逼仄：屋后是几乎要触及墙顶的石崖，门前狭窄的路外，便是近乎垂直伸入深涧的峭壁。

这样的环境，自然水田少，旱地多，只适合种植番薯，也成就了南阳"番薯壑"之称。南阳有人因番薯而富，后培养出显赫官宦，据《南阳黄氏族谱》记载，有裔孙出仕"江西梧州府、四川永宁道，升江西按察使司。誉满三十都及古田北路"，南阳小乡村因此"被称汉阳府"。虽说都是祖宗的子孙，宗族的一员，但族谱总是只津津乐道于功名、仕宦、财富与传奇。

眼前村庄破旧寥落，与村庄祖先的期望肯定大有落差，只有一位年老妇人和一个怀抱婴儿的中年女人盯着我们，不说话，似有些好奇，还有些警惕。

应该不只这几座房子吧，光我家乡嫁到这里的族姑、姐都住不下吧。左顾右盼间，我觅到房子右侧隐约有一条掩埋于芳草里的清瘦青石岭，便试探着逶迤而上，青草的叶子划拉着我们的裤管，不知是阻挠，还是挽留。翻过山脊，峰回路转间别有洞天，还有路，还有房子，在一个坡度略缓的小山谷里。

碎瓦铺路，青草夹道，村巷、破屋、荒厝沿两边层层叠叠铺开。一位中年妇女立在旧房子前热情地打招呼，主动请缨当向导。"这儿以前全是房子，很兴旺的，有的房子很大，雕梁画栋，可惜大都倒塌了。"她的右臂扬起来，划了个大大的圈，似乎要将记忆中的房子全托捧出来，包揽进去。"了不起！"我半由衷半恭维地说。看了一番残垣断壁、烂屋荒巷，向导一定要带我们去看看他们的"大厝"。盛情难却，又不收门票，再推辞就有些不近人情了，走吧。

这是座建于二十世纪六七十年代的土木结构大房子，从结构看，应是当时的大队部兼俱乐部兼影剧院，那时，每个村庄都有一座。大厝被刻意地装饰一新，像涂了太多粉的老妇人，有厨房炊具、茶几、戏台、投影仪、旋转彩灯等，大厅边叠了许多大圆桌及凳子。向导说，春节时，外地回乡的乡亲们大都会聚在这儿吃饭闲聊，看电影唱歌，喝酒抽烟，搓麻将，春节一过又一哄而散，如候鸟向各自意中的城市飞去讨食。村子荒芜落寞，与她的子民聚少离多，但她仍是这些吃着地里长出来的番薯米长大的孩子们根系所在。番薯米，是他们深厚而坚韧的乡愁。

四

番薯易种，产量高，那为什么当年只有南阳这一带才能吃饱番薯米呢？我终于抛出了这个老问题。其实，数十年的人生经历，这个问题的答案早已了然于胸，但一方面担心冷场的尴尬而没话找话；另一方面，毕竟这个问题曾让我困惑并耿耿于怀多时，在我心底沉淀成一个阴影，问完了也许就彻底释怀了，就像那一团在肚子里乱窜的废气，非放出来才舒服。同时，我心里还有点隐隐的希望：也许还有出乎意料的、让我不再对历史心怀芥蒂的诠释？

"天高皇帝远嘛。"向导回答得很干脆，"公社干部来得少，除了生产队的，我们自家还偷种了不少。"果然，答案都在意料之中，不过，听过之后，我还是忍不住又感慨一下："本来，害虫少，风调雨顺，粮食会丰收，岂知干部来得少，粮食也能丰收，这是什么道理嘛，有点匪夷所思了，我们干部的宗旨不就是为人民服务的吗？"我有些惶恐，感觉自己像害虫。不过，向导补了一句，让我释然了，她说："现在的干部好多了，不但不收'三费粮'，还主动帮助我们解决困难。"

同伴说，当时的愿望也许是好的，共同劳动，均贫富、共甘苦，可是实际的结果却是严重挫伤人们的劳动积极性，生产效率低下。

当时有许多人想搬到南阳，搭个草庐，垦荒种薯，像那个南阳的诸葛庐一样，可惜南阳人不答应，公社也不答应，那是一个人人都应该为理想奋斗的年代，不允许成员消极隐居遁世"自绝于社会"。且当时人口流动是严格管理的，想落户南阳，比如今落户"北上广"还要难，唯一的途径便是嫁人。我老家离南阳不算太远，有人将女儿嫁入，既给了女儿一个不饿肚子的前程，又借了姻亲关系到南阳淘些番薯米度饥荒，一带二，二带三，便有许多家的女儿嫁到这里。

哪曾想，风水轮流转，南阳的优势不久成为劣势。分田到户后，我老家水田多、交通便捷的优势立马体现出来，父亲和二哥种了很多水稻、番薯，而且大丰收，仓库里的粮食倍增，全年都能吃以前只有在正月初一才能吃到的不拌番薯米的纯大米饭，还可以外销一部分稻谷，而番薯米全喂了猪。南阳仍旧要吃番薯米饭，好在此时的人们可以自由流动，山不转水转，良禽择木而栖，嫁到这里的姑、姐们纷纷弃南阳而去，有的进了城，有的举家搬回娘家，南阳成了第一批人走村空的村庄。说起往事，她们半玩笑半嗔地怨父母把她们嫁到南阳那个"鸟不拉屎的地方"。做父母的低了头，嘿嘿地憨笑，一脸愧疚。女儿们的责怪有些无理，做父母的有些冤枉，就如我们，难道能责怪千年前村庄的肇基始祖为何不肇基在"北上广"，难道能责怪自己不投胎在高官富豪人家吗？

祸福相依，南阳人因为较早抛弃了田园外出闯荡，相当一部分成了那个时代最早的一批商海"弄潮儿"，改革开放初期一些人实现"先富"。

我问向导，乡村衰败了，可惜吗？她说，看着几十代祖先辛辛苦苦发展起来的村庄就这样散了，当然可惜，可是，有什么办法呢？年轻人外出，是好事，她也鼓励子女出去，都守着村庄，混个温饱，什么也发展不了，人活着，无非就是为了活好一些，哪里好做吃，就去哪里了。普通人，谁也逆不过潮流，谁也拗不过时代。

迫不及待地逃离乡村，却对乡村的衰败充满伤感，向导的话让我感觉到自己多少有些矫情。是呀，乡愁，无论如何都不比生存、发展重要吧。而有位作家朋友竟然说要像先前那样，禁止农民流动以挽救乡村，我对此不置可否。治水用疏胜于用堵，这是讲了几千年人人都懂的道理，但是短期来看，堵确实简单而效果立竿见影，而且社会治理并不像治水那样简单明了，因此，一旦遇到问题，许多人首先还是想到堵。

乡村的人、空间、时间有惊人的相通之处：年轻时的村民，与初创期的村庄，一年中的初春是相似的，年轻人的朝气与闯劲，村庄春节的热闹、节后村民的奔流，村庄肇基的发展壮大，都表现为外向、扩张。村庄后期大约也如肃杀的冬，或萧条的年末，游子开始思乡，回家过年，也如人生暮年，渴望叶落归根，都不约而同地表现出收敛、深沉、阴郁的特性。若从这个角度解读，村庄的兴衰何尝不是自然规律呢？

南阳的繁华、南阳的落寞，都只不过是历史长河中的一瞬，就像我路过时的一瞥。

五

离开南阳，在她即将在我眼中消失之际，我再次回首儿时梦萦魂牵的南阳，是诀别的意思，我想我不会再和南阳有任何的牵扯，哪怕意识里。可是，回到县城的第二天晚上，一位曾嫁到南阳的族姐夫妇就来找我了，带了一只说是自己养的不吃饲料的鸡，还有一箱苹果。他们早在县城里讨生活，一直在街上摆水果摊。堂姐聊起那时我父亲去找他们借番薯米的事，我也回忆起他们南阳的番薯米糕是如何的美味。十五年来，除了村里族人的红白事和扫墓，他们极少回村，似乎与城里人无异了，但他们还记挂着那个叫南阳的家乡，村里建庙、修祠堂，都热心地捐钱。他们说，等孙子不需要接送了，他们就回南阳去。我开玩笑说，那村庄只能藏"鬼"了，哪还住得下人？他们也知道南阳不好，子孙们都不想回去了，但他们感觉老了还是在村里更自在。

"对了，我孙子读书的事，有点儿麻烦。"似乎是聊起孙子他们才记起来的样子。他们的孙子下学期要升入初中，但县城的中学有规定，2016年8月31日之前迁入户口的，才能就学，他们却是在那年底才在城里买了房子。他们说我是当官的，应该认识校长和教育局长。我汗颜，说我不是官，充其量只是个刀笔小吏，校长、局长认识，但没什么交情。在他们的印象里，只要有了熟人，攀了关系，一切规定都不是事儿，按照以往惯例，似乎是有可能办到的。是的，有些人头脑活络，向来不作茧自缚，"规定是死的，人是活的""活人还能让尿憋死"是他们的至理名言。年轻时，我也乐意办这样的事，以证明自己的能量和面子，可如今，制度越来越规范，这事越发难了，而且，我的心态也变了，厌恶并惧怕交际，视觍着脸求人最为畏惧。我怕他们误会，以为我不念亲情，当即掏出手机，打开免提，分别给校长、局长打了电话，谦恭地把情况简要说了一下，说是至亲，请求行个方便。校长、局长坚定地说,现在都按章办事,这事不可能。他们还说,以前请个副县长之类的县领导写个条子特批一下就行,但现在也不行了。族姐、族姐夫怏怏告别,我有些愧疚,又如释重负。

后来,在一次酒席上遇到了这位族姐的儿子,他之前在工地打工,后来,利用父母的积蓄在县城开了个家电商店,这些年赚了些钱。我不敢问他儿子读书的事,他也没说,只告诉我,他准备回南阳,把老房子装修一番,开个乡村旅游饭馆,请人种一坡的番薯,主打食品便是番薯米饭、番薯米糕,兼销售自制番薯干,同时,让游客自助种番薯、挖番薯,想请我帮他策划、宣传一番。

南阳的祖先有的靠番薯成了财主,二十世纪六七十年代,南阳人又靠番薯米娶走了我村的多位美女,而今,还能靠番薯振兴乡村?我忍不住泼冷水,劝他说如今在城里稳稳地赚着钱,何苦要去乡下折腾,两天没吃番薯米,就忘记了乡下的苦了?他皱着眉说:"你这文化人,怎么说的话跟我爸妈一样,一点情怀都没有。"

谈话不欢而散,后来他也没再联系我。

半年过去了,不知他的番薯米农庄办起来了没有,我倒是有了一股去看看的冲动,也许还能顺便尝尝番薯米饭、番薯米糕。对于许多在村庄出生长大的人来说,村庄就如母亲的怀抱,强壮了,就想挣脱,而老了,又有了像婴儿一样无力无助的恐惧。在外失意了、厌倦了,雄心消退,想寻求安全安稳,思乡之情就油然而生,不绝如缕。看来,我也老了。

我打开手机通讯录,寻找族姐儿子的电话。

! 唐戈

实名李家钒,福建省作家协会会员,《鸳鸯溪文艺》执行主编,著有散文集《从你的风景路过》。

♥ 本文荣获大赛二等奖　作品发布壹点号:边缘文学

荒芜中照见的美好

● 殷艳丽

春节前打扫居室,才发现还有很多角落是平日里打扫不到的。纱窗、房顶角落、空调外壳……都蒙着一层细细的灰尘。打扫起来真是累人,不免心生烦躁,生活中稍有懈怠,便会荒芜。

于是想起小时候过年时父母打扫居室的情景,那时住的房子比现在的楼房难打扫多了,每到过年父亲都要买一把新扫帚,把房顶、墙壁以及四周角落都清扫得仔仔细细,直到见不到一丝灰尘和蛛网为止。

家虽清贫,但是整洁。

除夕时,一切有条不紊:洁净的墙壁上挂着家谱轴子,方木桌上摆满了祭品,木门上贴好了大红的对联,院子里父亲用草木灰撒成一圈圈的粮囤形状,囤旁边还有草木灰撒成的梯子——

清贫的世界,照见了人世间最简单的美好。父母用他们的淳朴虔诚地雕琢着这个世界,一切都充满温情。

童年时不乏荒芜,凝结着白霜般的盐碱地,长满蒿草的河坡,低矮残缺的土墙……

祖辈和父辈们的一生都在和荒芜不停地斗争,为了不让荒芜蔓延,他们劳累了一生。

记忆中父母都是用尽心力管理着这个家,他们战胜贫穷与荒芜的智慧足可以写成一本大书。如果能用父母智慧的千分之一来对待自己的生活,那我的居室一定能达到世上最美的"奢华"。

母亲见不得荒芜,犹如见不得需要她改造的碎布头一样,我真是赞叹母亲的能力,记忆中母亲总能把那些碎布头、烂棉花、不能穿的旧衣服,统统用糨糊一层层粘在一起晾干再纳成鞋底、做鞋帮,一家人的穿鞋问题就解决了。

世上就仿佛没有母亲不能改造的,她把家后面荒着的一片空地收拾成了菜园,用木柴做成篱笆墙,里面长有卧在地上的南瓜、垂在空中的瓠子、割不尽的韭菜、一茬茬的小葱……母亲的双手是如此魔幻,现在我常常说她就是"芸娘"一样的人。她把自己住的院落收拾得更是生机勃勃,长满紫色梅豆角的秧子搭在院墙和厨房房顶之间,像一把绿色的伞撑在院子里,一家人在绿色篷架下吃饭,惬意极了。

最贫困的时期更见母亲魔幻般的神奇。记得那是在连续几场春雨后,大早晨天一亮,母亲就把我和弟弟喊了起来,提上竹篮对我们说找蘑菇去,去晚了蘑菇就长老了。我们听到后真是太兴奋了,带上阿黄,就急匆匆地去河坡了。那里有经年的落叶和枯草。春天刚来,万物刚刚复苏,远望河坡,略显荒芜。走了很远很远,走到村里人不常来的地方,母亲放慢脚步仔细寻找着。我和弟弟带着阿黄边找边玩,盼望着奇迹出现。忽然母亲惊喜地说:"快看!"我顺着母亲手指的方向望去,只见荒芜的沟坡上一朵乳白色的粗粗的鸡腿菇正亭亭地立在那里,好似开出的一朵花,我惊喜万分:好大的蘑菇!

接着我们又找到了第二个、第三个——多半天的工夫,就捡了多半篮子鸡腿菇,那时真的像捡到珠宝一样激动。

回到家,母亲把鸡腿菇清洗干净放进铁锅,放进水加上盐,母亲说,要给我们做蘑菇汤喝。对于这种天赐的美味我真是充满了期待。不一会儿汤就做好了,母亲把蘑菇汤盛在我们每个人的粗瓷碗里,我急急地喝上一小口,咸咸的蘑菇汤味道鲜美,再吃上一口蘑菇,真比鸡肉都好吃,仿佛人世间所有的美味都包含其中,童年时的美好记忆太难忘了。

清贫的时代一去不复返。

故乡在飞速发展着,很快成了城中村。昔日的土地上建了机关、医院、学校等。我们的村庄完全被城市包围起来了。

我三年前暑期回到故乡时,看到老家的门前,一条宽阔笔直的公路横贯东西,东面是面粉厂,西面是医院和机关单位,路北是学校,路南是制衣厂,四周再也不是绿油油的田野和一望无际的庄稼,而是一片片林立的高楼大厦。不禁感慨故乡变化之大。

周围还有一些废弃的地方,就像边角余料一样,暂时被闲置着。这是故乡飞速发展过程中蜕下的茧。

回家那几天,母亲一直在叨叨说周围那些废弃的地方,横不见方,竖不见圆的,我就叫母亲不要再操心了,一定还会统一改造的,不会就这样闲置着。

母亲是闲不住的,对着那些边角余料不知又打什么主意,早晨一大早跑去那周边转悠。我心想,父亲已经过世了,母亲一个人能做什么?

住了几天我就回到了城里。

又一年春天,弟弟给我发过来视频,他身后是一片绿色的植物,一人多高,而且还开着黄色的花朵,十分漂亮。我问弟弟这是哪里,弟弟神秘地笑着说:"姐姐你猜猜吧!"

我实在看不出来,弟弟告诉我说,这就是家那的那些边角余料,母亲就在这些暂时被废弃的地方,搬走废砖烂瓦,种上了洋姜。

噢,洋姜啊,我对它太熟悉了,记得小时候母亲按在土里一块洋姜,后来就长成了一大片,而且来年不用再种植了,它会越长越多。洋姜生命力是很强的,只要有泥土,它就可以生长。不用施肥、打药、除草。一到了秋天母亲会把洋姜腌起来,一腌一大缸,吃起来脆脆的,比腌萝卜好吃多了。

不过现在生活条件好了,谁还想起来吃洋姜?更不要说种了。但那些边角余料总比荒芜着要好,也成全了母亲。

我真的太佩服母亲了,后来疫情防控期间,母亲的边角余料还派上了大用场。

刚过庚子年春节,春寒料峭,突如其来的疫情如同这冬末的寒冷,笼罩着一切。

我住在城里,就地过年。故乡也"戒备森严",每个村庄都在防控疫情。我惦记着家里,叮嘱弟弟他们一定不要乱走动,再就是惦记着生活用品问题,尤其是买菜。平时在集上买菜很方便,如今村庄变成了一座"孤岛",怎么买菜?

我给弟弟打电话,弟弟让我不要担心,他说他们的"自救能力"很强,弟弟神秘地对我说,咱家里的菜取之不尽,而且都很新鲜,倒是母亲很担心我们在城里的生活。

我寻思弟弟开玩笑罢了,刚过完冬天,春寒料峭,家中哪里来的新鲜蔬菜?故乡已经没有土地了,更不要说小菜园了。

弟弟提醒我说,姐姐,你忘记咱家周边的边角余料了?洋姜长得太多了,吃不完,母亲就让洋姜在地里长着,随时吃随时挖,那些成片的洋姜都在土里过冬,冬天不怕冻,挖出来好新鲜。咱村婶子大娘的,都过来挖洋姜回家炒着吃。

我第一次知道洋姜冬天在雪地里也不怕冻。

一片荒芜的角落,疫情防控期间竟成为乡亲们的菜园子,我真的佩服母亲的勤劳与智慧。

今年秋末冬初,我把母亲接过来在济南过冬,她腰椎不好,正好也让母亲休息一下。

母亲还是坐不住,喜欢出去在小区里转悠,尤其喜欢那片银杏树,金黄色的银杏叶在蓝天下更加耀眼,确实让人喜欢。

一场大雪,让银杏叶瞬间凋落,地上一片荒芜,我不由得感到可惜遗憾。

有一天下班回来,母亲端来一大盘子杏仁一样的东西。

"这是什么?"我问道。

"你先尝尝。"母亲有些神秘地说。

拨开一层薄皮,里面是黄色的果肉,放进嘴中一嚼,又劲道又好吃,我不由得想起在一家饭店好像吃过这种果实,大概叫什么白果,印象还是很深刻的。

"你是从哪里买来的?没见超市有卖的。"我奇怪地问道。

"这就是银杏树结的果子,我头几天看电视,说银杏树的果子可以吃,还可以治疗高血压高血脂。咱小区那么多银杏树,落地上一片片的果子,没人捡,太可惜了。我就按着电视上说的去做,这不,又好吃还治病。"母亲笑着说。

呵,我还真是第一次知道,原来白果就是银杏树的果实。

"生的不可多吃,煮熟了没事。"母亲说。

"噢,真是好东西,银杏树年年结果,年年都浪费了,这下好了,派上用场了。"我赞叹道。

吃过晚饭,母亲提着一小袋子银杏果给那些经常在一起散步的老太太们尝尝,她们都说好吃。

第二天黄昏时,老太太们一边说笑一边在银杏树下捡着银杏果,真是一道动人的风景。

看到此情此景,我内心感慨很深,只要用心生活,荒芜也可以变成美好。

殷艳丽

中学语文高级教师。济南市作家协会会员,山东省散文学会会员。齐鲁晚报青未了签约作家。自 2014 年以来,先后在《大公报》《姑苏晚报》《齐鲁晚报》《台儿庄日报》《中学生读写》《济南教育》等报刊发表文章若干。

本文荣获大赛二等奖　作品发布壹点号:素年瑾时

那时春天长远

◆ 朱小平

那时，我上小学四年级。

那时，我们学校的围墙，由直挺的杉树与葱茏的芳草间接组合成天然的绿色栅栏。我们的教舍低于一棵成年的杉树，却远高于一丛盛年的芳草。我们的视线，与教室窗口的那片天空齐平。

那时，我们对四季的交替、年轮的更换以及远方的远，都是模糊不清的。

那时，我们刚开设了地理课，地理老师也是新的。他从城里来，是曾经去过很多座城的老杨老师。

他的年纪离青春很远了，还长期穿皮夹克配大喇叭牛仔裤，这一身青春洋装虽与乡土气息格格不入，倒是很时兴很吸引众生目光。太阳镜遮去了他眼角的皱纹，遮不住渐秃的宽额上岁月深刻的纵横的"川"字。他骑单车，要骑到教室门口的台阶，才一个紧刹，身子突地往前一倾，一只三角头皮鞋往地上一踮，另一只往前杠上一滑，两只皮鞋径直落到了讲台边。

他上课时也未摘掉太阳镜。那时我们都还没见过茶色玻璃片的近视眼镜。我们看不清他的眼睛到底在盯着谁，我们以为他的面前全是阴天和乌云，老担心会突然打雷下雨。极度的紧张使我们极度的专注，专注使我们上课认真。恐惧带来的认真是无法持久的，人的本能都想要找快乐，会想方设法逃避烦恼忧郁，而有趣带来的认真是自然而然漫延的，记忆也在翻来覆去的愉快回味中加深加长。

我至今仍记得杨老师给我们讲解异地的气候。他不说别处的气温是摄氏多少度，怕我们这些乡里伢子会听成"射死多少兔"。他直接推开塑料薄膜窗户，指着太阳升起的左上方天空，说长春就在那个位置的很前面，并非四季如春，那里深秋的雪，就像我们家乡暮秋田野上的白棉花一样匀实；他讲昆明的天气，不再重复"四季如春"这个成语，他抖了抖身上的皮夹克，抖出内胆的薄棉布，在昆明，男生穿上这样的皮夹克可保整年冷暖，女生可以尽情地舞动白云朵朵飘逸的长裙，伴着澄澈滇池边的纤纤碧柳，春景浩漾，接天连地一片。

那时，我们开始在春天里向往远方的春天。

那时，我们只能走进自己身旁的春天。

我们教舍后有一小块属于学校的农田。我们每周有一个下午的劳动课。教室的地是硬泥土、墙是沙泥土，课桌天天用袖子揩过，废纸我们可不舍得扔，茅厕与煮饭的引火都急需它。我们的劳动课，被杨老师安排到那片农田上忙活。

杨老师在半耕半教的老校长面前吹牛，说他年轻下乡时特会赶牛犁田，老校长果真把自家的牛牵来，杨老师脱掉皮鞋袜子，喇叭牛仔裤挽过膝，接过拴牛绳与看牛鞭子，扶着犁耙跟在牛后，"驾驾"几声走大路似的，犁翻了那片湿土。

来到大自然的春天里，我们成了杨老师看放的一群湖鸭，光着脚丫在湿土上踩呀踩，踩出一摊软泥，搓成一个个打泥炮的小窝头，每个泥窝头里塞上三两粒拌了磷肥的黑棉籽，整齐摆放在支了竹架薄膜的温棚内。

棉籽发芽后，我们望着那萌动的生命，杨老师望着生机盎然的我们。一个泥窝头的棉花苗，要置放在蜂窝煤机压出的备了底肥的一个坑里，再培土浇水。杨老师先选了长势好的泥窝头，又一蔸蔸拔掉长势薄弱的小苗，只留一根主苗，剩余的泥窝头暂时不动，用作候补日后枯死的主苗。

杨老师告诉我们：一株棉花的生长期很长，春天主苗长到开枝，要修枝剪叶；夏天开花，乳白与粉红的花瓣美是美，却不一定都能结出棉果；秋天的青果还要杀虫；初冬采摘完雪白的棉花才算收获。

获得一朵棉花的温暖，需要多么漫长的精心培育。幼苗时便开始了层层筛选，一步步扶持、一点点修正，还要用四季来守望……

杨老师站在棉土地里一脸汗珠，摘掉眼镜擦拭玻璃片上的水雾，看着眼前的我们，蜂拥着去抢已剩不多的好棉苗。他意味深长地笑了笑："不要急，一蔸草总有一捧露。"

那时，杨老师颇接地气内外兼修的授课方式，像春风一样和畅地吹进我们的脑海，又像春雨一样滋润浸入我们的心田，我们久久地徜徉在春光下，不问炎凉。

那时的春天，好长好远。

❗ 朱小平

女，益阳人居郴州，书法老师。中国散文学会会员，湖南省作家协会会员，在《小说林》《绿洲》《散文百家》《湖南散文》等文学刊物发表作品数篇。

❤ 本文荣获大赛三等奖　作品发布壹点号：书卷文苑

乡村教材

❖ 王国政

中年男人从胡同里缓步向村口走去,从城里专程来接他的轿车已等在那儿。站在村头半山坡上,他转过身,仔细地打量眼前生他养他的普通村庄。目光停顿的瞬间,他发现一条东西大街将村子分为两半,整个村子像一本打开的大书平展在那儿,静静地,一声不响。

半个月前,中年男人回到偏僻落后的村里。他感到心累、茫然,想躲开浮躁的城市和生意场,暂时静一静。十多天,他走进村里的庄稼地,焦黄、肥沃的土地,令他脚下感到厚实和踏实。正值盛夏,蓬勃生长的禾苗染绿的田野使他眼睛放亮。他关掉手机,在村子里闲逛,有时来到街坊邻居家中,坐在土炕上,听乡亲们拉家长里短、柴米油盐、生老病死。远离酒桌,一天三顿农家粗茶淡饭,他吃得有滋有味,回想起了很多,也透过乡亲们满足的笑容想到了很多。走着、转着,脚步越走越轻快,脑子越转越清凉。离开村子返回所在的城市时,他嘴角挂着微笑,一身轻松。

地球上,城市和乡村并存。论数量,村庄明显占优;论单个体量,城市超过村庄。时光更迭，城市的块头越发见大，村庄和土地在退缩，为城市腾出地方。城市底气十足，看不出一丝谦逊或客气。

乡下人羡慕城里人。他们眼里，城市是发达、富裕的代名词。城市人身居高楼、吃穿不愁、牵狗遛弯的日子过得滋润。乡下人眼馋，一窝蜂往城里挤。城市人口越挤越多，多到几乎没有停车和落脚的地方。

城市人没有乡下人想象的那样舒心。城市的逼仄和喧嚣，房价攀升、求职难带来的生存压力，城市人困惑、纠结司空见惯。这种以焦虑为主要特征的精神疾患，并非仅仅侵袭普通人，按照时下的认定标准，得"病"的坐拥一定地位和财富的成功者不在少数。

病根和解药在哪里？

土地

不妨请出一位年长者来为土地代言。晋代大诗人陶渊明由于对官场感到厌倦，不惑之年毅然弃官归隐田园。后来他的行动证明，他回到土地，皈依了纯粹的自然、真实的自然。他从内心深处以自然为美，与土地为伴，因循自然，寄情土地，因自然而净化心灵，因土地而领悟生命。当他站在山水间轻声发出"纵浪大化中，不喜亦不惧。应尽便须尽，无复独多虑"的生命终极感悟时，可以想见，那是一种怎样的旷达超脱、淡定从容的人生姿态。

美国人梭罗也是一位亲近自然和土地的主动实践者。他倡导朴素、清醒、自然的生活方式，一个人来到森林里，亲手搭建起一座木屋，于湖边种地、垂钓、读书,在森林里漫步,想一些事情。渐渐地,他发现"大自然的纯净与恩赐真是难以形容,就像太阳和风雨,夏天和冬季,它们持续不断地给人类送来健康和快乐!它们甚至还与人类心有灵犀,如果有人因为正当的理由而难过,那么整个自然界都会受到影响,太阳的光芒将会变得暗淡,风儿将会叹息,云朵将会落泪,树叶将会在盛夏时节飘零以表伤心。"两年过后,当他离开瓦尔登湖时,感慨道:"我们的人生被许多无足轻重的事情耗费了。人真正需要的东西,基本上十个手指就能数得过来,顶多再加上十个脚趾,其他都是可以丢弃的。简单,简单,再简单!"

宇宙、自然、生命是一个有机的整体。道家讲天人合一。对于城市人来说,身居钢筋混凝土筑成的城堡里,脚下是厚厚的水泥地或者柏油路面,人与土地无形中气场阻隔,难以接通地气。城市工作和生活的节奏快,城市人紧张忙碌中,忽略甚至遗忘了餐桌上的粮食、菜蔬、水果来自土地和乡村。他们习惯到公园里散步、健身,或者带着孩子到农业观光示范园采摘短时乐趣。在某个特定的场合,或许会随口发出"大地啊,母亲"的吟哦,而生活中真正常去乡村走一走,亲近土地,看望大地母亲的城市人并不多见。是时候该向现代都市人大喊一声了,请将脚步慢一点,再慢一点,略作停留,回头看一眼缺衣少食依然篱下采菊,抬头观南山云卷云舒的陶渊明,然后与大洋彼岸那位金发碧眼的梭罗先生打个招呼,微笑示好。

土地的品格是高贵的,它沉默不语,承载、滋养着万千动植物生命,却从来不表白什么,索取什么,只是通过芬芳的泥土气味与生灵对话,然后默默地承受、忍耐和付出,呈现出博大的胸襟。它以恒久的生命之躯哺育着无数鲜活生命的轮回,使地球家园始终喧哗、热闹,生生不息。

这如何不令人感动,怎可以冷落和遗忘了土地!

人在尘世,与俗腻纠缠在一起,往往难以自救。乡村的土地最具原始风貌。肥沃的土壤,利于思想的发酵,精神的成长。城市人亲近土地,才能在清新的乡村自然风中,实现心灵的觉醒,自觉挣脱俗世的诱惑,素简清欢,还原生命本该有的样子。

村庄

村庄大都建在山野或平原上,星罗棋布,各自相对独立地存在着。它们与土地接茬、互融,似乎没有惹人注目的地方,尤其那些零星散落在大山深处、山沟旮旯里的村庄,很少有人注意到它的存在。而城市人餐桌上的食物,几乎无一例外地来自这些或近或远,或大或小的村落。

村庄的可爱之处,质朴、敦厚,它不太在意别人的目光,习惯了与土地搭伙,与自然结亲。它觉得这样安静、平淡的日子没有什么不好。它不擅长攀比,出风头。

地处偏远的村庄无法与城市近郊的村子相媲美。商业开发的脚步加快,城市近郊的土地,逐年被蚕食。村庄变成社区,平房变成楼房,农民变成居民。令这些昔日农民感到困惑的,面对儿孙天真的眼神,他们无法用语言描述村子曾经的模样,只好去往他乡,指着别人的村庄向后人讲述过去的故事。

纳入城市规划的村庄是少数，是时代的幸运儿。村民如愿住进了高楼，过上了城里人的日子。有心人发现，小区广场上，当年喜滋滋搬进高楼的街坊邻居常常凑在一起，怀念曾经的村子，念叨过去的好。

胶东那个偏僻的村落时常走进心头，我也偶尔回到村子。村子很普通，缺少个性和特色。因为是故乡，每次走进村子，小住或短暂停留，生命总是被触动，脑子更加清醒。面对依旧落后的村子，日子依旧不宽裕的乡亲，由于人微言轻，除了留下几声叹息，几多感慨，却不能具体帮助他们做点什么，只能间或留下一星半点对村子变化并无实际用处的粗浅笔墨。

从乡村走进城市的一族，对他们来说，村庄有着特殊的情感和吸引力。一位从农村出来的官员，手中握有不少的权力，面对金钱、美色诱惑，以及来自各方的压力，始终心有定力，不为所动，以一颗平常心秉公办事，赢得好口碑。据其本人透露，平时工作无论多忙，应酬再多，每隔一段时间他都要回乡下老家走走，看望父母，同乡亲们见见面，拉拉呱。父母知道儿子在外面说了算，每次见面总是苦口婆心，嘱咐其不要贪财，不要攀比，不能背后被别人戳脊梁骨。父母的叮嘱，乡亲们艰苦的劳作、满足的笑脸为他起到了及时醒脑和洗涤灵魂的作用。

村庄四周无边的山野里生长着品种繁多的植物，不少可以入药，这些中草药材借风力、雨水配伍，清新的空气中形成一个天然的中药箱，置身其中，明目提神，滋补元气。这种作用是在不知不觉中发生的。

本文开篇那位中年男人坦言，当年离开村子进城后，正道、歪道并用，腰包鼓了，心里却越来越空虚，也曾经到深山寺院庙宇寻求良方，效果甚微。回到都市后，面对灯红酒绿，人情世故，重新陷入虚假、表象的成就和快乐中，焦虑、不快随之而来。那次回村小住后不久，他连同工厂一起搬回村里。

农人

偌大的中国，农民仍占多数，他们面朝黄土背朝天，依靠勤劳的双手，耕耘着土地，期待着风调雨顺，衣食无忧。农人一日三餐食用当季当地粮食、菜蔬，夜里睡在土炕上，白天黑夜与土地为邻，土生土长。他们习惯了春生、夏长、秋收、冬藏，生命融入四季轮回，年复一年过着与世无争的平淡日子。土地是农人的命根子，他们对土地有感情，了解土地脾性，早出晚归，"汗滴禾下土"，开荒造田，不舍得荒废一寸土地。他们世世代代与土地相厮守，从土地那儿获取新鲜的食物、欢愉的心境和健康的体魄，生命从而获得了真正的大自由、大自在。农人的好心态生长于野地里。

北方的农人向往冬天，这是一年中相对清闲的时节。寒风里，三五成群上了年纪的老人站在向阳的墙根或草垛前，抄着手，嘴里的旱烟吐着东家长、西家短。他们最大的愿望，忙碌了春夏秋，冬季里晒晒太阳，炕头上吃口热乎乎的饭菜，喝上一壶烧酒解解乏，然后打着呼噜好好睡一觉。

这些乡村老人身上有一种天然的超越功利世俗的精神魅力，他们活得真实、善良，人格质朴、纯洁，内心干净、透亮。他们不懂得什么是人生哲学，却几乎人人都是生活的哲人，物质欲望低，生活追求极简和节约，知足常乐，过着属于自己的平淡日子。他们或许不认识几个字，压根就不知道老子、庄子，苏格拉底和梭罗，不会以学问、财富、地位论高低，却不自觉地走进了生命的至真、至善、至简的境地。那些处在城市文化高地中的学者，或者拥有较高身份和财富的人，常常习惯在典籍中苦读、沉思，或者打坐参悟，修炼来思考去，却未必达到这些普通农人一样的寡欲、淡然的生命境界。

　　城市人被高楼遮挡住仰望星空、远望田野的视线，忽视了土地和村庄的存在。市潮声大，令人心急火燎。科技的进步，工具的改进带来效率的提升，节省的大量时间却无踪无影，城市人的脚步反而变得更加匆忙，而且越发匆忙，焦急上火，心无定所。作为乡下进城人中的一员，这里善意地进一言，那些试图通过到风景名胜旅游或蒲团焚香安顿灵魂的城市人，不妨多到乡村，尤其那些偏远落后的乡村走一走。如果时间允许，最好小住数日，静下心，过几天清心寡欲的安静日子，将原本撒在寺院里的香火钱，赐给村里那些生活困难的老人、孩童。被接济帮扶的贫困老人、孩子或许不善于表达，只会用目光注视着你，然后躬身点头表达真诚的感激。这个时候，你就是那些受助老人孩子心中的"圣人"，当你与他们挥手告别时，与三叩六拜后离开寺庙时的心境是截然不同的。你会发现，那些岁月中安静地打发日子的农人，身上散发出的表里如一，不急不躁，朴素和满足，像一本教科书，促人真实无欺地面对人生，过好眼下的生活。

　　从这个意义上说，乡村是灵魂的道场。

❗ **王国政**

笔名团长，山东莱阳人。中国散文学会会员，齐鲁晚报青未了签约作家。作品散见于《人民日报》《散文百家》《金融文坛》《大众日报》《齐鲁晚报》等报刊。著有散文集《无边的行旅》。

❤ 本文荣获大赛三等奖　作品发布壹点号：海岛寻梦

致敬烙在心头的那个秋天

❀ 程学军

"碧云天，黄叶地，秋色连波，波上寒烟翠。"读着范仲淹描写秋天的唯美诗句，回首，望向烙在心头的那个秋天。

一

太阳懒洋洋地挂在空中，几朵云慢悠悠地，由南向北飘着，我眯着眼，倚在门框上看树枝上上蹿下跳的鸟儿。风掠过树梢，几片泛黄的叶子离了枝头，轻飘飘地落下来，墙角处眯着眼打盹的大黄鸡，丝毫没有察觉一片叶子差点砸中了它的脑门。"豆腐啦！卖豆腐啦！"一个带着哭腔的吆喝声传来，隔着几条街，都能感觉到仿佛有泪珠在啪嗒啪嗒地往下落。娘一边纳着鞋底，一边和来串门的二奶奶拉着家常。二奶奶说："人家的江山是打来的，她家的江山是哭出来的！"娘说是，卖着豆腐，按说比我们强点，可见谁都喊穷，前天东院的大婶给她捞了两块咸菜，我还给了她两捧红辣椒。二奶奶说别听她瞎喊，上次去她家串门，看见屋子里满满登登的，光从别人家要的咸菜，就有两大盆！娘卷了支烟，递给二奶奶，擦根火柴，给二奶奶点着，然后卷了一支，自己抽起来。二奶奶抽了一口，烟从鼻孔里慢慢溢出来，似一条小蛇，蜿蜒着往高处升去；娘抽一口，张开嘴，一轮烟圈吐出来，慢慢散开了。

吆喝声越来越近，我听得刺耳，双手捂了耳朵，但"豆腐啦"的哭音穿过指缝，透过耳蜗，直往脑袋里钻。我跟娘打个招呼，一溜烟儿向两条街外的小五家跑去。

小五自己在家，正用糠和地瓜叶拌着鸡食。他家有六只鸡，刚刚长大成形，像能吃穷老子的半大小子一样，个个食量惊人，小五刚将鸡食倒进盆，它们就拼命地抢夺起来。

小五的爹死了，娘改嫁到了外省，上千里路。娘走的那天，小五的二哥把娘推出门，咣当，娘就被关到大门外了。街上站满了看热闹的人，娘呼天抢地地哭了一场，一步三回头地离了村。小五和六子在院子里哭，二哥一巴掌拍在六子脸上，吼道："哭什么？娘死了！没有娘了！"小五和六子缩在墙角，像两只失魂落魄的小老鼠。我在人群里，看见小五和六子憋屈的胸脯起伏着，泪水从眼角喷泉一般涌出来。后来，我经常带小五和六子来家里，娘觉得没娘的孩子可怜，拿出个煎饼，卷上几根咸菜，撒上点花生油，掰开，小五和六子各一半。

小五说他想长成大个，到时候什么活都能干，于是我们琢磨怎么做才能长得快些，最后一致认为，使劲抻长自己是最好的方法。我和小五轮流坐在椅子上，头向后仰着，腿使劲地往前抻。两个人互相帮忙，拽着腿使劲拉。抻了半日，结果那天晚上睡觉时腿疼得不知往哪个地

方放好。

我和小五去找来金,又喊了二皮去摔泥炮。我们到池塘里挖泥、和泥,将一团泥摔打结实,弄成扁圆柱形,再把中间的泥挖去,底部只留薄薄的一层,用手蘸着水将里面抹光滑,一个泥炮就做成了。大家围在一块平整的大石头前,轮流往上边摔。来金做的泥炮样子笨拙,又摔不正,扑哧一声,像是癞皮狗喘了口粗气,让人听着很不舒服;二皮的泥炮做得周正,里面抹得光滑明亮,他举起泥炮,用力摔下来,啷的一声,底部炸出一个很大的窟窿,泥浆蹦得老高;我和小五的泥炮做得小,摔起来啪的一声,虽也脆生生的,却不够响亮。

二

屋墙的影子映在地上,太阳不紧不慢地往上走着,一股油炸葱花的香味儿,慢慢飘过来。来金使劲吸溜了一下鼻子,说这是他家的,他们家开始做饭了。顺着来金指的方向看去,他家的院子上空,果然炊烟袅袅。二皮说他们家也做了,他能闻到家里炒的什么菜,我们都说他吹牛,他要和我们打赌,我们让铃铛去他家看了,果真和他说的一样,便对他佩服起来。我朝自家小院上空望去,炊烟刚刚升起,娘都是先烧水,再熬汤,最后炒菜,我说我们家还没开始做呢。我们将家家户户望了个遍,然后喊了一嗓子,争先恐后地冲下高坡往村子里跑。

村子里乱糟糟的:小猪在胡同里窜来窜去,鸡群在地上不停地啄食,鸭子呱呱叫着,在鸡群边上晃来晃去,有时停下来,抬眼瞪着我们这群野孩子；谁家的大鹅，可能是受了惊吓，高声叫起来，震得整个村子都在乱颤。我们几个跟在二皮后面，穿过几条小巷，一直跑进小安家里。小安家新修了口水池，半池水，水里游动着几十条半指长的小鱼，是小安爹从水库里捞的。我们蹲在池边，看小鱼儿在水里游来游去。二皮抓了把沙，撒进水里，小鱼儿倏忽间窜到一边去了。水面还未完全平静下来，它们就又跑过来了，我们便轮流往水中撒沙。小鱼儿游过来，跑开；跑开，再游过来。反正它们跑不到外边来，这个游戏，可以不停地玩下去。

"铃铛，铃铛来，你个死孩子，回家烀猪食啦……"铃铛的娘嗓门大，无论铃铛在村子的哪个角落，她娘一喊，铃铛准能听到。铃铛不敢怠慢，一溜小跑，回家去了。

二皮提议我们捞小鱼玩，大家都觉得是个好主意，小安拿出笊篱，绑在一根长杆上，又找来水盆，倒进半瓢水。主意是二皮出的，自然由他先捞。二皮趴在池边，看准了一条小鱼，小心翼翼地将笊篱探过去。我们屏住了呼吸，恐怕惊动了水里的鱼儿。二皮将笊篱探到鱼儿下方，慢慢托举起来。眼看要捞上来了，突然，鱼儿尾巴一甩，箭一般窜到别处去了。我们轮流去试，都没能成功，只好放弃了。坐在池边逗鱼儿吧，又一下子觉得索然无趣起来，便纷纷起身，走出了小安家的院子。

三

吃过晚饭，爹在院子里观望着树梢上方的天空。

天空有大片的乌云，慢慢向远方移动着，刚有几颗星探出头来，又被飘过来的乌云遮住了。娘说：这几天要下雨了！爹应着，知道娘说的错不了，因为娘伤过腰，一阴天就不舒服，娘的预言比天气预报还准。

我们坐在院子里，随了爹的视线，看乌云赶趟儿似的，一朵连着一朵，从小院的上空飘过。

昨天切好的地瓜干，还在村北的山坡上躺着，夜里来场大雨，可就坏了。

爹担心的也是这个，地瓜干刚晾晒了一天，半干都不到，淋了雨水，中间就会发霉，万一连阴上几天，就差不多全烂了。这次切的地瓜干又多，是全家几个月的口粮，万一一下子没了，到时候全家得喝西北风去。

爹看看天，看看我们，说："天上还有星，不一定能下，都睡觉去吧！要真下雨，我再喊你们。"

我们想现在就去，其实，谁都不想半夜黑咕隆咚地往山坡上跑，可这样的地瓜干，收回家来，哪怕摊在屋里晾着，也会变黑，甚至发霉，吃起来口感自然是极差的。

爹不同意，他在赌老天爷不下雨，哪怕多给一天时间，这些白生生的地瓜干就七八成干了，收回家，晾上几天，霉不了，更烂不了，磨成面糊，烙成煎饼，吃起来该是多么香甜啊！

我和两个哥哥睡在西堂屋里。我一会儿就睡着了，迷迷糊糊中，听见东堂屋的门开了几次，我知道爹放不下心来，一次次到院子里察看天上是不是还有星星，但又一次次关上了屋门。

夜半时分，忽然听到街道上急促的脚步声，还有人声狗吠。爹喊大家起来，带上早已准备好的篮、筐、麻袋，大哥拿了手电，让我提了马灯，给大家照明。我们出了家门，深一脚浅一脚地往北跑去。刚出村子，就见山坡上已经亮着几盏马灯了，都是忙着收地瓜干的。

白花花的地瓜干躺在地上，睡着了一般。

天上没有一颗星，感觉雨点似乎马上要砸下来。大家蹲下身，拼了命地将地瓜干拾到篮子里。篮子满了，再倒进筐里或麻袋里。一阵手忙脚乱，地瓜干收完了，大家挑着，背着，挎着，急匆匆地往家赶。我左手提了马灯，右臂挎着半篮地瓜干，跑得上气不接下气，忽然脚下一滑，一跤跌在地上，好在马灯没有落地，爬起来，捡起掉落的几片地瓜干，继续往前跑。刚进家门，雨点噼里啪啦地落下来……

四

狗剩和大刚要"焖窑"了，这是大孩子们最喜欢做的事了。现在，他们正做着焖窑前的准备：狗剩挖灶，大刚忙着捡一些鸡蛋大小的土坷垃，我和几个伙伴站在一边，兴高采烈地看着。

我们是来看热闹的。

狗剩说你们几个帮忙捡柴，焖好后给你们一份！

我们兴奋起来，拾树叶，捡草棒，将银花墩上枯干的花枝拽下。

灶挖好了，把土坷垃围着灶口层层叠叠地垒起来，最后封了口，远望像是电影里鬼子的炮楼。

火烧起来了，烟从灶口和土坷垃缝隙钻出，慢慢散在风里。

火越烧越旺，灶膛里红通通的，最后，土坷垃也发红了，似乎马上就要燃烧起来。

狗剩和大刚清理了灶膛，封住灶口，捅下些土坷垃，将准备好的地瓜和花生分层倒进灶膛，推倒"炮楼"覆在上面，又堆上厚厚的土层，拍打结实。

狗剩和大刚捞地瓜去了，我们坐在窑边等着。

天蓝成了一汪水，几缕白云像是在空中散步的仙子，衬得蓝天更美丽了。一大群麻雀，从树林里飞出，扎进一片高粱地里去了。这个季节，所有的种子都已成熟，麻雀并不缺少食物，但透着甜香的高粱粒，实在是无比的美味啊。

想到美味，我的肚子咕咕作响起来。

终于出窑了，狗剩和大刚给了我们每人两颗花生、半块地瓜。

花生有点糊了，地瓜刚好，皮烤干了，内瓤松松软软的，咬一口，又香又甜。

直到现在，我再没吃过那么美味的地瓜。

五

晒好的地瓜干堆在西堂屋里，切好晾干的地瓜叶（我们叫它黑菜）装在槐木条编成的囤里，玉米挂在家门前的槐树枝上，大豆谷子高粱等储在了泥泵里，晒干的熟米豆皮装在了塑料袋里，几串红辣椒挂在门前的檐下……

爹将农具收好，放进西屋的角落里。

麦苗出土了，怯生生的，在风中挥舞着柔嫩的胳膊，过不几天，就变成绿油油的了，这个万物凋谢的季节，它和满坡的金银花（也叫忍冬花，冬天不落叶）一起展示着生命的顽强，赋予了大地新生的希望。

娘兑好了热水，让我洗脚。

从入夏到现在，我一直光着脚，脚底起了一层老茧，踏在沙砾上，已经毫无疼痛的感觉了。其实，村里只有几户人家的孩子夏天穿鞋，其余的，都和我一样，光着脚丫到处疯跑。

我有两双布鞋，娘做的，夏天舍不得穿；还有一双球鞋，很好看，西邻送的。鞋送给我的时候大拇指处开了小洞，我穿上试了试，大拇指隐隐约约地露了出来。

脚下的老茧泡软了，脚面的灰渍洗净了，我的一双脚白白的，在灯影里晃着。

娘拿过鞋，给我穿上，一股暖流霎时传遍全身。

我站起来，走了几步，感觉有个东西捆住了双脚似的，极不自在。

我跟娘说不想穿鞋，娘说天冷了，脚冻了会烂。我怕脚烂掉，答应娘不再光脚。

六

要用新地瓜干烙煎饼了。大姐烧火，娘在鏊子上烙着煎饼。娘叠

了个热乎乎的煎饼给我，让我和弟弟妹妹分着吃。从春天开始，娘手上浸满了荠菜、灰灰菜等各种野菜的味道，现在，娘手上煎饼的香味，在小院里悄悄漫溢开来。我们可以天天吃到这么香的煎饼了！我兴奋极了，和弟弟妹妹在院子里蹦来蹦去。

爹每天都要到西堂屋看看，那白花花的，堆在墙角足有两米见方的地瓜干，让爹的腰杆挺得很直很直。

队里要到县城买东西，爹和别人推着车子去了县城，六十里路，鸡叫动身，傍晚赶了回来。做梦没想到的是，爹顺带着买回了六个"广播匣子"（给人家捎了五个），碗口大小，爹用硬纸片糊了纸盒，广播匣子放进里面，挂在北墙上，一根线垂下来，一拉一松，开关自如。广播匣子能说话，能唱歌，还能说快板，我很是好奇，常常望着它发呆。

叶子落光了，风吹得人直打哆嗦，秋天快走到头了。我坐在门槛上，听风在树梢上唱歌，想象冬天到来时雪花漫天飞舞的情景。其实，我心底在盼望新年早些到来：穿新衣，戴花帽，吃水饺，还有酥菜、鸡、肉……爹赶年集，还会买回泥泥狗和"呲花"……

爹说明年送我上学，我于是又憧憬起来。

秋天终于翻过了最后那道山梁，再也望不见它的踪迹了，我将这些碎片小心地收起，珍宝似的，放进了背囊。

程学军

男，中学语文高级教师，临沂市作家协会会员，齐鲁晚报青未了签约作家。曾获"长江杯""泰山杯""文心杯""温和大王杯""新世纪文学奖""青未了散文奖""齐鲁晚报·齐鲁壹点清泉计划奖"等奖项。作品发表于《语文报》《山东诗歌》《流派》《当代散文》等报刊及中国作家网、中国诗歌网等平台。

❤ 本文荣获大赛三等奖   作品发布壹点号：程学军

溜鲜的年味

● 徐滔

俗话说："紧半年，苦半年，穷过日子富过年。"早年间的长岛，过的是靠天吃饭的日子，遇上大旱大灾之年，不但地里的庄稼长得不好，就连野菜树皮都不够穷苦人家填饱肚皮的。所以说，一年365个日子里，每天都要精打细算过日子，把最好的粮食留到过年的时候吃，搁到挨饿年景的关键时刻救急，这才是正经人家的生活之道。

年根岁底，家家户户开始置办年货，除了推碾子白面，置办鸡鸭鱼肉，长岛的年夜饭和隔年菜必须要有不重样的"鲜气儿"。早在春秋两季的渔汛当口，好多家就都晾了干鱼，腌了咸鱼，发了鱼酱，晒了海菜，但是这些干鱼、咸鱼，虽然平时都是下饭的好东西，但要是过年靠它们凑出七个碟子八个碗，总觉得"鲜气儿"不够足。没有新打的鱼虾和刚薅的海菜，那是相当对不起劳苦功高的大家伙儿。

现在的年轻人可能要问了，没有什么就上海鲜市场去买什么不就行了吗？可是，四五十年前的长岛，除了乐园大街老水产有干鱼、咸鱼卖，冬天从来都没有鲜的鱼虾贝蟹在那里闪亮登场过。那个年代，谁要是想吃海鲜，唯一的办法就是自己动手，丰衣足食，靠勤劳去创造可口美味的生活。

长岛好就好在可以"靠海吃海"，哪怕是到了寒冬腊月的大冷天，老天爷也会奖勤罚懒地给大家发一份厚重的过年"大礼包"。这个时节，各岛都有各岛的海鲜特产，各村都有各自的赶海高招，有唱"一条大河波浪宽"摇船"划边"钓鱼的，有"堵着笼子抓鸡"专逮海参鲍鱼的，有"关起门来打狗"捉螃蟹的，还有趁着大风之后退大潮"赶靠"打海蛎子、薅海菜的。

当然啦，赶海也不是天天可以去赶的，这要看天气，一般是大风天风停之后，大海会退很大的潮，就是老百姓说的"大靠"。黄渤海一带发生的退大潮，是由暴风雨或暴风雪等恶劣天气和月球引力共同引发的一种比较奇特壮观的自然现象，而长岛老百姓习惯叫做"风前潮、风后靠"，大海在退大潮的那一段时间，原本涨满到岸边的海水在一顿饭的工夫不知道都跑到哪里去了，从海岸线一直向大海退了几十米甚至上百米。潮间带的岩礁和砾石好像"沙场秋点兵"一样林立在绵延的海岸线上，岩洞里、礁石下、砾石中，隐藏着虾兵蟹将，鱼贝海藻一瞬间都暴露在苍穹之下，数量之多，足够让吃货们眼花缭乱。

记得小时候，大风经常刮，但是"大靠"却不是经常有，所以一旦发现有"大靠"，简直就是"风冷口杀猪——全家动手"，全村的男女老少一溜一行地推起小车挑着担，拐起篓子拿着蛎钩子，浩浩荡荡地到海边"赶靠"去。遇上这样的"大靠"，平日看不见的礁石、硬滩、深坑，都显山露水地出来亮个相，各种海菜、海螺、螃蟹、海参等等完全暴露在赶海大军的射程之内，赶一次"大靠"，一筐子、两篓子的海鲜海菜简直是家常便饭。

在南长山岛"赶靠","前海沿""西山后""赵王滩""鹰嘴石""炕板石"等等海沿边儿都不错,海参、螃蟹、海螺、蚬子、海蛎,还有"辣游""蠓游""花游""香游""鸡鼎""海青""海黄""牛毛""骆驼毛""海麻线""海紫儿""谷穗菜"等等,多得让你目不暇接,赶起海来弄得你手忙脚乱,大呼过瘾。一场"大靠",大家是七抓八拿,各种海鲜回家在南墙根底下一层层堆起来像个宝贝的小山尖似的,特别是生命力顽强的海蛎子、海螺等贝类,放个十天半月都没问题。

"赶靠"最大的乐趣是每翻开一个石头发现螃蟹或者小鱼儿的惊喜感,拣满篓子、装满水桶那沉甸甸的满足感,从快要冻僵的痛苦之中靠着劳动温暖全身的幸福感,每个人的脸上都荡漾着开心的笑容,整个海滩上充满男女老少的欢声笑语。最得味的莫过于在海沿边生吃海蛎子。累了饿了,就随便找块石头一坐,从怀里掏出半个"起馏"或者一绺饼子,吃一口饼子,用蛎钩刨几个海蛎子当"就头儿",那个滋味别提多美了。

天天赶海的人们对大海了如指掌,哪片海域长海菜,哪片海滩有海螺,哪块礁石是紫菜的地盘,哪个沙洞是螃蟹的老窝,都摸得一清二楚。今天想包海菜包子,就去江东头薅;想打蛎头,就去炕板石抠;想吃深水大流的紫菜,一定要等江尖子靠"大靠";想吃"蠓游辣肉",去前海沿便可手到擒来。

回到家里,先把留到过年用来焖鱼的、炒海杂拌、打鱼冻的海鲜挑出来,其它的海螺、螃蟹、海参、海蛎子等直接倒到大锅里点火开煮。海菜一般要梳理清洗好几遍,去泥去沙去杂菜之后,奶奶会加点苞米面晁一锅疙瘩汤，或者擀一顿手擀面，如果有点闲工夫就包顿包子或者饺子。

赶海大丰收之后那些天，家家户户标配的是熬一锅热气腾腾的海鲜汤，渔村上空荡漾着海蛎子与牛毛菜的鲜香。剩下的那么多的海鲜每天变着花样熬汤、擀面、包包子、包饺子，煮着吃、烤着吃、炒着吃、拌着吃，家家都能整几桌海鲜盛宴。

小时候"赶靠"，虽然又冷又累，但"赶靠"的乐趣是干别的事情无法替代的，不仅能垫饥、解馋、填饱肚皮，而且还能欢天喜地过一个鲜气十足的快乐年。

徐滔

山东长岛人，中共党员，著有《妈祖缘 长岛情》《故事里的长岛》《照片里的长岛》。自1984年以来，在各级报刊发表文章900多篇。获省级以上奖项文学作品有《溜鲜的年味》《荒山秃岛变形记》等，获省级以上摄影作品奖的有《丰收的乐章》《春耕》《暮色》等。

本文荣获大赛三等奖　作品发布壹点号：海岛寻梦

推磨

❀ 庄园

五岁那年,我开始推磨。

我们村每家每户的院子里,都有一盘石磨,推磨烙煎饼是每家每户每天都在重复着的事情,几代人的童年、少年和青春,都消逝在磨道里,但还是吃不饱,吃不好。

头一天的晚饭后,娘就从盛地瓜干的栈子里,取出满满一簸箕的地瓜干,放到大盆里,再从水缸里一瓢一瓢地舀水把地瓜干泡上。第二天早上,也不知道什么时候,娘已早早地把泡过的地瓜干,用石刀剁成了牙齿状的茬子。我第一次上磨道,抱着父亲特意用粗一点的蜡条做成的推磨棍——推磨棍上用铁条子做成环形的系子,套在五姐的磨棍上——因为石磨上只有两个柄,四姐一个,五姐一个。我算是实习,便将推磨棍套在五姐的推磨棍上,用力不用力都行,反正以五姐为主。为此,五姐没少骂我,嫌我耍滑头,光跟着转圈,不用力。我经常走着走着就打瞌睡了,忘了用力,磨棍就戳到了糊子上。这时候,娘就轻轻地在我头上打一巴掌,将我打醒,再小心翼翼地伸出三根手指头把我磨棍上的糊子揩干净，然后数落我几句，我就又开始转圈圈。因为姐姐们还要下地干活，所以鸡叫第三遍，太阳从东岭爬上来之前，就一定要把一大盆的苴子磨完。推完磨，姐姐们去生产队里上工，娘在锅屋里烙煎饼。有一回，因为晚上看县剧团的柳琴戏，睡得晚，我和姐姐都起晚了。娘一遍又一遍地喊，声音从低到高，称呼从小名到大名再到更难入耳的话。实在听不下去了，姐姐和我用袖子揉着眼睛，惺惺松松、懒懒洋洋地套上了磨棍。生产队长都吹上工的哨子了，还有半盆苴子没有推完。四姐、五姐急急忙忙洗把脸上工去了，只剩下娘和我两个人推磨。那一天，我用上了吃奶的力气，娘也把腰躬成了虾。我们还是走得很慢很慢，等到好不容易推完磨，我和娘的头上、身上，都喷发着缭绕的蒸气。

推磨是我小时候的痛。那真的不是人干的活——又困又累，还没完没了。一直到现在，每每想起来，或者谁提起来，我身上都会起一层鸡皮疙瘩，有时候还会打个激灵。也是因为这个一去不会再复返的时代印记，给我的童年、少年乃至青年阶段，留下了难以磨灭的美好和痛楚，今天想起来还是那么的深刻和清晰。我不停地回忆那些艰难时刻——极不情愿地眯着眼睛在磨道里转圈，日复一日，年复一年，没有盼望，没有希望，甚至好绝望。我的五个姐姐都表达过同样的心愿：找个城里人嫁了，哪怕有点残疾也无所谓。因为城里人不用推磨。

时光不仅能抹平伤痛，还能把苦涩酿成甘甜。推磨就是这样，渐渐地，我已经能将其视作一种幸福，感知着那一段时光的美好。

小时候，家里人多，除了大姐二姐出嫁了，三姐、四姐和五姐都在生产队里劳动；爹在队里当保管员，兼顾着看场，一般不用推磨。

三姐在大队部里养蚕，也没有时间推磨。二姐出嫁前也很少推磨，但有时候二姐会学雷锋做无名英雄，比如连夜给生产队里扫粪汪，给五保户挑水扫院子，回家已是后半夜，连累带困怎么也叫不起床时，娘就把我喊起来。家里吃饭的人多，都是劳力，吃得也多，因此那时我家的石磨是特大号的，一两个人推不动。再加上用水泡过的地瓜干太囫，推磨太费力。

那是一个春天的早晨。盆里的茬子快见底时，我正迫不及待地想着回床上睡觉，见娘从锅屋里端出一水瓢小麦来。这可是破天荒的事情，我们家一年分不到几水瓢小麦，因为当时小麦的产量低，生产队里的小麦大多都交了公粮，社员们吃的都是地瓜干。娘平时从没有舍得吃过小麦，那是要留到过年的时候包水饺吃的。我们小时候盼望着过年，大概就是冲着那几顿水饺吧。我们姐弟几个吃相很难看，都把两个腮帮子鼓起老高，把肚子撑成麻籽状，然后一瓢一瓢地喝凉水。娘就笑着骂我们：穷人吃顿面，三天不离水缸沿。

娘好像读出了我的疑惑，其实她是在自言自语："你三姐夫今儿个来'送日子'，烙几个麦煎饼给他吃，新亲嘛！"

小麦倒进磨眼里，石磨开始变得轻松起来，比推地瓜茬子省劲多了。

今儿个出奇，推完磨我竟然没有再去床上睡觉，而是有前无后地帮着娘收拾善后。娘去锅屋里支鏊子，我就去抱柴火；娘开始生火烙煎饼，我就去收拾院子。娘瞄我一眼，心想：小六子今儿个怎么了？

麦煎饼的香味在我们家的院子里荡漾起来，沁人心脾。我在院子里有搭没搭地忙碌着，其实是在享受这极其稀少的奇妙香味。好不容易盼着娘收拾完鏊子，趁她去屋里再收拾的空儿，我溜进了锅屋。我瞪着一双发绿的眼，发现娘特意把麦煎饼放在上面，周圈黄腾腾的，中间泛着红，和躺在下面又黑又暗的地瓜干煎饼比起来，那简直就是白马王子！我先是数了一遍，一共是三个"白马王子"。麦煎饼的香味早已把我的鼻子牵引着向前，向前，再向前。在我和"王子"接触的一刹那，早已管不住的自己竟然恬不知耻地伸出罪恶的舌头，舔了起来。舔着舔着，就有一块麦煎饼溜进了我的嘴里，瞬间被早就窜出来的口水包裹着，"咕噜咕噜"窜进了肚子里。有了这第一口，我的馋欲早已如脱缰的野马。心想，就是刀架在脖子上，立马把我拉出去枪毙了，也要再吃一口……我就这样恬不知耻地，丢人现眼地，不知不觉地，把上面的那张麦煎饼吃掉了——更确切地说是"舔"掉了——一半。在舔掉这半张麦煎饼的疯狂之后，我突然感到了后怕，这可是娘用来招待新姑爷的，这是我家今年的头等大事啊！我三姐那时是二十好几的大姑娘了，因为还没出嫁，自然烦躁不安。娘并不看好这个姑爷——当时有老话说，"有女不嫁西乡郎，缺衣少食无新房"。家是西乡某村的三姐夫家，每口人才四分地，喝的是用来洗衣服、淘菜，鸭鹅往里拉尿的河里的水——嫁过去也是过穷日子。三姐赌气跟娘说："你就把我搁家里算了！"我四姐也有人前无人后地说瞎话："三姐你脸皮真厚，赖着不走，还想让别人找个主不"。这个"别人"当然是指四姐自己。明知道这个麦煎饼关系到姐姐们的婚姻大事，但我还是一不做二不休地把那半张也给吃掉了。我赶忙像娄阿鼠似的，佝偻着两只手，不，两只爪，溜出了锅屋……

娘让我去隔壁的二叔家找大堂哥，来和我一块陪客——送礼的三姐夫一会儿就来。在我们老家，没出五服的本族就是近的，不管是红白事，每家都出一个人，当然是长男优先，因为我家五个姐就我一个男孩，所以每年都有好些机会，不管是喜宴还是丧事，这些机会当然都是"拉馋"的美妙时刻。大堂哥长我十多岁，小名叫四丫，按年龄排在我三姐之后。男孩取个女孩名，用奶奶的话说，好养活。四丫哥很精明，但我娘平时并不喜欢他来我们家，因为他太随便了，我家里有好吃的，一旦让他见了，拿起来就吃，从不客气，比在自己家里还随便。很多回娘只要听到他来我家，就赶紧把好东西藏起来——其实也没有什么好东西。我看不过去时，就偷偷地拿一些给他吃。娘说，小时候我家来了客人，四丫哥总是站在我家门口，手指头放在嘴里一个劲儿地嘬，不动眼珠儿地盯着桌子上的菜，口水流出一袖子。

四丫哥先是进到我家的防震棚里，拿鼻子吸溜了一阵，问我什么味道，这么香。我说中午你就能吃到了。他就吸溜着鼻子走出了防震棚。我只顾看小人书《红灯记》，就没有在意他的行踪。

"小六子！小六子！小六子！"娘一声叠一声地叫我，我还以为来地震了。我赶忙跑出去，娘正站在锅屋门口，惊慌失措地瞪着我："麦煎饼呢？是不是你偷吃了！"看着娘夸张的表情，我感觉到了问题的严重性，嗫嚅道："我不知道。"娘又喊："四丫！四丫！四丫！"四丫哥从茅房里提着裤子出来。娘用瞪圆的眼睛盯住他："麦煎饼是你偷吃了？"四丫哥一副很无辜的样子："什么麦煎饼？我不知道。"娘一屁股坐在地上，掐着脖子大哭起来。看到娘这样伤心，我又后悔又害怕，更不敢承认了。四丫哥若无其事地蹲到娘的跟前，说："大娘你有话好好说。"娘哭道："你三姐夫家今儿个来送日子，我特意烙了三张麦煎饼，招待新客的。你看看，只剩一张了……人马上要来了，怎么办哇!"四丫哥说:"大娘你放心,我一定让三姐夫吃好吃饱,这事包在你侄子身上,你就放宽心吧。"娘停住了哭泣,半信半疑地瞅瞅四丫哥,慢慢从地上站起来,去锅屋里收拾菜去了。

恐惧终于被好奇心取代。我倒要看看四丫哥是怎么样用一张煎饼让我们三个人都能吃饱的。

三姐夫用小胶车推着礼物到我家来了。娘准备了四个菜。四丫哥陪三姐夫象征性地喝了一点酒。到吃饭环节,四丫哥用盘子把那张幸存的麦煎饼端了上来。幸存的麦煎饼已被四丫哥分成了四块。只见四丫哥先拿出一块,极其郑重地双手递给三姐夫:"老兄,这个麦煎饼是我大娘特意给你烙的,就是撑——死,你也要都吃了。拿着,实落的!"

四丫哥说到"撑——死"两个字时,很慢很重,还拖着音。只见三姐夫接过那块麦煎饼,慢慢地,一点一点地咀嚼着,好大一会儿才吃完。我和四丫哥也各自吃了一块。当四丫哥把最后一块麦煎饼递给三姐夫时,三姐夫一再说吃饱了,吃饱了,怎么劝他也不吃了。送走三姐夫,我和四丫哥都笑成了泪人,娘也擦着眼睛"咯咯"地笑起来。

我们家真正吃上麦煎饼,那是分田到户后的第二年。我家承包了五亩地,除去交公粮,还剩下三大缸小麦。娘先是把地瓜干和小麦掺着吃,后来干脆就不吃地瓜干了,全吃小麦,地瓜干成了猪饲料。遗憾的是娘刚吃了几年的小麦煎饼,就"走"了。

后来,我接待了一批北京来的新闻记者,到沂蒙山区采访,看到山区的农民也都吃上了麦煎饼,大家都很欣喜。但我们被一位老大娘给问哭了。她听说是北京来的客人,就问:"您是北京来的?我就是好奇,现在毛主席,是不是天天都能吃上麦煎饼卷鸡蛋了?"

老家拆迁的时候，我把我们家的石磨搬到了幸福小镇社区。本来是想当一件文物，后来有次实在不想吃集市上买的咬不动的面煎饼了，就对三姐说还想吃咱小时候的石磨麦煎饼。三姐二话没说，淘小麦，推石磨，摊煎饼，竟然还是那么娴熟。第一张煎饼起鏊的时候，我又闻到了那刻骨铭心的香。我从三姐手里接过来还有些烫手的麦煎饼，分成了两份。姐弟两个吃着，笑着。三姐突然说，要是娘在该有多好……我们都停住了咀嚼，开始擦眼泪。

社区的老人们都过来品尝，三姐就分给他们几张。大家都说好吃，并纷纷述说着生产队时期推磨的事情。后来三姐干脆就组织起一些老姊妹，办起了个"老姊妹公社"，不光做水磨煎饼，还做豆腐，生芽豆芽，织渔网，做小棉袄。他们说着笑着劳动着，产品很受欢迎。我看到三姐身体也比从前硬朗多了，虽然忙了，脸上的笑容却多了。

为了寻找儿时的记忆，童心未泯的我把三姐、四姐、五姐邀请到幸福小镇，重温了一场推磨体验，用的就是从老家搬来的那盘石磨。人还是那些人，磨还是那盘磨，心情却大不相同：以前推磨，让我们感到困倦、劳累和厌烦；这次推磨，感到的却是喜乐、满足和怀念。油然而生的是一种满满的幸福感。

推完磨，三个姐姐围着鏊子烙煎饼。我卷起一张麦煎饼刚要品尝，三姐突然问我：那年咱娘招待你三姐夫的麦煎饼少了两张，是不是你偷吃了？

❗ 庄园

本名庄成桂。中国散文学会会员、临沂市作家协会理事、临沂市文学院副院长。二十世纪八十年代用庄戈、方格等笔名发表文学作品数十篇,从政后辍笔。自 2019 年初又开始业余文学创作,以小说、散文为主。有作品发表在《青海湖》《散文百家》等刊物。著有文集《金丝燕之恋》。

❤ 本文荣获大赛三等奖　作品发布壹点号:真言贞语

油炸糕

◆ 齐望

人在懵懂时，总是缺乏敏锐。等有了这份迟来的敏锐时，人便与外界产生了一层无形障壁，难以左右的，人就变得无趣了。

若是换作从小就厮混在乡村田野、沟渠、河畔林道的孩子，比如我，身心全然融入了野地，就会对某类事情有着特别的敏锐，像草丛生物警惕地捕捉外界信息。可这敏锐范围实在有限，仅限于，根据饭时袅袅升起的炊烟，判断谁家炖了肉，是伴着藕块粉丝一道下锅的，还是只加了八角香料。这些记忆像是有魔法效力，缠绕于我周身，挥之不去。一旦回忆起来，就如决堤洪水，奔腾而来。但并不是所有的刻痕都能长久，风雨飘泼后，那份倔强的品质就被渐渐抚平了。我感到可惜的正是，随着时间的流逝，经历过的事在我心中留下的倔强刻痕，也被之后的生活抚平了。

农人们的人生大事：耕种和吃饭。我愿将做饭称为世界上最伟大的艺术，油盐酱醋间，果蔬面肉的隐藏风味能瞬间迸发。不止如此，而且随着时节变化，各样的食物被摆上餐桌，农家人坚信土地是一切的根本。生活的本质就是等待时间成就的味道，我所中意的饭菜，例如：香椿炒蛋、酸菜鱼、小鸡蘑菇、油炸糕……都是来自大自然的馈赠，我尤其对油炸糕念念不忘。

我从来就知道我对食物有种熟稔的感觉。

小时候，我从外面跑回来，踏进房门的瞬间就像一阵旋风冲进饭屋。城市人习惯称做饭的地方为厨房，但是农村人哪里知道"厨"为何物呢？我们是叫"饭屋"的，饭屋饭屋，顾名思义，做饭和吃饭的屋子。街坊邻居对饭食有多么重视呢？大家有深信不疑的判断准则：谁家饭屋更多，谁家就是大户！所以，在此判断标准上，我可就太骄傲了，我家有三个！

那时的街坊大约都是不出三服的亲戚，亲戚来往频繁，农时忙里偷闲，大家伙儿聚在一起，谈天说地。兴致高涨，不愿离去，便趁机一起吃顿饭，其实就是借着吃饭的名义，继续未完的话题。那这一顿饭怎么照顾到每个人呢？幸好庄稼人口味广泛不金贵，酸甜辣来者不拒。所以，蛤蜊和陈年老酒一起下锅，门外摘下的洋柿子就着后山的土豆一道炖煮，或者去栅栏里逮一只倒霉的小公鸡，看它满院子上蹿下跳的，鸡毛乱飞。那时的院子，地上铺了紧实的水泥，灰尘还不至于凑热闹，只是烟囱冒出的浓烟夹杂着油星、老醋味，争先恐后贴近人们的粗布衣服，于是院子里面一阵喧闹，热闹得像是锅里的大杂烩。父母和奶奶忙前忙后，葱姜蒜料来来往往，我也高兴地在其中跑来跑去，高喊着"出锅嘞""再来一道"……爷爷朝我招招手，用他那双带着大地沟壑的粗糙大手，把筷子递给我，让我先吃着，可他不知我在端盘子出来时，已经迫不及待地尝过第一口鲜了。

除去吃饭的其他时间，饭橱里的菜我是绝对不动的，大人说饭只能在饭桌前吃，而点心零嘴却不作要求。饭桌上的饭菜对家庭有重要的意义，劳作一天，围着桌子，温吞吞地享受一天结束时的晚风和明晃晃的月光，三代人同围桌子，多么温情的时刻。这时候畅所欲言，一年的收成、邻里的趣事、庄稼的长势、薪水的升降……我就这样，在田野、山林、平原的围绕下，禾木之间，被原始的安怡洗涤灵魂，这与在城市中增生的火气，显得截然不同。

我生长在满是熟人的农村，这种熟人社会使我感染了乡人的朴实和笨拙，这种笨拙使我无法与人针锋相对，也不能巧言善辩，但学会了田野广阔的憨厚。一个村子的人，同赏一片天，共踏一方地，村人就养成了平静和韧性，大事化小，小事化了，哪有什么非要争出是非对错的事情呢？后来，我在求学时学到"接受多种不同的观点，是成熟的标志"，我仿佛找到了高等教育与乡土学问的共通之处。

一顿饭过后，三杯两盏淡酒随手浇在院子角的石榴树下，等待秋天它结出沉甸甸的、带有酒香味的石榴。中秋时节的石榴，是最红最甜最大的，红莹莹的石榴皮反射出月光，像高高挂起的灯笼。人走茶泼了，还有不少剩菜，奶奶将剩菜分类装盘，放入饭橱。提到这个饭橱，它的地位不亚于农时耕作的铁锹、铁耙，更何况，它还是奶奶当年的嫁妆。

每个家里都有饭橱，它是家中举足轻重又默默无闻的一员，它会伴随着男女主人经历新婚，劳作，白头偕老，然后代代相传，再经历下一代人的离合悲欢。制作饭橱，人们会选择耐虫的结实木头，刷上一层层防潮的油漆，再配上精致繁杂的雕饰，比如祥云、年年有鱼等。

我家的饭橱本是贵重的暗红色，橱柜的玻璃上贴了窗花，只是五十年过去了，也难看出原本模样，窗花早就被灰尘腐蚀掉色，原本是青铜把手也因油烟的熏浸而损坏，换成了冰凉的不锈钢。我固然可惜自己没有见过它的尊贵本貌，但是最为它感到可惜的或许是奶奶吧，不知她是否怀念自己风华正茂的少女时光。

当我在田间驰骋一天后，都会习惯性地拉开饭橱的抽屉，翻找里面存留的点心，比如玉米烫面，比如油炸糕。油炸糕是用面塑造的饼子，在烫油中炸至金黄，里面包裹有白糖、红豆、果脯等，每一口都伴有面饼的醇厚和馅的清香。其实，我能吃到油炸糕的频率也不高，但是吃一次可顶一星期。橱里最常见的是玉米烫面饼子，是用滚烫的水烫玉米面，这样和出来的面饼子柔润黏手而不会硬挺，但其实这玩意儿不好吃，寡淡得很，一咬黏牙不说，还会扑簌簌地掉玉米面渣，也没有很香甜的味道，可没有其他可选时，我也只能不满意地挑个咬两口。

油炸糕就大不一样了，它万分难得。之所以难得，是因为它总要数着日子来买的。卖油炸糕的是邻村的老头儿，他想起来做几个，便会卖几个，若是他一个也不做，我就一个也吃不到。这老人是爷爷的战友，复员后种地还卖油炸糕，每当他卖得差不多时，就会兴致十足地来找爷爷喝茶，我也敢正大光明地像捕食的鹰似的盘旋在装有油炸糕的小推车边。在不经意时，狡黠地表现出对这糕饼子的渴望。每每都能得偿所愿，这种幼稚的方式我是屡试不爽的。我拿了凉透的油炸糕，心里却是喜滋滋的，蹲在院子里专门开辟出来种黄瓜的土地旁开吃。油星星的金黄面皮掉下来，被蚂蚁成群结队地搬走了，我还会耍坏丢下一颗红豆，看着蚂蚁忙前忙后，忍不住地哈哈大笑。唯一不妙的，此时的糕饼子已经凉了，里面的红豆馅成团了，如果是白糖馅的话，倒不会成团，但会汩汩流下。而且糕饼也很硬，狼吞虎咽是吃不舒服的，得长时间咀嚼，嚼得腮也累了，弄得一脸油，再拿油手去捉下一个，但此时大人往往会收走剩下的，跟我说吃多了不消化。

  暮色幽黄，晚霞像一片渔网，披在行色匆匆的晚归人身上。老人看一眼天色，准备动身离开了。爷爷喊我去储存菜和干粮的南屋地窖，给他装一袋食物。我将蛇皮袋子拖进南屋，南屋不设窗子，背光，一般是干燥且冷的状态，适合储存瓜果。我将带着土渣的大个头土豆塞到袋子里，老人颤巍巍地接过，放到推车上，向爷爷和我道谢，夸赞我的能干，但长者对我的夸奖我是受不起的，只敢一溜烟跑进饭屋里，趴在贴了窗花的玻璃上，远远看他融入晚霞。爷爷突然看见老人把卖油炸糕的钱搁在了茶杯底下，他惊叹一声"哎呀"，也不顾戴好帽子了，拉着我追出去。在出村的田垄上，看见那个吃力的身影，爷爷高喊一声"哎——"一声高呼拉住了西沉的落日，也拉住他们当年的军旅生涯，晚辉浮在爷爷和老人的脸上，一如三十年前的朝阳映在青年们的青涩脸颊。

  一个月过半，我又开始思念油炸糕了，于是日日夜夜趴在窗口盯着不断路过的人们。母亲终于打算亲手为我下厨，我殷勤地洗过手帮忙。温水倒入糯米面中，母亲在我期盼的目光中，又多舀了些面。水和面，展现出不可言喻的默契，面团在母亲手中，一会变成圆球，一会又被拉成条状。她把红豆馅填进去，捏边、压扁、再撒上面粉。她十指飞舞，相较于技巧，注入其中的情感显得更加珍重。到最后，面好像比馅多出一点，母亲拿出白糖，生怕甜度不够似的，放了很多，像是糖不值钱一样。我已经能想象到金黄的饼子出锅时,白糖顺着我的手开心淌下的样子。锅里,油撒欢地"滋滋"叫喊,饼子鼓起中空,逐渐变得又香又酥脆,油星子开始外溢,谁能拒绝又甜又油的饼子呢?母亲叫我去把碗洗出来,我却挂念油炸糕即将出锅了,不停去瞄一眼,再一眼。

也有没填馅的油炸糕,只是团好面匆忙下锅油炸,这种饼子食之差点味,需要佐点酱料吃。油炸饼子中间有空隙,正可以把肉酱填进去,即便是单单蘸着大酱,也够香人了。一口咬下去,脆生生的饼子噼里啪啦地响,酱香味涌入味蕾,年少的我就得到了最大的满足。爷爷习惯在饭后泡一壶茶,茶叶是院里种出的土茶叶,没有什么名贵的价值,用来饭后解腻最好了。我端着杯子在月光下踩影子,水洒在地上,就像星星落下来,在昏暗的灯下熠熠生辉。

转眼间,年关临近了。年关是指在人们要在临近新春的几天里,清了一年的债务,旧时的人认为这像过关一般困难,但我只是孩童呀,丝毫感受不到其中的苦难,反而乐在其中,心心念念除夕夜的美食。我跟着父亲去集上置办年货,农村的集就是小型市场,但就种类和新鲜度而言,可不是城里一般市场能比得上的。人涌如潮水,熙熙攘攘的。春联、瓷心的大白菜、酸溜溜的糖葫芦、香火元宝……我又一次遇到了到刚出锅的、还在冒油的油炸糕,父亲的豪气让我敬佩了他三天,第四天这份敬佩因为我爬树挨打就随之破灭了。金灿灿的油炸糕用手一掰,发出滋滋的清脆声音,馅儿蒸腾着香喷喷的热气,红糖馅争先恐后地冒出,伴着果脯的韧劲,他说随便我吃几个,所以我平生第一次吃腻了,半个月听不得"油炸糕"三字。小时候就是不懂得细水长流的道理,一味满足口腹之欲,到头来遭罪的是自己的肚子。于是我就佩服祖先们的精细安排，一日该有的度，不会逾越，目光总能长远，大手大脚只能满足一时，而不会支撑很久。

除夕白天，故乡的习俗是将老祖宗们请回家过年，在正屋正堂里请出"家堂"。家堂是一张承载家族历史延脉的画，画上有大大小小的人，他们穿着不一般的服饰，有点像清代人的装束。家堂最上面的两个人一定是最抓眼球的，和善生动，我寻思着一定是我那未曾谋面的祖宗吧。奶奶开始忙活了，她要做家堂的供品。这些叫摆盘，到底有几个盘，我从未数清，因为我向来只关注盘里的花样。

我清楚地记得有一个面团做成的鱼，这条面鱼是由玉米面做的，但是玉米面里面掺了榆树皮，好像也不是树皮，或许是树汁？我实在记不清了。在日复一日、年复一年的童年生活里，不少司空见惯的东西没有仔细铭记，当时的理所当然却是现在想破脑袋也无法重拾的回忆，我甚至无法求证，因为老人们也回忆不起来了。所以，那段遥远而亲切的回忆就永久隐藏了，隐匿在保留了我的童年的平行世界，那个承载了我无数记忆的平行世界一定是绚烂非凡的。那条加入了不平凡佐料的面鱼，蒸熟后，散发出香甜的气味，用手戳一下，便会出现黄豆大的小坑，不一会又会膨胀回胖乎乎的样子，只有指尖留下温热。它安静地躺在供桌中央，仿佛在彰显它的尊贵地位。

我问过奶奶，贡品为啥要用玉米面呢，白面不更好吃吗？她说这叫"忆苦思甜"。我说不对，款待别人要用最好的东西！她无声良久，说："你说得对，那我们该用什么呢？"我慷慨地掏出最后两个油炸糕，它俩藏在我的口袋里面一段时间了，我担心它兄弟俩被母亲收走，就贴身保护着，只是难免变形了。奶奶在面鱼旁边挪出一点空，虔诚地放上油炸糕兄弟——这是供桌上的亮眼色彩，像金元宝一样的漂亮颜色。

后来，我离开家乡，去了就近的小县城，开始了漫长的求学生涯，从小学到高中，这个时间大约是十年，我再也没有吃过油炸糕。再后来，我考入大学，在餐厅的窗口看见了不起眼的油炸糕，它们就安静地躺在那里，我的眼睛当场就直了。一如多年前，卖油炸糕的老人掀开推车上的保温布，金黄的糕饼子呈现在我的面前，连香味都不差分毫。我全身一个霹雳，就伫立在那，实在不敢惊扰它们的清梦，又怕是我晃眼看错了，于是远远的，我拿手指虚指一下。它还是那种不温不火、不急不躁、处事不惊的状态，与花样繁多的其他面食相比，它显得朴素不少。明白它内核的大概只有我了吧？它是天然谷物制成的自然馈赠！

回望故乡，小时候偶然得到一枚油炸糕时的窃喜随着时光流逝逐渐既模糊又清晰，在我远离故乡的日子里，仿佛也曾不可避免地嫌弃过她的偏僻和落后，不自主地避开了她与她的周遭，而后习惯性地归附了城市的人海，但是故乡的一切都在遥望我，是我淡忘了她对我的挂念。

在我写下这些文字时，我前所未有地、急切地想要重返故乡，因为我意识到，人生像一只闯东撞西的风筝，升空后，忽地看见故乡驻守在大地的中央，静静的，像盼游子归来的母亲。

❗ 齐望

鲁东大学张炜文学研究院创意写作班学生，文学院汉语言文学（公费师范生）专业 2020 级本科生。

指导教师：秦彬，鲁东大学张炜文学研究院教师。

♥ 本文荣获大赛三等奖　作品发布壹点号：望仔

叁 齐鲁风情

大地素笺

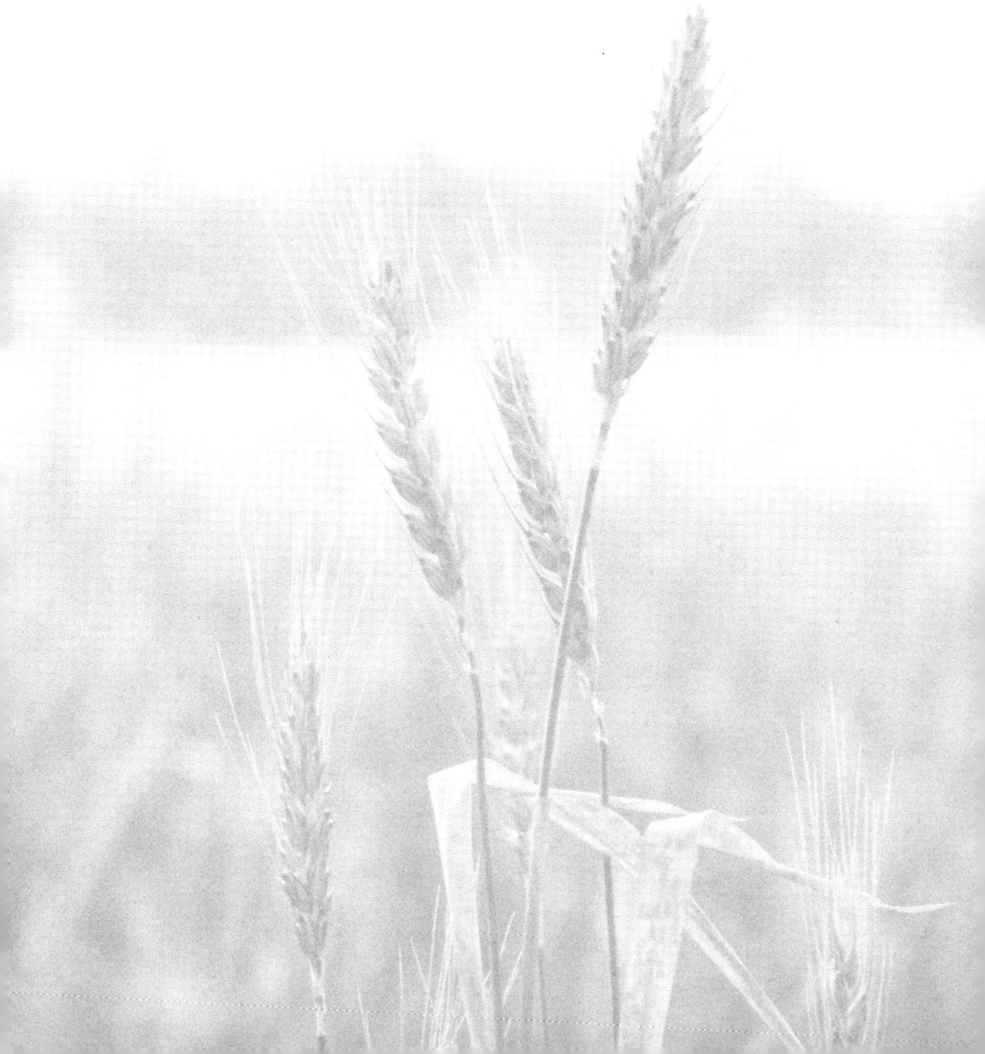

大地素笺

❀ 李书忠

霜降一过,山上所有的茎叶类植物仿佛被抽去了筋骨,那带着蜡质、油绿欲滴的枝叶和泛着青光的茎秆,在瑟瑟的晚秋冷风中,焉儿吧唧地耷拉着头。螺旋状升高的梯田里,密如织网、纵横交错的地瓜秧,也在一夜之间,由一片青翠,变成了紫黑一片,横七竖八地匍匐在笼沟里,好似一位京剧演员在舞台上唱兴正浓时,被人强行赶下了舞台,极不情愿还怀着满腹的委屈。

一

秋末冬初的那些日子,天上的太阳就羞答答地失去了往日的火力和热度,就像看到筷子插在了带水的玻璃瓶子里,明知道光射是直的,但总让人感到太阳光拐弯射到山下的平原地去了,那刨地瓜的铁镢头在布满老茧的手中上下翻飞,却没看到有人敢光着膀子顺着垄沟刨地瓜。队长眼里的太阳就像在斜坡上滚动的圆球，打着滚儿地向西边的山头移去。满坡红艳艳的地瓜，散漫地躺在高低不平的岭地里，变成了一道养眼的风景。为了将这些出土的地瓜尽快分到农户手里，队长安排会计根据已刨过的瓜地亩数，计算出地瓜的总数量，再将这些地瓜平均分到每一个人头上。生产队的会计不是精算师，分到最后有时会剩下一点，有时也有不够数的时候。遇到这种情况，解决问题的最好办法就是"预支"：将剩余的地瓜预支到个别人头上，第二天再分瓜的时候，将预支的那部分减出来；如果不够数，第二天分瓜的时候再弥补给未分到地瓜的农户。

会计计算出人均分得的地瓜数量后，队长就会扯着震山响的嗓子组织劳力分地瓜。于是，青年女工及部分家庭妇女忙着用白蜡条编成的提筐捡拾地瓜，青壮年劳力们则分组轮流抬大秤。这时，笑声、责怪声、催促声，夹杂着掌秤、看秤人的报数声，在山岭上响成一片。山下，三人一团、五人一堆，依偎在独轮车旁或坐在地堰上等待分瓜的老人、孩子们，一边拉着闲呱、一边支棱着耳朵听着山上传来分瓜完毕的消息。只要队长宣布分瓜完毕，他们就像潜伏在战壕里的士兵，一跃而起，直奔自己的瓜堆而去。

在等待分瓜的间隙，往往有那么几个私心太重的瓜农，为了赶在太阳落山前将先分到的地瓜切片完成，便抱着简易的地瓜切片机，利用高低不平的地堰作掩护，猫着腰、偷偷摸摸地蹭到已分到手的地瓜堆前，"嚓嚓嚓"地切起地瓜来……

"嚓嚓嚓"的切瓜声和飘荡在山风中新鲜淀粉的清香，瞒不住队长山猫一样的听觉和嗅觉，他站在半山腰突兀的岩石上，两手握成喇叭口状，挺着肚子、踮着脚尖对着发出切瓜声的地旮旯骂起来："这里还没分完地瓜，你那就偷着切起瓜来了，是不是早早地切完回家等死去！"挨了骂的瓜农自知理亏，未等队长骂完，急忙放下手中的家什，身子贴着墙壁藏起来。

当山上晃动灯影里的"人疙瘩"四面散开的时候，证明分瓜已经完成，这时，山上山下吆喝声此起彼落，到处是流动的灯影。尤其是那古老的手提式防风灯笼，人走它也走，鬼火一般在山野中飘来飘去，铁提手与灯身摩擦后发出的吱嘎声，在空旷的原野上显得那么清晰而又刺耳。瓜农找到分给自己的地瓜堆后，将装有刀片的木凳摆放到瓜堆跟前，凳前放置一马扎，人坐在马扎上，右手攥住推挤地瓜的木柄，开始紧张地挤切地瓜……

那是怎样的一架切片机呢？高40厘米、凳面宽50厘米、长约1.5米的四脚木凳，在凳面中间位置钉一锋利的刀片，刀片下面刨铰成角度为30度的斜坡，在靠近刀片左角方向的位置，用长20厘米的螺钉固定一能转动的四棱齐面木柄，使木柄与刀片刃口形成夹角，将地瓜放在刀片与木柄之间，然后，用左手掌按住地瓜，右手握住木柄的梢头，使劲往怀里拉，于是半厘米厚的瓜片如小溪般哗哗地从刀片下面滑落到簸箕或篮子里。切地瓜这活，看似简单，其实操作起来是有一定难度的。长圆不一的地瓜放在刀刃与木柄之间，要用左手掌拇指的后半部分按压住它，然后使劲转动木柄，用劲大了转木柄吃力，用力小了，地瓜就会在刀刃与木柄之间滚动，一不小心木柄就会将手推挤到锋利的刀口上，轻则伤及皮肉，重则切断手指，操作不当是非常危险的。

我家人多，分到的地瓜自然也就多。切地瓜这项艰巨而又危险的活，大多是我姐和我哥去干，父亲则用刨地瓜的铁镢头将地面耙荡整平。为了早点将小山似的地瓜切完，姐姐和哥哥不顾白天刨瓜后的劳累与疲倦，比着赛地切起瓜来，不管是长的，还是圆的地瓜，在他俩的手中，接连不断、变戏法般唰唰都变成了雪白的瓜片，木柄转动的吱嘎声和瓜片落下发出的啪嗒声交织成一片，就像千军万马在漆黑的山岭上奔跑驰骋。

随后，一簸箕一簸箕雪白的瓜片，如同下雪般洒落在父亲平整后的土地上。我和弟弟、父亲双手并用，将瓜片紧密而又均匀地、一页一页地摆放在地面上，绝不能出现瓜片叠瓜片的现象，如果有重叠的瓜片，收瓜干的时候，两片瓜干都不会干，尤其是下面的那片瓜干，因见不到阳光，会像没晒一样，大部分水分还滞留在里面。几千斤地瓜一夜间变成了几万甚至几十万瓜片，就如同几万、几十万个汉字、标点，在我和弟弟、父亲的手中摆动，按写作的立意、结构、层次等要求，书写一篇前无古人、后无来者、惊世骇俗的大文章。

夜过子时，山岭上除了我们几家人比较多的农户还在急急忙忙地切瓜、晾摆瓜片外，其他家人少的瓜农基本上都收工回家了。"嘎吱嘎吱"的切瓜声，就像古老的琴声，在空灵的原野、山谷中唱着人们的喜怒哀乐。一阵阵冷风吹来，人不住地打着寒战，手指接触到冰冷的瓜片，钻心疼痛会通过指尖迅速地传遍全身。抬头望天，幽蓝的空中布满了蓝宝石一样的星星，偶尔一颗流星拖着长长的、蓝白色的长尾巴划过天际，让人遐思无限。天上的银河，像一条五彩的飘带悬挂在空中，红的、黄的、白的星星似钻石般耀眼。望着缀满钻石的天幕，我的身体仿佛也飞了起来，直奔向那幽蓝的夜空里，伸出双手去触摸那些美丽的宝

石……此时此刻,我想起了郭沫若的诗歌《天上的街市》:

> ……
> 我想那缥缈的星空,
> 定然有美丽的街市。
> 街市上陈列的一些物品,
> 定然是世上没有的珍奇。
> ……

这美丽的夜空,是不是郭沫若笔下描写的"街市"?没有答案。我的遐想信马由缰,在天上、地上,幽灵似的驰骋万里。

山下远处的平原,一片灯火彻夜不停地闪烁着。父亲说,那一片有灯光的地方就是县城,县城里有大楼、有电影院、有沥青铺的大马路。我当时很幼稚地想,县城就是郭沫若笔下的"天上的街市",电影院里放《南征北战》《渡江侦察记》《闪闪的红星》等影片,不用太阳未落就抱着板凳去占位子,可以随到随看;光着脚丫子在柏油马路上奔跑,也不用担心被野蒺藜、刺荆扎到脚,以至于刺钻到肉里,被母亲用缝衣针破皮剜肉,直到连肉带刺一起剜出来为止。那时的莱芜还不叫市,只是巴掌大的一个小县城,白天站在山顶上,朝着莱芜县城眺望,既看不见楼房、也看不到汽车。但是,它在我的心中就是一座大都市、可以与北京、上海媲美。站在摆满瓜片的山地里,看到县城被橘红色的灯光包裹得就像一个大橘子,一串串的路灯散发着暖人的光芒,好像无数条涌动的彩色河流。于是,我幼小的心灵里,悟出了

灯火辉煌的地方就是城市，家家户户靠点煤油灯照明的庄子就叫农村的概念。随着年龄的不断增长，我对县城的向往感也与日俱增起来。

几天后，平原地带的人们就会惊讶地发现，南部山岭的田地里、裸露出地面的岩石上，白茫茫的一片，好似一片还未化尽的雪。白色的地方，是正在晾晒的地瓜干片，青灰发紫的地方，除了还未收获的地瓜枝蔓外，就是散长在荒地、岩石间的柏树、荆木等植物。青灰的山野，一夜间变成了白色的大地，皇天后土之大地母亲用洁白甘甜的乳汁，滋养着勤劳淳朴的子孙，赖以生息的庄户人不但将这白色封藏在谷仓里，而且将丰收后的喜悦时时地挂在脸上……

二

人说，"三秋不如一麦忙，三麦不如一秋长。"麦稍黄，就怕老天爷下大雨或降冰雹，一旦摊上恶劣的天气，一年的收成就全部泡了汤。"虎口夺粮"，收麦子就那么几天，一场麦收下来，人累得就像一摊泥，一个季度都恢复不了收麦子时消耗掉的元气。

刨地瓜、收瓜干也是一个样，八成干的瓜干最怕雨水。地瓜切片晒上后，瓜农的心也就随着太阳转，晴天丽日，他们脸上就会阳光灿烂。一旦阴云密布，心就会提到嗓子眼上，紧张得吃不好、睡不好。为了避免晒干后的瓜干淋了雨水，在抢刨、抢收的同时，队里还会安排人晚上值班。值班室设在山上晾晒瓜片地块比较集中的地方，用玉米秸秆扎成"人"形简易草棚，上覆塑料薄膜以防雨水渗漏。那时候，别说买收音机，庄户人甚至连收音机是方形的、圆形的、三角形的还是菱形的，都想不出，见都没见过。看守瓜地的值班人员，只好看云识天气，凭经验判断什么样的云彩下雨，什么样的云彩不下雨。

记得有一年，深更半夜，人们睡得当酣的时候，突然，村南的山岭上传来了"大家赶紧起床啊，天爷爷马上就要下雨了"的呼喊声。随后，"咣咣咣"的铜锣声在山上急促地响了起来。夜深人静，铜锣发出的声响像出膛的山炮，吓得山岭缩成了一团，震得小山村直哆嗦。此时，村子里就像炸了锅一样，为了抢收瓜干，大人孩子倾巢而出，山道上、沟底里、田地里，大人的喊叫声、孩子的哭闹声、独轮小车在羊肠小道上碾压石子后发出的哒哒声、担杖钩儿上下跳跃发出的哗啦声，顿时响成一片……

深秋后的雨，不像夏天那样，来得快，去得也快。绵绵的秋雨，带着黏性，不温不火，一点脾气也没有，慢腾腾地，一下就是三五天，比牛毛、花针还细的头发丝雨，水汽蒙蒙地滋润着大地。这下可苦了收捡瓜干的农人，假如说天气好的话，那几万甚至是几十万页的瓜干，当初是用手一页页摆放在瓜地里的，到收瓜干的时候不可能用竹笆子搂、用双手扒，连土带瓜干一起收进粮仓里，必须还得用手一页一页地拾将起来。遇到下雨天就不一样了，为了减少损失，就得用笆子搂、用双手扒了。竹笆子轻轻地贴着地面，将白花花的地瓜干混着大小不一的坷垃蛋儿，拢聚在一块，码得一堆一堆的，然后再用手将土和瓜干搓进麻包或编织袋里。这还算是好的，如果晒干了的瓜干浸透了雨水，就得整体搬迁，将它们搬移到铺满河卵石且透气性能好的河滩上，或者是瓜地四周的岩石上。

晒干了的瓜片，淋了雨、着了水，那干瓜片上的鲜淀粉就发泡发胀，乳胶般地黏附在瓜干的表面上，用手一抓，瓜干就像一条顽皮的泥鳅，哧溜一下就从你的手里窜到地面上，留在手里的是一层又滑又黏的淀粉黏液，与其说是雨天抢收瓜干，倒不如说在山地里摸泥鳅。被雨水浸透的地瓜干如不及时从地里搬移到河滩或者是平整的岩石上，用不了三天的时间，瓜干就会从中间开始发霉、长毛、腐烂，最后只剩下瓜干的边缘，就像没有安装镜片的黑色镜框。

发霉长毛后的瓜干，一钱不值，正如改革开放初期，莱芜梆子剧团编排的戏剧电影《红柳绿柳》里面的唱词："地瓜干、高粱面，喂猪猪不吃，酿酒酒不香。"为此，在收获地瓜的季节里，农民们拼的是体力、毅力和耐力，不战天斗地，一年的收获就会化为泡影。

三

天高云淡，秋高气爽，在这样的日子里拾瓜干也是一种乐趣和享受。下至五六岁的孩子，上至六七十岁的老人都能干，执一柳条篮或簸箕，或跪或坐或蹲，一家几口人，一边将一页页雪白的瓜片拾拾到簸箕里、柳条篮子里，一边喁喁细语，述说着家长里短，陈年往事……

瓦蓝的天空，苍狗白云，川流不息。站在泰莱腹地南边的山岭上，居高临下，收获庄稼后的泰莱平原尽收眼底，赭红色的大地上，小麦还未拱出地皮，泰莱腹地显得那么广袤而又辽阔。大汶河如一条透着宝石蓝的玉带，由东向西将泰莱平原一分为二，成为莱芜人口中的"河南、河北"。居住在汶河以南的人，习惯上被口头称为"河南人"；居住在汶河以北的人，习惯上被称作为"河北人"。河南边的山高、河北边的山矮。登高望远，眺望泰莱平原，三三两两的村庄不规则地置在东西走向的土地长廊上，如一枚枚棋子镶嵌在硕大无比的棋盘上。

"快看，火车！"在惊呼声中，一个拾瓜干的小孩急忙撂下手中的瓜干，站直了身子像哥伦布发现了新大陆，用手指着大汶河北岸，一列由东往西像蜈蚣一样缓缓爬动的火车大喊大叫起来。这时，几乎所有拾瓜干的小伙伴都会放下手中的活计，站到山坡上，伸着脖颈对着远处爬行的火车虔诚而又馋涎地行着注目礼，直到火车驶向远方、钻进山里看不到踪影了，还不肯收回注视的目光。待大人训斥、催促后，才极不情愿地回到地瓜地里继续捡拾瓜干……

记得奶奶说过，当年我四爷爷用一条扁担、两个箩筐各挑着我的一个叔叔和姑姑，四奶奶背着半布袋地瓜跟在四爷爷的后面，过汶河、穿过鲁西村，从莱芜的五龙口坐火车到泰安，再倒车去了黑龙江省的泰来县落户谋生。四爷爷走后的那几年，秋后刨地瓜的时候，他还隔三岔五地回到山东老家来吃地瓜，回东北时还不忘顺便带上半口袋地瓜，给身在泰来县的四奶奶、叔叔、姑姑尝尝鲜。再后来，四爷爷老了，回老家吃地瓜的愿望很难实现了。为了满足四爷爷好吃地瓜的口福，每年刨地瓜的时候，父亲就会将又大又圆、表面光滑无黑斑的地瓜挑拣出一部分，切片晒干后，用白洋布包裹得四四方方的，然后请村里的小学老师用毛笔在包裹上工工整整地写上四爷爷的地址及名字，通过邮局将洁白、甘甜的地瓜片干寄给千里之外的四爷爷。

几十年过去了，我那闯关东谋生的四爷爷已经与老家失去了联系，

是否还在人世，我们不得而知。但是，究竟他抛弃了故乡，还是故乡拒绝了他？不争的是岁月催人老，时间在改变容颜的同时，也在以不可抗拒的力量，不息地改变着大自然的景色。

现在，我还偶尔抽时间回故乡去看看，到儿时晒过地瓜的山岭上去转转，岭还是那个岭，山还是那个山，但映入眼帘的已不是儿时那爬满青藤的美丽景象了，很难再看到漫山遍野、雪白的地瓜干了。

眺望北部汶河两岸的泰莱腹地，到处是脚手架、灰白色的楼房、鳞次栉比的烟筒、烟筒下灰蒙蒙的厂房。小时候看到的那列7053次绿皮火车，据说已经年过半百，但它还在运行着，只不过不像以前那样突突地吐着白烟、威风凛凛地行驶在泰莱平原上，现在它更像一位年迈的老人，畏畏缩缩地、蹒跚地穿行在高楼林立的空隙间……

❗ 李书忠

笔名犁米，中国散文学会会员、山东省作家协会会员、济南市作家协会会员、山东省散文学会理事、济南市历城区作家协会副秘书长、《当代散文》编辑部主任、《中国企业家日报》社山东记者站负责人。

❤ 本文荣获大赛一等奖　作品发布壹点号：当代散文

从麦穰垛上看过去

❀ 陈忠

麦穰垛是座山，山的上部是一种红褐色的岩层，像是被火烧过的火焰山一样。

此时，在麦穰垛上，我依稀看见对面交战岭的半山腰处端坐着一个背负青锋的人，正在初春的午后朝着向南方绵延的山峦凝望。稀薄的阳光照在他疲惫的脸上，也照在半腰深的枯黄草丛上，我不知道他是否和我一样感受到了这稀薄的阳光所带来的微暖。他身后的岩石是坚硬的，岩石之上的天空是蔚蓝色的。虽然听不见他的呼吸声，但我知道他的心律是不齐的，忽强忽弱的心跳好像从草丛里窜出来的野兔子在忽上忽下跳跃着前行。他的目光是蜿蜒向前的，一直蜿蜒到淮阳，蜿蜒到太昊陵。他看见了一大堆泥泥狗，它们的主体颜色为黑色，以红、黄、青、白为点缀渲染。样子有虎、牛、虫、鱼、狗等造型，奇特而神秘。传说泥泥狗是守陵的神狗，是女娲抟土造人时，用剩下的泥土捏成的。

泥泥狗都有一个像笛子的音孔，对着吹，可以发出悠远明亮的声响。

他感到那只斜飞而过的鸟，在空荡荡的眼前留下一道轻描淡写的划痕，他觉得那鸟的翅膀撩起的风，也撩起了他惊魂甫定的心。他游离的最终目光落在了长满野草的狼虎谷，当年的惨烈场面再一次浮现在眼前。他看见许多义军将士像被拦腰割断的麦子一样一排排倒下去，也看见许多唐军的头颅从各自的脖颈上被抛了出去，随之喷射而出的血液，像鲜红的墨汁，在空中炸裂开来。烟花一般。

泥泥狗幽咽的声音，又一次绵延悠长起来。

他想起了车子峪、菜峪、裁缝峪等地，它们分别是义军存放战车、种菜和制作军服的地方，肯定也会想起饮马湾、旗杆窝，想起屯兵的大本营——三官庙。

他的眼里泛起了湿润的亮光。

他坐在半山腰处，虽然隔着一条山谷，看不仔细他的面貌和身高，但我依然觉得他是一个浓眉大眼、伟岸英俊的英雄。或许，这与少年时代所接受的革命教育有关，那些近似于神话的英雄人物，都是目光炯炯、气宇轩昂的。历史题材的小画书里的陈胜、吴广、李自成、洪秀全、黄巢、王小波、李顺等等农民起义军首领，也都是路见不平、拔刀相助、不畏权贵、行侠仗义的人物，他们史诗般的气魄和豪迈人生，培养了我们对英雄的崇拜。他们以身上闪耀的光芒，扫荡了旧朝代腐朽和灰暗的沉沉暮气，并以促进了社会进步的荣誉照耀着历史的长廊。

少年时代的我们，十分渴望像农民起义军领袖一样，轰轰烈烈地实现留名千古的英雄大梦，却往往忽略了他们身上所蕴含的暴力色彩。

陪同我们一块爬山的向导小徐，是生于当地的大学生，对这片热土怀有发自内心的爱。他指着黄巢村的方向，给身边的朋友讲述道：

"……黄巢村，原名黄草谷，是为纪念在此殉难的黄巢而命名的。

在这之前，曾称大黄草峪，当地老百姓也叫它黄草庄。根据历史文献和实地考察证明，这里就是黄巢屯兵和作战的地方。"

相传黄巢的义军当年在村内驻扎时，有位小伙子早上牵着九头牛去山上放牧，傍晚回来时竟成了十头。而多出来的这头牛，体格健壮、毛色光亮、双角有力。村民们便认为这是一头"神牛"。后义军与官兵在交战岭展开激战，这头神牛挺着利剑似的牛角冲入敌阵，被官兵将领砍掉了一只角。黄巢兵败以后，神牛冲着狼虎谷方向哀嚎三天三夜后，化作了一块没了牛角、蜷身而卧的卧牛石。

此时，那块光滑平整、头朝南的卧牛石，兀自卧着，它看到了什么呢？

它应该看到了当年黄巢义军自柳埠突围，沿着泰山北麓向泰山东麓疾退，抵达狼虎谷的场景。

很多年以前，曾在《新唐书·黄巢列传》中看到这样一段文言文："黄巢，曹州冤句人，世鬻盐，富于赀。善击剑骑射，稍通书记，辩给，喜养亡命。"寥寥数字，便勾勒出一个具有豪侠之气的私人武装头领的形象。那时，我怎么也没有想到这位叫黄巢的农民起义军首领会与唐朝诗人的头衔等同起来，而且，他写的两首铿锵顿挫、惊天动地的菊花诗，竟然能入选《全唐诗》，并被赋予了文学的浓墨重彩。

此时，我隐约看见了从山东菏泽曹县西北方向走过来的黄巢，他的脸上挂满了失意和愤恨。几次应试不中的他，在社会上混得也不如意，觉得朝廷对文采斐然的自己很不公平，进而引发了内心深处对腐败朝政的无限失望，他决定不再陪当朝的皇儿玩了。于是，在一个春光摇荡的黄昏，满怀愤怨地写了一首《不第后赋菊》诗：

待到秋来九月八,我花开后百花杀。

冲天香阵透长安,满城尽带黄金甲。

这是一首透着一股豪气和杀气的预言诗,它的出现,让整个大唐王朝都感到了寒意侵身,继而,战栗不止。也就是从黄巢的这朵菊花绽放之日起,唐朝就"寒蝉凄切"了,由此发出的凄惨而低沉的声音,压低了山呼海啸般的膜拜声,开始回荡在朝廷每一个角落。

曾经金黄蔽野的菊花,变成了黄巢盔甲上肆意披散的流苏。

唐广明元年(880年),继承祖业,成为盐帮武装首领的黄巢,开始实现他的政治抱负。当他乘坐着金色肩舆,率领束以红绫、手持兵器起义大军,在十二月初五(881年1月8日)的下午,浩浩荡荡进占长安,给在寒日里瑟瑟发抖的大唐王朝狠狠地捅上了一刀子。这个雪上加霜的王朝,从此便洞开了巨大的血口子,再也没能缝合上。二十多年后,大唐帝国便在菊花的狂舞中,轰然倒塌,灰飞烟灭了。

唐末年,黄巢写下了《题菊花》诗:

飒飒西风满院栽,蕊寒香冷蝶难来。

他年我若为青帝,报与桃花一处开。

作此诗时,黄巢的起义军已经有了气候。在这首诗中,他对自己钟爱的菊花加以赞赏,梦想着自己有朝一日成为掌管春天的仙神,可以让开在秋天的菊花与"桃花一处开"在春天,不再受到人世间的冷落。这种内心的期待,既表达了他对菊花开不逢时的惋惜与不平,又表达了黄巢宏伟的抱负和志向：同为百花之一的菊花和桃花，理应享受同样的待遇，一起享受春天的温暖。

不难看出，诗中的"我为青帝"既表现了黄巢推翻旧政权的大志和信心，又表达了黄巢的平民意识和反抗精神。

的确，他把自己视为了改天换地的一代枭雄，经天纬地的一朝圣主。

黄巢是在中国农民起义史上第一次直接提出"均平"纲领的人，农民起义由以前的单纯反对封建暴政、徭役、赋税，一举上升到了明确地反对豪强兼并，要求均贫富除恶邪的高度。这种均平思想，对指导唐代以后农民起义具有里程碑的意义。在攻占唐朝东都洛阳和京城长安时，黄巢的义军的确做到了秋毫无犯，救济穷人，在行军的路上，向争先恐后、夹道欢迎的穷苦百姓散发金银绸缎。黄巢的大将尚让在安抚百姓时说，黄王与当朝皇帝的根本区别是一爱百姓，一害百姓。黄巢的平均财富思想和政治理念，在当时是很得人心的。

然而，当黄巢看到长安城内遍地金黄如铠甲般的菊花，璀璨夺目地盛开着，阵阵香气弥漫整座长安城时，他是否想到有一天也会风流云散般地从长安城溃逃，走向穷途末路呢？

883年5月，建立大齐帝国还不到两年的黄巢，退出了长安，开始转战于河南、山东一带，这时，继将领朱温投唐之后，义军的另一大将尚让又叛变降唐，以致义军的力量大大地削弱了。

我看见黄巢当年回望长安城时悲切而哀痛的目光。我不知道他在回首的那一瞬间，是否在怀念笙歌彻夜、箫鼓声动的盛景，或者，留恋罗襦宝带、燕歌赵舞的场面，但我知道，五月澄澈、透亮的阳光直射下来，泼洒在了他粗陋的面貌上。

他呆滞的目光终止在了时间深处的叹息里。

广明元年十二月十二日（881年1月15日），黄巢进入太清宫。翌日，于含元殿即皇帝位，国号"大齐"。

百姓以为黄巢当政后，会成为一位贤明的君主，可谁也没有想到，被紫气环绕的黄巢登基后，做的第一件事就是在后宫挑选妃子，然后，沉浸于寻欢作乐的糜烂生活之中，在朝歌夜弦中飘飘欲仙。第二件事则是疯狂地敛财，他像榨干机一样，要把长安城里的一些贵族氏族的财产榨干。同时，还派人在他所统领的辖区内，搜刮当地门阀士族的财富。

不知为什么，由太清宫里的黄巢，我联想到了武英殿里的李自成。

他们是何等相似。

结束了秣马厉兵的岁月，在登上皇位的那一刻，他们就堕落在了酒池肉林中，迷失在了鎏金铜瓦的囚笼里。除了情欲的发泄、对权利的渴望，就是膨胀的贪婪和自私的欲望。他们各自的革命道路，就此，画上了终止的句号。

柏杨在他的《中国人史纲》一书中评价黄巢的农民起义时，一针见血地指出："失败的原因是革命精神的消失，契机发生在黄巢称帝的错误决策。黄巢在当皇帝之前和当皇帝之后，好像是截然不同的两个人。称帝前战无不胜，攻无不取；称帝后则困守长安孤城，一筹莫展。在中国特有的宫廷制度下，黄巢从当皇帝的那一天开始，就陷入千万争宠的宦官与宫女之手，与宫门外世界，完全隔绝。创业时代跟干部们那种亲密相依的无间感情，化为乌有。干部们在猎得官位后，也沉湎于他们过去所痛恨所反对的纸醉金迷生活。所以一切政治措施，几乎把唐王朝的腐败制度全部继承下来……"

历史上关于黄巢有很多争议说法，其中最著名的就是他曾以人肉为粮的恶行。据说在包围陈州近一年的时间里，黄巢曾采用机械化的方式，将活人粉碎，以人肉作军粮，供应他的围城部队，以保证起义军的战斗力。起初看到这则人性灭绝的食人传闻，我感到汗毛林立，头皮发麻。后来，我看到"巢于郡北三四里起八仙营，如宫阙之状，又修百司廨署，储蓄山峙，蔡人济以甲胄，军无所阙焉"（《旧五代史·赵犨传》）；"(中和四年五月)己巳，沙陀渡汴河，趋封丘，黄巢兄弟悉力拒战，李克用击败之。获所俘男女五万口，牛马万余，并伪乘舆、法物、符印、宝货、戎仗等三万计"（《旧唐书·僖宗本纪》）的两段史料记载，就产生了质疑。

黄巢进攻陈州是经过充分准备的，而从"储粮为持久计"和"储蓄山峙"两处记载来看，黄巢在战前曾储备了大量粮草。"俘男女五万口，牛马万余"。起义军不吃这些粮草、马、羊，反而"唯捕人为食"，是完全违反常理的，也是很难以置信的。

有人指出，"食人"或许是后世史学家对黄巢的污蔑和抹黑，原因在于黄巢的农民起义军，在他们看来是不具备正义性的，没有对历史起到推动作用，是不会得到后世肯定的，所以，他就被冠以吃人恶魔的形象，或是将吃人魔王秦宗权的行为，转嫁到了黄巢的身上。

《资治通鉴》有"其残暴又甚于巢，军行未始转粮，车载盐尸以从"的文字记录，说秦宗权在缺粮时，曾用腌制后的人肉作为粮草储备。

哪些是历史的真相，哪些是虚构的历史，很难以让人分辨清楚。

我想起了祝勇在《甲午风云》里的一段话：有时我甚至觉得，整个历史是一场更大的虚构，是我们一厢情愿地根据自己的需要和想象充填那些空白的时间。

或许，岁月越长久，我们就越难以辨清历史究竟是真实的虚构，还是虚假的谎言。

884年6月初，黄巢兵败陈州，率领一千多义军撤退到了泰山北麓偏僻的历城柳埠黄草峪。他见有一座像和尚帽子似的山，险峻陡峭，易守难攻。于是，就在山顶上安营扎寨，准备在此稍事休整，然后，伺机东山再起。

向导小徐给我们讲了一个民间传说：起初黄巢驻扎的地方没有水源，要想饮水，就必须从山下运水上山。为此，他十分忧虑。

一天傍晚，营门外有一僧人来求见，自称是神通寺的大和尚。黄巢把他请入军帐内，向他讨教举义大事。两人聊到天快亮时，僧人起身告别，问黄巢还有什么疑难之事。黄巢担心自己势单力薄，一时难以成功。僧人拍了拍黄巢的肩头，说："大将军力可拔山擎鼎，又精于文韬武略，何愁大事不成！"说话间，黄巢就觉得有一股神奇的力量从僧人的手上传到自己的身上，顿感手指胀得发痒，他攥起拳头，使劲一伸，一拳打在身旁的悬崖上，悬崖上竟被打出了一个洞，一股泉水从洞内哗哗流出，在低洼处积了一大片水。

黄巢正自高兴，回头一看，僧人不见了。刚才还是平坦的山顶，突然长出一个两丈多高，几丈方圆，就像一顶和尚帽子似的大石丘。他的营帐被托在了石丘上。石丘四周，如刀削斧劈一般陡峭，帽子皱褶处变出了一条羊肠小道，蜿蜒到山脚下。

这座像和尚帽子似的山，就是麦穰垛东面的交战岭。

此时，我站了起来，从麦穰垛往南远远地看过去，有一块像龙似的巨大青玉，镶嵌在群山环抱的低洼处。我知道那是黄巢水库，被当地村民称为"龙潭"。

传说当年官兵把义军逼得无路可退时，龙潭里的水神便化成美女来到兵营。官兵看到美女，纷纷追赶起来，当追到龙潭边时，见美女站在水中招手，官兵就一个个向水中跳去，结果大批官兵淹死在龙潭里。

波澜平定之后，清透的阳光落在水神的脸上，照着她端庄慈爱、平静谦和的表情。

我相信这不是一种信仰的幻觉。

面对着空寂的山谷和绵延的群山，我突然有些不知所措。不知为什么，在这透着尘世外的安宁中，看着山坡上雪花一样白的桃花，我会陷入虚脱的孤独。我想到了死亡，想到了等待死亡的煎熬、解脱和悲壮，想到了死亡是永久的开始。

一万多名穷追不舍的官兵，追到交战岭，见山势陡峭，地形险要，不易攻打，便采取了围困的办法。后又急于歼灭，遂下令攻山，官兵拼命地往上爬，义军居高临下，打退官兵数次攻击。

无法想象，当义军在交战岭与官军做最后的决战，终因寡不敌众，留下漫山遍野的尸首时，黄巢的心里是何等的绝望和无奈。但我相信，在仰叹长叹之后，他的眼眶里一定蓄满了泪水，而这咸咸的泪水，在六月的阳光下，很快就会晒成盐粒，随后，变得像水晶一样闪亮。

黄巢和他的残部自柳埠突围后，沿着泰山北麓向泰山东麓疾退，当抵达狼虎谷时，又陷入官军时溥部的重兵埋伏。

濒临绝境的黄巢对其部将林言说道："我欲讨伐奸臣以洗涤朝廷，

功成之后却不赶快退避,这是大过错啊。你取下我的首级献给唐朝皇帝,可以得到富贵,可以东山再起,可别让人家抢得这份功劳啊。"林言是黄巢的外甥,实在不忍心下手,黄巢便拔剑自刎。顷刻间,一股滚烫的鲜血,从黄巢颈部张开的刀口处,迫不及待地喷薄而出。

狼虎谷的夕阳,是黑红色的,像一颗迅疾落向大地的硕大头颅。

时为 884 年 7 月 13 日。

我不知道我们的后人将会如何评价黄巢,如同我不知道交战岭山脚下的艾蒿是否就是惨死义军们摇曳的灵魂,但我发现,少年时所崇拜的那些农民起义军领袖,有着相似的经历和结局,他们都是一个旧朝代在化为废墟之前的火把,当新的朝廷巍峨起来,他们的历史使命也就完成了,火把也就燃烧尽了。

他们没有湮灭的光芒,是被后人的文字照亮的。

一只老鹰盘旋在我的右上方,在蔚蓝色天空的映衬下,显得格外醒目。我感觉老鹰的身上散发着一种神秘莫测的气息。我呆呆地看着它飞行的模式,觉得就是一种桀骜不驯挣脱羁绊的自由象征。

从麦穰垛看过去,吹过了无数个朝代的风,依然没有改变交战岭绀宇凌霄的气势,在微暖的阳光下,呈现着鲜明的雕塑感。

它的兀立,是寂寞的。

而我,站立在初春的风声里,依稀听见了万物生长的密语。

❣ 陈忠

字明谦。男,1960 年出生于济南,山东师范大学专科毕业,2007 年就读山东大学作家研究生班。先后在《人民文学》《诗刊》《文艺报》《诗选刊》等报刊发表作品。散文《月光里的曲水亭街》荣获第二届"中国徐霞客游记文学奖"、散文《徐志摩与济南》荣获第二届"孙犁文学奖",诗集《漂泊的钢琴》《青苔上的月光》分获济南市政府首届和第四届"泉城文艺奖"。

♥　**本文荣获大赛二等奖　作品发布壹点号：济南明谦**

齐鲁祭坛

◆ 孙葆元

十年前,我持续行走在齐鲁和燕赵大地之间,不是旅游,而是寻找一个精神的矿苗。精神是时代的,在一代代传承中打下那个时代的印记,便有了不同时代的闪光。其实,在我之前千年,就有人寻找这种精神的脉络了,那些人被时代称作"士"。士,思想的觉者,有坚定的行为定力。"士"分地域,其差异就在士的行为准则上。燕赵多慷慨之士,当我走到邢台,豫让就迎面向我走来。他是智伯瑶的家臣,当恩主惨遭荼毒,他在复仇的悲风中走出一条"士为知己者死"的价值之路。司马迁在《史记》里记下这段悲怆的故事,很被以后的壮士推崇。这里边的核心价值观是报效,最基本的代价是生命。邢台至今保留着豫让桥,我站在桥上发出叩问:那个对士嘉赏的"知己者"智伯瑶是否可以为豫让去死呢?显然不会!智伯瑶是主,豫让是仆,两个"士"有着身份的天渊之别;智伯瑶要的充其量只是一个小集团的利益,豫让回报的则是自己的生命,这不是一道"等量代换"的命题。

当我走回齐鲁大地,听到了对"士"的另一番解释:孔夫子说,"士志于道"。

毗邻的两块地方，是两种不同的"士"风。"道"是理想，也是实现理想的途径，每个人生都会发生千百个故事，所有的故事其实只有两个主题，"为"与"不为"。人生的分野到这里结束，历史的余音告诉我们，在时代需要担当的时刻，敢不敢作为，就是英雄与懦夫的区别。于是，在齐鲁大地上就涌现出无数可歌可泣的故事。

鲁僖公二十六年（公元前634年），齐孝公举十几万大军进犯鲁国。鲁僖公慌了神，急忙召集众臣商议对策，平日里一言九鼎的臧文仲拿不出一点办法；事情明摆着，鲁国连续几年被灾害困扰，满目荒野，民不聊生，如此国力，哪有能力举兵御敌。可是，不御敌就会走向覆亡！紧急中有人想起柳下惠和展喜兄弟，他们都是有智慧、有担当的人，但鲁僖公的脸色比谁都难看，柳下惠被他废黜有几年了，怨气在胸，能帮鲁国吗？

此时去官的柳下惠正在乡间开设学堂，教授村人奉正直、崇盛德之道。"柳下惠"是鲁国人送给他的雅号，他曾在雪天荒郊与一位冻得要死的女人相拥取暖而不生丝毫歹意，人们敬重他，以柳下惠相称，他的真名叫展获。几年间，邻国不断派出使臣，以高官厚禄聘他出山，他一一婉拒，只抱着一个信念：以正直之道侍奉家乡的山水和父老。此时弟弟展喜突然来访，展喜是接受了鲁僖公出使齐国的钧命，又没有退兵之策，才来找哥哥求教的，他知道哥哥与鲁僖公有过节，不敢道破求教真相。没想到柳下惠劈头就问："君侯派你来做什么？"展喜大惊："你怎么知道是君侯派我来的？"柳下惠说："我听乡民说，齐国的军队正往这边疾驰，曲阜那边慌了没有？"展喜说了谎话，回

答说:"没有。"柳下惠冷冷地说:"你走吧!"展喜没有走,那一夜厚着脸皮住在哥哥家,兄弟抵足而卧。柳下惠吁出一口气,说:"一个人,一个国,说话一定要正直。心术不正直,说话必然不正直。不正直的人怎么立身于世?"兄弟俩围绕这个话题聊了一夜。

第二天,展喜要走了,临行问哥哥:"你给我讲了一个晚上,可是退兵的办法呢?"

柳下惠说:"我已经告诉你了。"

展喜摸摸脑袋,暗自思忖,哥哥教给我的办法我都装到哪里了?

柳下惠说:"你赶上五百头羊,迎着齐军前进,去犒劳齐侯远道而来!"

展喜心领神会,坦然地赶着羊群出鲁国西城门,没走多远就与齐师遭遇。齐军先锋官带他去见齐孝公。齐孝公问:"放羊的,你为什么用羊群挡住我进军的道路?"

展喜向齐侯施礼,然后说:"我不是放羊的,我是奉了我们国君的命令,带着美酒和羔羊犒劳远道而来的贵军。"

齐孝公问:"你是谁?"

展喜从容地回答:"我是展获的弟弟展喜。"

齐孝公问:"展获为什么不来?"

展喜说:"此等小事,不必展获出马。"

齐孝公看看展喜,这位送羊的使臣态度谦卑,镇定自若,就问:"大军压境,你竟敢来犒劳,不害怕吗?"

展喜此时想起了哥哥昨日和他的一夜畅谈,哥哥告诉他的是君子的正直应对,正直就能勇敢,心中有了正直,没有什么害怕的,也没有什么不能应对的。周王室九百年相安，如今有人背信弃义，原因就是放弃了正直。国以正直立，而不能穷兵黩武欺凌天下。一时间他找到智慧的源泉，便答道："我是害怕的！"

齐孝公一听，心里便舒展起来，他称霸的雄心得到满足，洋洋自得地问："既然怕，还不献出城池？"

展喜说："老百姓都害怕打仗，一打仗血流千里，尸骨成山。可是，鲁国的君子不害怕，我们国君也不害怕，否则就不会让我独自前来犒劳你们。"

齐孝公心下奇怪，就问这是什么道理。

展喜说："当年周公和齐太公共同辅佐成王，成王分封了齐、鲁两国。这不是重要的，重要的是他赐给了我们和睦相处的盟约，你忘了？盟约上说，世世代代的子孙不要相互残杀。要休戚与共，正是因了先王遗嘱，我国的君子才不害怕！"

齐孝公没想到展喜给他来了这么一套道理，那个盟约是不能战争吞并的法约。他兵戈一出，就是背盟弃义，眼下就说不过去，将来又会如何被后人评说？可是，大军至此，怎可轻言后退？沉吟半天，就找了个理由，说："你鲁国国君无道，欺凌正直，连老天都看不过去，赐你连年灾难。这样的国君不应该讨伐吗？"

展喜施礼，说："我们有过失的地方，齐侯尽管指出。你忘了，当年桓公是怎么处理国与国之间纠纷的？他召集诸侯在洙水之源会盟，指明过错，调和误解与纠纷，甚至帮助解决各国的灾难。那时各国友好相处，礼仪互加，是多么好的世界！"

齐孝公手握强兵，就敢强词夺理，便继续道："我何尝不渴望那

样一个世界，可是你们小人当国，成王美好的愿望都被你们破坏了！"

展喜不卑不亢，缓缓而言："当年成王封侯，把临淄分封给齐太公，把鲁地分封给他的长子伯禽。太公与伯禽协力辅佐周室，岁月荏苒，日月在天，岁月可变，日月不可变。日月之心，是君子的信守，我想齐侯一定会信守这道盟约。故此，我说君子不害怕！"

齐孝公沉吟着，说不出话来。最终他接受了展喜的犒劳，带兵转回齐国。

多少年后，孙子论战，提出不战而屈人之兵的宏观战略思想，这是圣人解决兵家冲突的智慧。展喜没有豫让的鲁莽，他同样是一个迎着刀斧趋前的人，捍卫的是国家利益，这是沧桑正道，他不惜以身殉道，展现了鲁人的正气。这种精神一直铭刻于在齐鲁大地上。

另一个英勇殉道的故事，恰恰发生在齐国。公元前221年，齐国被秦师攻破，一个叫田横的人率领家乡子弟举起抗秦大旗。汉高祖摧毁秦王朝、继而剿灭群雄，再次统一天下，田横遂带五百残部避乱于一个海岛上。汉高祖唯恐这部分人日后为患，遣使招安。田横为了五百乡亲的安危，带两位随从去与汉高祖谈判。临近洛阳，他停下脚步，对汉使施礼，说："人臣见天子当洗沐"，汉使应允了他。避开了汉使，他对两位随从说："横始与汉王俱南面称孤，今汉王为天子，而横乃为亡虏而北面事之，其耻固已甚矣……"说完拔剑自刎。死前他请两位随从割下他的头颅献给汉高祖，整个行为的潜台词是：这下你尽可放心了！两位悲痛的随从将田横的头颅献上，汉高祖下令厚葬田横，当坟坑挖好，放下田横的灵柩时，两位随从突然拔出利剑自刎在田横墓里，追随着田横去了！

汉高祖并没有尽可放心，他从田横的死看到了齐鲁大地的不屈，又派出另一路使臣招降五百义士。当岛上五百乡亲闻听田横之死，携起手来向大海深处走去，没有留下一声叹息，蹈海而死。这座岛后来被命名为田横岛，小岛像一颗璀璨的珍珠闪漾在蓬莱的碧波中。与它相望还有一座田横山，山不远是月亮湾，千顷晶莹的砾石铺于海底，像银河聚星，发出五彩的光。我去过北海的银沙滩，那里也有小小的砾石，像羊脂玉一般的白；我也去过马尔代夫的海滩，想带一块美石回来，把一个经纬的纪念留在身边，可是寻不到一块让我心动的石头。有的海岸壁立千仞，惊涛拍岸；有的海滩柔沙万里，金沙闪烁。只有这里的海滩像一部神话，每一块石头仿佛都有灵魂，无数个性的石头构成斑斓的"士"的传奇。

一道不屈的海岸呜咽着，诉说着田横的故事，田横的遗迹到底在哪里？这不重要。田横率领的本来就是一支抗秦的武装队伍，转战各地，这支队伍彰显的是永远都不臣服的精神。臣服与赐封的概念延续了两千年，直到民主的曙光出现在这块大地上。当年的田横朦朦胧胧意识到了，却总也找不到。假如当时"面南称孤"的是他，而不是汉高祖刘邦，他也会招安汉军和各路反秦的人马吗？答案是明确的。因为历史的"道"就是这么铺过来的。田横山是一座认知时代精神递进的里程碑，它诉说的太多，立在大海边，迎接民主的曙光。

历史的夜漫长又多噩梦。1894年，大海对面的日本发动了甲午战争，邓世昌带领着田横山麓的水手们，驾驶着致远舰想冲开这道暗夜，要用生命的代价迎接一场扬眉吐气的胜利，不幸的是他们失败了，二百英灵沉入海底。齐鲁之地的大海，恸哭不断，怒吼不断，读史读到这里，我是相信灵魂的，英雄的灵魂永远不会散去，它融进今人的精神，一浪一浪拍击着旧世界的堤坝。

天下不平，总要有人挺身而出，用身躯填平人类社会的沟壑，前面的殉道者一代代跳进地狱，为什么总也找不到登上天堂的路径？

我在行走中寻找着这个历史的答案。在上海一大会址，我看到了十三张面孔，他们主要来自国内六个城市：上海、北京、长沙、武汉、广州、济南。这是六个源泉的发祥地，六道清泉在上海这座石库门里汇成一道洪流。洪流浩荡，冲决着一个旧世界。济南自古是泉城，这一股泉水不同于那一股泉水，这是脑海中思考的泉，潜藏在人类社会的沙层中，是随着社会进程的脚步开凿的。1919年恰是那个进程的节点，历史事件是由历史事故引起的，5月4日那场事件在北京，事故却在山东。在事件之前，济南人的心已经在肇事中疼痛不已，他们不是田横岛上的五百义士，他们心中已经亮起一盏来自欧洲莱茵河畔的明灯，所以"五四运动"的消息传到济南，就立刻引燃了济南城，各界掀起了一场轰轰烈烈的爱国运动。当年的山东省立第一师范学校坐落在古城西门内大街，即今日的泉城路，王尽美从这里走出来，身后跟着一群愤怒的一师同学。著名的贡院墙根街，那里有当年的省立第一中学，邓恩铭率领着同学走出来。古城南门外有一座正觉寺，国之存亡，何为"正觉"？经声佛号唤不起民众的觉醒。寺院对过是山东省立女子师范，这里的学生是未来的教师，此刻以身示范：没有国格，哪有人尊？她们离开校门冲进舜田门，与王尽美、邓恩铭的队伍汇合在一起。学生们向政府请愿，要求严惩卖国贼，废除二十一条，同时呼吁民众抵制日货。几个日本浪人试图维护刚从德国人手中接过的铁路路权，冲进学生队伍，架起四名抗议学生，直接拖进日本领事馆。学生们到省长公署，要求省长沈铭昌找日本人交涉。沈铭昌此刻威风无存，避而不见。愤怒的学生砸碎了省长公署的玻璃。

1919年的激情震撼着古老的泉城。

之后，王尽美、邓恩铭走进上海那座石库门，走上嘉兴南湖那艘航船，一串脚印连起两片湖泊。那条院西大街以清时珍珠泉巡抚大院为轴心，向东则是院东大街，一堵城墙挡住了东去的路。欲往东行，须绕道按察司街再转东关大街，出齐川门。东关大街上坐落着济南农业专科学校和蚕桑学校，调头往西则是私立正谊中学和黄花馆商业专科学校。一座学校就是一池大革命的涌泉，泉水汇集起来，掀起怒潮，冲决旧世界的堤防。

在1919年骚动的脚步外，有一处院落是安静的，那就是位于天地坛街的齐鲁通讯社。这个通讯社是王乐平创办的，当年他率领山东代表团赴京抗议巴黎和会出卖山东主权，与北京的五四大军汇合，受陈独秀《新青年》影响，创办了这家通讯社。这里出入着一群怀揣马克思主义火种的人。编辑部里坐着一群思想者，除了策划出版杂志，还策划一个伟大社会的"出版"。1921年出席中共一大的十三位代表，代表着全国五十八名党员。齐鲁通讯社里也有两位党员留守，一位是王象午，一位是王翔千。1922年，王象午随王乐平、王尽美去莫斯科出席列宁倡导召开的远东各国共产党及民族革命团体第一次代表大会；1924年，王翔千则把自己的女儿王辩送到莫斯科中山大学学习。这是一所为中国大革命培养政治干部的大学，邓小平、张闻天都曾在这里学习。与王辩同行的还有九个济南姑娘，分别来自山东省立第一女子中学和省立女子师范学校，她们被称为"济南留苏十姐妹"。后来，她们陆续加入中国共产党，成为济南早期的共产党员。1927年，王辩从莫斯科回国，立刻投身于济南的工运革命，脚步遍及大明湖畔的大街小巷。之后党组织又派她去东北参加抗日斗争，历尽艰险。十姐妹中还有一位姑娘叫庄东晓，从莫斯科回国后，被组织派往刚刚发生"四一二"反革命政变的上海。其时，上海滩腥风血雨，共产党人全部转入地下，她与瞿秋白的夫人杨之华，还有蔡畅、邓颖超一同筑起中国妇女解放运动的阵线，随后与丈夫潘家辰转战湘鄂西革命根据地。后来，潘家辰牺牲了，但她矢志不渝，始终紧跟着共产党的步伐，奉献着、奋斗着，在中国革命史上留下了泉城儿女的故事。

大明湖畔还有一条东西菜园街，1929年春天，4号院里搬来一户人家，男主人是中共中央新派驻山东地下党的省委书记刘谦初，职业是齐鲁大学助教。不久后，他的夫人张文秋从湖北京山县农民运动前线调到这里与他汇合，共同恢复被国民党破坏的山东党组织。后来，刘谦初在青岛发动了工人大罢工，由于叛徒出卖，夫妻双双被捕。在狱中，夫妻诀别，张文秋已有身孕，她问丈夫，孩子叫什么？刘谦初略加思考，说，无论生男生女，都叫思齐吧。刘谦初留下的骨肉是个女孩，叫刘思齐，寓意永远不忘齐鲁大地的恩情。刘思齐被出狱的母亲带到上海，又转赴延安，十几年后成为毛主席的儿媳。

大明湖畔的街巷里留下无数先驱的脚印，每一个脚印都记录着一段往事，循着它就能走进那段历史。街巷在岁月里老去，脚印永远是年轻的，铸在一个城市的记忆里，踏着青春的节拍，鼓动着一个时代。

就在这样的历史行走中，"士"演变成历史的勇士、壮士、烈士，留下殉道精神而脚步远去，在新时代的风云中它是献身精神。献身以求法，就演绎出新时代的奉献、感恩、回报。时代充满了诗意，济南布满泉池，泉水清得一目见底，日夜喷涌，千年不息，这不正是以精神之魂回报的写意吗？逝去者活在今人中，历史活在现实中。我想，在齐鲁大地应该设立一个祭坛了，纪念那些前赴后继的献身，不用那些拈香跪拜，而是铺上鲜花，铺满鲜花的路一直通到我们心上。

❣ 孙葆元

笔名镌璞。中华辞赋社会员，山东省作家协会会员。

♥ 本文荣获大赛二等奖　作品发布壹点号：孙葆元墨寓

请为大树唱首歌

❦ 陈凯

> 一群羊在树下"咩咩"欢叫,一群鸟在树枝"嘤嘤"作歌。它们才是树的伙伴,它们天天为大树唱着好听的歌。
>
> ——题记

硕大的树盖如巨型的伞,枝枝丫丫伸向阳光的方向。这树叶汇成绿色的瀑布,从天空垂下。猿猴们在枝丫间跳跃腾挪,这是它们聚集的地方。这树盖就是它们的家。果实是果腹的食物,树叶是蔽体的衣。能把树叶制作衣服,这使得这些猿猴们演化为万物的灵长,成为人类的祖先。每每看枝丫间翻转跳跃的猴,我在想,人类的始祖是不是就是这个样子?在这群灵长类动物身上,我在搜寻人类的影子。这一瞬间,我觉得这些顽皮的小家伙是那样的可爱,如果有时间隧道的话,我是不是它们中的一员呢?这树就是人类始祖的家园,我不由得对一棵树肃然起敬。枝丫间,有猴的叫声和鸟儿的鸣啭。这树林是热闹的家园。

小时候,村里有棵硕大的椿树,树干上系上红绸,大人们在树下摆上供桌，让孩子们磕头认椿树为"干娘"。真的不知道它是"雌树"还是"雄树"，反正老家有拜树为"干娘"的习俗。这"干娘"能保佑孩子们一生无虞健康成长。我们就在树下供桌前磕头，跟着大人们一起唱着一种拖着长音的歌：

椿树王，椿树王，
你长粗来我长长。
你长粗了作栋梁，
我长长了穿衣裳。

事毕，这椿树就成了我们的"干娘"。春日上学，远远望见椿树，小伙伴们都说椿树发芽了。大一点的哥哥们说，不能这样讲，那是"干娘"长头发了。说着说着，真的觉得这"椿树王"就成了我们亲人似的，这树在护佑着我们。

"榆柳荫后檐，桃李罗堂前。"村庄因为有树而有了勃勃生机。狂风骤雨的时候，树枝在风里雨里痛苦地摇摆，艰难地同风雨雷电搏斗。我们曾经攀爬的硕大的树枝被撕裂了，树身上裸露出树的伤疤，还流着树的"鲜血"，虽然这"血液"并非红色。孩子们不知什么时候起，学会了一个词——树大招风：原来这些能掀掉屋瓦的风，是树招来的？如果没了树，是不是就没有风呢？多少年后，我羞愧于自己的浅薄，念书之后我才知道风的来路。如果没有老家的树，说不定我们的屋草屋瓦，早已被风统统"掠走"。树不仅是护佑我们成长的"干娘"，还是守护村庄的神。

春天来的时候，我们跟着大人栽下一棵棵树苗，浇水培土。看着小树们一天天发芽，那芽儿就像小手掌一样，慢慢展开，一天天变绿。这树一年一个样子，比我们长得快多了，很快高过了我们。爹说，十年树木。看着老树，栽下幼苗。树的家族也得"树丁兴旺"啊！树护着我们，我们也护着树。伙伴们发现树上有个鸟窝的时候，都很惊喜。这鸟在树枝间跳跃穿梭，很欢快的样子。每每见了我们还用嘹亮的歌喉给我们唱歌，像是问候我们似的。可是，这树枝上有一天来了"入侵者"，一个马蜂窝也驻扎在树枝上。小伙伴们义愤填膺，这些驴屎蛋子似的又黑又丑的家伙也来我们树上，它们长得难看叫声难听，还会蜇人，我们得"为民除害"。这大马蜂成了凶恶的敌人，伙伴们曾经领教过它们的毒针毒液。面对这敌人，我们没有害怕，没有退缩，准备好竹竿、火把、帽子，我们向马蜂窝进攻。围在窝边的马蜂，也要护卫自己的家，即使被我们的火把灼烧，也勇敢战斗。两者相逢勇者胜，马蜂窝被我们捣下来了。马蜂被赶跑了，伙伴们也受伤了，胜利总是有代价的。最勇敢的"战士"，成了伙伴中的英雄。我们刻了木头手枪，作为奖品颁给他。摸摸脸上、脖子上的伤痕，疼；看看手中的木头枪，乐。在这"英雄"的光环下，谁还顾得上疼呢？

　　树林，那里可是我们这些伙伴的乐园。爬树是伙伴们常规的比赛项目。无论多高的树，都能徒手爬。爬到树杈上，用枝条编个帽圈戴在头上，或者在树上嚎几嗓子，惊起一群飞鸟。那是胜利者的呐喊，那是心中的快感。看看裤子，裤裆早磨破了，腿也磨破了，但这种隐疼，哪能抵得上爬树登高望远的快乐呢？谁要不会爬树，在村子里可都抬不起头来。一个个伙伴，在树上抛掷着帽圈，那情形让我仿佛看到"人类始祖"在大树家园上的愉悦。

除了爬树，我们还用弹弓打鸟。记得有种羽毛是绿色的鸟，在杨树林里飞来飞去，我们就用弹弓射石子打鸟，我们的石子飞行速度太慢了，根本射不到它们，倒是射下不少树叶。夏天来的时候，这树林，就成了蝉的家。"蝉噪林逾静"，那蝉起劲地唱着，好像有压倒一切的力量，林子间听不到别的声音。这蝉在树干、树枝上排着长长的队伍，我们就用长长的竹竿，裹上洗好的面筋去粘蝉。蝉被我们的长竿子粘住的时候，闪动着翼翅，发出呼叫的声音，这声音里是悲歌，可也没有同伴来救它。我们总能粘到很多蝉，它们最终成了我们的盘中餐，娘将蝉连同辣椒切碎了，铁锅炒出来，就是我们的美味。娘还数落，本来油就不够吃，还得给我们炒这知了。我们大口吃着，哪有空回娘的话。嘴馋了，还是惦记着这树林里的蝉，娘虽然心疼油，还是狠狠心给我们再炒这些美味解解馋。

小伙伴们总有恶作剧的游戏。我们在一些不喜欢的歪脖树上，刻上坏蛋的名字，比如《红灯记》里的"王连举"，再比如《红色娘子军》里的"南霸天"，我们就拿起石头练"投弹"。这些树本来就"残疾"了，还被刻上了坏蛋的名字，被我们的石块打得伤痕累累。树皮上都结痂了，一道道伤疤，都是我们的"战果"。多少年过去了，想起少年时的这些"恶行"，我惭愧。树本无罪，是我们强加的"罪名"。我觉得那些树结痂的疤痕，就像一只只痛苦的眼睛，穿越了几十年的岁月看着我，这树上满是泪痕伤痕，我该怎样才能赎罪呀！

爷爷常说，树是咱家的宝贝。我记得我们家"老林"真的有不少树。"老林"上埋着列祖列宗。这里是我们家的地，爷爷就在这"老林"

旁种菜。打淮海的时候，为了支援队伍，爷爷把树砍了，给村里做了独轮车，没长成的树，做了担架。砍树的时候，爷爷心疼落泪，但还是咬牙砍了。爷爷跟村里的乡亲一起，推起独轮车，独轮车吱吱嘎嘎唱着歌，爷爷推着它上了前线。在炮火连天的战场上救伤员，从死人堆里扒出我们的战士，爷爷一个星期几乎没吃过饭。爷爷的队伍与国民党兵遭遇了，他们支前民工，就跟战士一样，抽出担架的杠子，直指敌人大喝一声：缴枪不杀！还真的把敌人给镇住了，敌人缴枪投降了。爷爷他们胜利了，被授予了"陈毅担架队"的称号。这是爷爷一辈子的光荣，他给我们讲了一辈子。我知道立功受奖的不仅仅是爷爷的担架队，还有我们家"老林"的树。它们也是功臣啊！我们家祖宅还有棵老槐树，这树可能是爷爷的爷爷栽下的，树干挺拔，树冠浓密。爷爷从不允许我们爬上去，说他百年之后，要用这棵树做寿材。我那时总也不理解这"寿材"的含义，后来知道，那是爷爷死了之后要睡的棺材。一想到这，我就落泪，我不要树做棺材，不要爷爷死。最终爷爷还是死了。爷爷死的时候，刚刚推行火化。我们哭喊着送爷爷去火化，爷爷回来的时候，躺在了一个小盒子里。盒子太小了，我在想爷爷怎么能躺进去呢？大人都说，爷爷变成骨灰了，睡不成棺材了。爹一边抱着爷爷的骨灰盒一边哭，我们也跟着爹哭。这老槐树没有成为爷爷的寿材。过了许多年，祖宅被拆除了，老槐树被连根拔起。树疙瘩在那放了好多年，这树疙瘩怎么看怎么像爷爷的面容，还有那树根的根须，多么像爷爷的胡子呀！

村口也有棵老槐树，村里人都说这老槐树比村庄的岁数都大。小的时候，我们见过这大树杈上挂过一个大铁钟。生产队出工的时候，队长就拉响这钟，社员们就出工干活了。老人们都说，这钟是村里的保护神。以前有匪患的时候，只要急促的钟声一响，村里的男女老少就往村后的山上跑。八路军的队伍开进沂蒙山的时候，老槐树下的广场，成了练兵场。爹说，他当年就是从这大槐树下坐着马车、戴着大红花去当兵的。我大学毕业参加工作的时候，老槐树还在，那时候爹的病很重了，他拄着拐杖在这村口的槐树下等我。我来到村口，下了自行车，一手搀着爹，一手扶着车，从这槐树底下走回家去。爹走了三十多年了，每回到村口，看到这棵老树，我总能想起在树下搀着爹走回家的情景。

二十世纪八十年代，我在蒙山下的一所乡镇高中读书。校园里有一条小河，河岸高树林立，树林读书成了校园一景。当时流行的一首歌叫《校园的早晨》，我们哼唱着这首歌来到校园的树林里晨读："沿着校园熟悉的小路，清晨来到树下读书。初升的太阳照在脸上，也照着身旁这棵小树。"树下读书的校园晨景，成为烙在我们记忆里的梦境，《校园的早晨》是我们唱给小树的歌。

蒙山多松柏，山下有镇名曰"柏林镇"，有村名曰"南林"，树才是山的主人。彼时春日，我带着新婚的妻子到蒙山游玩，被蒙山极顶的两棵松树吸引，便在树下留影。鸟儿欢唱，像是欢迎我们似的。这是三十多年前的往事，一日翻阅旧照片，感慨岁月流逝，感慨大树永恒，这树还是郁郁葱葱的，我们都已双鬓染霜。

这树有怎样的来历呢？我想起上古时期盘古开天辟地的传说。

"首生盘古，垂死化身：气成风云，声为雷霆，左眼为日，右眼为月，四肢五体，为四极五岳，血液为江河，筋脉为地里，肌肤为田土，发髭为星辰，皮毛为草木，齿骨为金石，精髓为珠玉，汗流为雨泽，身之诸虫，因风所感，化为黎甿。"

原来这树木是盘古的皮毛化成的。如果没有树，这人世间就少了立柱。"欲栽大木柱长天"，这人世间真的需要这"柱天之木"呀！我与"柱天之木"还真有一段缘分。

"我站在松树下，朝山下听。这棵松树足足有一千年了，它的树干粗得三个人搂不过来，树冠张起来像一把巨大的遮阳伞。我就和它并排站着，感受着今年崖上吹来的第一场秋风。对面山坡上的白杨树叶子开始发黄，他们一片接着一片从树枝上飘落下来。而这松树却始终绿着，叶子硬得像一枚枚钢针，只有落到地上才开始发黄、变软，踩在脚下，是厚厚的一层，但我知道，我脚下的并不只是松针，而是那一天天的日子。"

这是好友乔洪涛的长篇小说《蝴蝶谷》里一段关于"将军松"的描写。我在想这是怎样的一棵树，现实生活中有没有这棵树呀？就在一个初冬的上午，在蒙山之阴，在寂静的崮乡，我与这"大木"亲密遇见了。整个山，整个崮乡，树木都脱光了叶子，唯独这松树还是浓密的绿。这里曾经发生过数十万人的大战，那种炮火硝烟里，那种山石变焦土的烈焰里，这棵古树何以能幸存，这真是一个谜，真是一个奇迹。

这大树长于此，四周被崮围护着。沂蒙山特有的地貌，一个个平面的崮顶像桌面，是留给神仙们品茗的茶桌吗？一个个村庄在山的怀抱里。到底是什么激起洪涛弟的创作灵感，他看出我的疑问，指着远处的村庄、田野给我看。这地方就是世外桃源，春天到来之际，漫山遍野的桃花，是崮乡的盛景。从夏日到深秋，一茬又一茬的蜜桃为这大山的乡亲们带来富足。柏油路沿着道道山梁，修到了大山深处的村村寨寨。这山里的家家户户，在这片土地上辛勤耕耘着。崮乡人民靠绿水青山脱贫致富，靠这树枝上的累累硕果过上了好日子。洪涛从这里走了好几年了，这崮乡的村村寨寨，那些村庄的人都还认识这位乔作家。这棵千年的将军松，见证了崮乡人民迈向幸福生活的征程。洪涛带着他的《蝴蝶谷》与这"将军松"幸福地合影，那岁月的年轮里记载了时代的变迁，记载了崮乡人的奋斗与追求。

凝眸蒙山的树林，我在想，昔日那数十万人参与的战争就在这崮乡打响，烈士的鲜血染红了这片土地。桃树是这山的主人，春天到来时，层层山色层层花的盛景，让我想起《诗经》里的句子："桃之夭夭，灼灼其华。"这美艳的桃花，是来自这红色热土的颜色。美艳不是花的使命，花的使命是结果。花朵是果实的母亲，哪一朵花不喜欢累累硕果呢？

漫步于桃林里，抚摸那树的枝丫。我仿佛能感受到脚下这片土地中盘根错节的根的存在，树根中的"血液"在流动，它在吮吸着这土壤中的养分。这里埋葬的是列祖列宗的骨血，是无数先烈的英魂，是代代乡民的血汗。层层桃林，是树根巨大的网在守护着这一片列祖列宗留给子孙们的土地。千百年间，这里有过地震，有过山崩，有过战火，所有的灾难过去，山还是这座山，林还是这片林。这是上天的馈赠，这是祖宗的遗产。对这些树，我不得不顶礼膜拜了。

我知道洪涛弟是酷爱这崮乡的，无数次他走进崮乡，走进这片山水间的村庄，走进这村村寨寨中桃农的生活。"孟斌""杨柳""香椿"，这些大山的子孙们，是崮乡新生代，在第一书记"白冰"的带领下，用这漫山的桃树改造着崮乡的面貌，让甜蜜的桃带来崮乡甜蜜的生活。

这崮乡有个美丽的地方，洪涛弟把它写进小说《蝴蝶谷》，这"蝴蝶谷"就成了崮乡最美的所在。拜访"将军松"的时候，一群羊在树下"咩咩"欢叫，一群鸟在树上唱歌，它们仍为大树唱着歌。

我在想，遥远的年代里，被称为人类"远祖"的猿猴们，靠这树安身立命；人类演变了千百万年，我们今天仍靠这树，仍是靠这果实养活，历史的脚步就这么慢吗？

沧海桑田，沂蒙山不仅是地理学的术语，更是我们的故乡，是列祖列宗留给我们的家园。我们是大自然的子孙，我们是蒙山的子孙，善待这片山水，与这些树林相伴，仍是我们的使命。新时代里，我们还得守护这山水、这山林，我们与这片山水相依为命，我们与这山林共生共存。

❗ 陈凯

笔名蒙山樵夫。中共党员，中国散文学会会员，山东省作家协会会员，山东省散文学会会员，临沂市作家协会会员，平邑县作家协会副主席。中国乡村人才库认证的"中国乡村作家"，齐鲁晚报青未了签约作家。

❤ 本文荣获大赛二等奖　作品发布壹点号：蒙山樵夫

在生命中总会遇到一座属于自己的山

● 董玉军

斟酌文章题目时,觉得"在生命中总会遇到一座属于自己的山"这句话并不妥帖。因为地理意义上的人,譬如那些生活在戈壁沙漠地区的人、海岸滩涂湖泊地带的人、平原森林沼泽雪野之中的人,有的恐怕一辈子都见不到一座山。山于他们而言,只是一种遥远的传说。那些在大地之上隆起的石头或者土地是难以想象的,距离岁月静好尘世安稳有着不可思议的距离,更不论山外有山、群山连绵、万山耸翠、孤峰独出的奇观。活在当下是务实的生活态度,但这种务实会使我们失去觉察世上有山的事实。

"在生命中总会遇到一座属于自己的山"这句话说得是多么绝对啊,即便是生活在山区的人、游走在高原之上的人,又怎么会知道哪座山是自己的命中注定呢?又怎么会知道那些坚硬的石头和干燥的泥土会有着怎样温暖的慰藉呢?又怎么会知道我们有多少或然的词语可以坚决如我的判断呢?

这会是怎样的一座山呢?在你生命河流中阻止前行脚步的山还是

予你励志攀登的山？是宽容接纳你的山还是冷面拒绝你的山？同样的一座山，如果你领受到的是感悟而不是绝望，那么，这才是你注定遇到的那座山吧？它使你的生命有了起伏因而显现出黄金般的旋律，它使你的性情有了训练因而浮突出青铜般的质地，直到无量淬火终至绕指之柔。于是你在这样的山前停下激流勇进的脚步，开始变得沉潜温驯，开始感受到生命的滞重以及沉淀之后的明澄。

是的，在生命中总会遇到一座属于自己的山，不是他人的山。它既可以是实体的形象出现在你面前，也可以是抽象的横贯在心路当中。当遇到那座属于自己的山，每个人应对的方式不尽相同。有人可能陷入迷惘，有人可能奋起抵抗，有人可能就此折返，有人可能生机尽丧。高山仰止，景行行止。不同的选择，就有了不同的悲喜人生。

在我40岁的时候，我遇到了那座属于自己的山。它巍峨高耸，我慕名而往。那座叫做"马髻"的山虽然不足700米高，但奇峰秀出，慨然有独当鲁南之势，背后群山拱卫，面对天湖水泊。那曾经是一座属于杨妙真的山，她一个乱世的女子啸聚丛林，引领红袄军万余众隐身草莽、控遏淮北。她的人生画卷在马髻山上蓬勃展开，比武招亲、伉俪情深、割据山东、窥伺江南，野心从山巅金盆中倾泻而下，直到碰触到蒙古战马的铁蹄。

在我40岁遇到马髻山的时候，它早已收敛了火气，将凌厉的锋棱淹没进郁郁葱葱的林草之下。晴天的时候，白云悠闲地驻留在金盆之上孤芳自赏；阴天的时候，水汽聚集成一顶硕大的笠帽罩在山巅周旋；不阴不晴的天气，云或者水汽随风摇摆，一会儿在山阳徘徊，一会儿到山阴踟蹰。日出日落的霞光映衬出它昔日的辉煌，风入风没的松音昭示了它归隐的逍遥。无形的时间对这庞然大物的雕刻是细致的，几百年才会偶尔动一动它的骨骼相貌。这一点也不像对人生命的严苛，只给百年不到的四季轮回。

在我 40 岁遇到马鬐山的时候，虽然没有空洞的浩叹，但仍有着不切实际的幻想。对于一座注定在生命中出现的山来说，你们之间可供交流的语言也仅仅是听那松涛呜咽、河水汤汤、鸟鸣啾啾。思想在山中是没有回响的，而正是这种无情的冷漠才能激发人对自己渺小的认识，从而作为一个自然人悄然自省。我在距离马鬐山 10 公里左右的地方安下身来，生活了接近四年。这四年实际是相当于在山中的修炼，闲暇时每每驻足窗前，从丽日阳光或者风雨淋漓或者雾霾重重中观望它孤独峭拔的背影，这些时光在我记忆里固定下来，成为当时当下的见证，以至于现在的某些时刻，在我小憩片刻的朦胧中会心生窗前的感受，似乎进入了一道穿越之门。而我当时以为自己的后半生就是日日与青山相对，而且也做好了此种准备。

马鬐山从来没有以任何方式告诉过我什么、暗示过我什么，它只是蹲踞在此，聚拢了整个小高原的河流和云气，和岁月厮磨。这我们也可以理解，作为一座山它也没有脚不可能云游四海，只能和空间凝固成一个整体任由时间横行。不过人打发时间的方式要比山有趣得多。在我遇到它的第二年，我开始一边端详着它一边写关于它的文字，而且日渐积累成了一部书稿送去出版。如果马鬐山知道，一定会在梦中告诉我，不要把它写成小家碧玉，因为它是一座武山，也一定会暗示我，曾经有多少文人墨客描写过它的雄壮巍峨，而且文辞华丽、锦绣无比，所以我的一切工作可能是徒劳无功。我做过这样的梦吗？没有。这样的一座山是不会在乎人的赞美或者诋毁的，因为它最知道永恒的意义。

在我遇到它的第三年，我临窗将四书五经通读了一遍。《诗经》里的多姿多态的花鸟虫鱼和繁盛的云水草木，尤为让人思绪悠远。古诗意境之美与远山契合起来，我渐渐明白"相看两不厌"的趣味。日复一日，昼夜更迭，春秋轮替，光阴倏忽。由惊叹而欣赏，由欣赏而相融，由相融而两忘，我的心中就装满了一座山的秘密了。那是根植于大地的一种大喜悦，这种喜悦抵消了人与山冲突的痛苦。是的，在你遇到生命中属于自己的那座山时，除了迷惘和对抗还有第三种方式，那就是与其和谐相融，把自己变成一座山。

在我遇到它的第四年，我因故回到岚山。遇见的突然，离开的偶然，而无论遇见还是离开都有着人间世事的牵扯，这就是我与一座山的缘分，来去之间似乎有一种必然存在。如今离开马鬐山已近两年，但那种喜悦从未有片刻偏离，它一直在那里和我内心呼应，宛如潮汐。今年五一假期，我本没有去探访它的念头，可是看着网络上各地旅游景点汹涌的人群，心里蠢蠢欲动却又怕凑热闹。5月2日早，见阳光明媚，不由得心动。于是唤起家人约上朋友，两家人合坐一辆越野车，沿着旧日熟识的上班路线，一小时后奔到山下。

风物如昨，人事已非。浔河依旧婉转在群山之中，群山依旧映照在浔河之上，山庄里的故人仍旧亲切地和我打着招呼，但我知道，五年前第一次来此的那个人已经不是如今的这个人了。与山暌违已久，总是往事千端。来时路，绿杨阴里枝叶在阳光中的喧哗似曾相识；风乎高阁，无限江山历历在目。马鬐山依旧不嗔不怒、不喜不悲、化力无边，云朵依旧徘徊踟蹰、流连忘返。

游山已倦，回到旧时常来的小酒馆。凉拌山菜、干煸河虾、卤味拼盘、香椿鸡蛋四个家常菜和一盆炖了一个多钟头的笨鸡汤甫上桌，过去的味道就又充斥在唇齿之间了。我喝了一瓶啤酒和二两白酒，微醺之际并没有对年华流逝的惋惜，只感到重回旧地心中的踏实和安然。五年间作为一个社会人在山下的恩怨纠葛都随洢河水奔流入海，徒留脸上的皱纹和人间世上之经验。而在这无言的天地之间，我只谋一醉，就当是对这座大山的致谢。

我对四座的人说，我对山间的风景说。这五年间我最大的收获是又有了一个女儿，我给女儿起的名字里有一个"骐"字，也正是"马鬐"的谐音。所以我当感谢这座大山，而小女儿一出生就拥有了一座属于自己的山，这是多么了不起的一件事情，这是任何金钱也换不来的财富。今天我让刚过两岁生日的小女儿与自己的山相见，就是想让她心中有一个无形的依靠，这人世间的波澜，在她的山面前算什么呢？这样她自然会蔑视所有的艰辛和困难而有着直面人生的大勇。因为这座山上有一个杨妙真用天下无敌的梨花枪挑战过乱世的命运；因为这座山兀自成长不悲戚于孤独和疏远；因为我来过，曾和它无言相对惺惺相惜不知今夕何年。

酒足饭饱之际，起身。望向酒家后窗，才发现后院那棵亭亭如盖的齁梨子树不见了，代之的是一间彩钢瓦搭起来的简易拱棚。我问店主，树是否被外乡人收购了？店主答曰，被伐了。然后我们异口同声说了句"可惜了"。据我所知，那棵树结的齁梨子是山中最大最甜的，而且这种树即便在山中也是越来越稀罕的了。小村的人只是习惯于和它的熟悉便不当好东西待，殊不知那才是真正的宝贝，就像人们习惯于雕琢成富贵花样的玉，却把内蕴丰富的璞当成磨脚石。但也许我们的惋惜是自作多情，一棵树即便找到心爱它的买主，也不一定是自己想要的命运。它也许只想和庄子理想中人一样，在无知无识当中终其天年吧？

在生命中总会遇到一座属于自己的山。它苍茫而又具体，体型巨大而又情节细致，它不必太有名也不必太险峻。无论你走到哪里都可以回头去找它，无论是在现实中还是在心里。它是你的朋友，它也是你的本身。人生中遇到这样的一座山，是多么的幸运。

♥ 董玉军

笔名东夷昊，山东日照人。山东省作家协会会员，中国法学会会员。出版有《漫卷西游》《会于兰亭》《中楼的风景》等散文集三种。曾获青未了散文奖、日照文艺奖等。

♥ 本文荣获大赛三等奖　作品发布壹点号：东夷昊

秋天的怀念

◆ 钟倩

一

秋日的午后,我漫步在交校路上,阳光很软,风也很轻,头顶的树叶"沙沙"作响。路两旁的健身器材上,有人在打盹,有人在甩腿,一切都是那么安详。偶尔有汽车疾驰而过,也不会影响到眼前的静谧,美好得叫人几分忧伤。

这座城市,有好几条以大学名命名的街道,比如,"山大路""济大路""山师东路",等等。交校路因山东交通学院(前身是济南汽车机械学校)而得名,虽不起眼,却也历史渊源深厚。它与学校同年出生,至今已经走过66个年头。"交—校—路",每当来了快递或有人问起,我都会用标准的"济普话"说:"交通的'交',学校的'校',是交通学院所在的这条路。"每一次重复,就要翻动一次过往,使我在心里产生轻微的隔阂感和厌弃感:是这条路被时代淡忘了,还是它垂垂老去了?

每年秋天开学,是这条路上最热闹的时候。送孩子的大军浩浩荡荡,很是壮观。二十世纪七十年代,人们基本上是手扛肩提,拎着蛇皮袋子。慢慢地,"黄面的"、"红夏利"、桑塔纳、捷达车,再到今天的各种私家车、网约车,新生报到的场景,映照出时代的变迁。报到那几日,沉寂一个暑假的交校路变得喧闹起来,便民商店、小吃摊位、水果店、打印店,修鞋的、换锁配钥匙的,生意都火爆起来。不时有学生接二连三进出校门,他们对周围充满好奇,打量着这个离象牙塔最近的小世界。

我出生在学校家属大院,上幼儿园、小学、初中时,交校路都是必经之路,它见证着我从懵懂孩童到少先队员、共青团员再到青年党员的成长之路。这条路就像一条弹道,我从这里发射出去,追求梦想与爱情,看整个大千世界。走过三十七年的人生道路,我最放不下的还是这里,正如福克纳说的"邮票大小的地方"。捷克作家伊凡·克里玛说过:"我仍然眷念着布拉格那铺满鹅卵石的街道,和踏过这街道的灵魂。"我最眷念的也是这条交校路上的那些人,那些事。

二

记得小时候,交校路没有现在的宽敞,学校校门正对着家属大院。后来我在参观校史馆时,有幸看到过最早的校门的照片,大门为苏联式风格,上方的红五角星格外耀眼,见证着属于那个年代的辉煌。放学后把书包往传达室一扔,我和小伙伴就钻进校园里玩个痛快。那时候,路两旁有两家手推车商亭，卖日用百货，也能打公用电话。到了周末，街上有卖气球的、套圈的、捏泥人的、卖小鸡的，还有爆爆米花的，是那种最古老的手摇爆米花机，附近的居民从家里用瓷碗端着玉米或大米来排队加工，四周围满了孩子，叽叽喳喳闹个不停。快出锅时，孩子们都紧张地用双手捂紧耳朵，伴随嘭的一声巨响，孩子们松开手一拥而上，捧一把热乎乎的爆米花，如雪白，似奶香，吧唧吧唧吃得香甜，连撒在地上的爆米花也都被捡起来。

除了一所大学，这条路上还有一所小学、一所职业中专，因此，人来车往，熙攘热闹，高峰时段经常堵成"一锅粥"。我上小学时，学校校门口路西，有个摆地摊的高个男，他是泰安人，卖旧书，也出租书和影碟。他话很少，有些结巴，但书很全，吸引不少师生光顾。几年前，有位毕业留校工作的男老师，他跟我说起，当年读书时在校门口地摊上，有本英汉词典一元五角钱，他没舍得买，事后很是后悔，也许说的就是这家书摊。

路东有个卖百货的姑娘，她浓眉大眼的，待人热情，哪个孩子没带钱，她也敢赊给冰棍、零食、粘画。百货摊与旧书摊对着，每有城管来，姑娘都帮着高个男打圆场。他满脸羞怯，不知怎样感谢。时间久了，经街上的人热心牵线，他们恋爱了，很快结婚生子，摊位也合二为一，主营百货，也修车、配锁。

就像他们的爱情，日久生情，水到渠成，交校路上的故事，大都如此，缓慢如水，静水流深。记忆最深刻的，是冬天的晚上，下了晚自习，学生结伴蜂拥而出，卖百货的、卖烤地瓜的、卖糖葫芦的，忙得热火朝天。汽灯高高悬挂，照得街上一片亮堂，这边称花生、瓜子、山楂条，那边卖橘子、苹果、香蕉,老板娘裹着军大衣,略显臃肿,她脸上的冻疮,让人想到张爱玲笔下"碎牛肉的颜色"。称重、装袋、找零,最后伸进布袋里,抓上两把花生塞给买主,道一声:"好吃再来!"对方回应:"谢谢老板!"糖葫芦则是现做现卖的,油锅里的糖浆"嗞啦嗞啦"响着,摊贩动作娴熟,边熬糖边张罗生意,很多学生都围在此等候,有说有笑的;刚出炉的烤地瓜,热气腾腾,有些人接过来就捧着开吃,瓜瓤金黄,烫嘴香甜。

烤地瓜的香气、糖葫芦的甜味、各种果香,杂糅在一起,和着学生们的欢笑声,投入漆黑如墨的夜色中,不多久便没了踪影,只有高空中几颗星星无声地东张西望。

那个时候,没有人会注意,一个小女孩从家里蹦跳着跑出来,头戴"兔子耳朵"的毛线帽子,身着红色棉袄,去街上百货摊前买"大大"泡泡糖,或是干脆面,或是花生糖,然后在街上与小伙伴玩耍,玩够了才回家。

那个小女孩,正是我。

多年后,我读到费利特·奥尔罕·帕慕克笔下伊斯坦布尔的"呼愁",既感慨,又迷茫。他写道:"伊斯坦布尔人成为向内看的人民,因此我们怀疑任何新的东西,尤其任何带有洋气的东西。过去一百五十年来,我们胆怯地企盼灾难带给我们新的失败与废墟,想办法摆脱恐惧和忧伤依然是重要的事情,这就是为什么发呆地凝视博斯普鲁斯,也能像是一种责任。"帕慕克苦苦探寻"呼愁"的意义,他的追寻之路,何尝不是一个人与一座城的情感联结和灵魂共振呢?我转而问自己,如果说交校路是我的"后街",那么我的"呼愁"是以什么形式呈现呢?

后来，学校校门改到东面，这条路上的日常也随之发生变化。取缔摊贩，规范秩序，然而到了晚上，路两旁的小吃摊依然人气十足，麻辣烫、白吉馍、拉面、过桥米线、臭豆腐、炒米饭、菜煎饼……还有蔓延到了对面胡同里的大排档；喝醉酒的丑态、过生日的嗨唱、情侣间的恩爱、聚餐后的放纵……都在这条路上演绎着多样的色彩，霓虹灯下的那些歇斯底里，那些爱恨情仇，也都被它一一接纳。

2005年，学校主校区迁至长清大学城，老校区里只留下部分学院。这条路变得黯然失色，似乎预示着一个时代结束了。随之而来的是改造提升，文化墙粉刷一新，健身器材一应俱全，便民市场开门营业，摊贩们不再打游击，但是，有些东西终究是回不来了。当街道空间被打上"文明"的烙印，失去的要比拥有的多得多。

三

这个秋天，我穿过交校路，去学校理发。秋阳从高处兜洒，打在树梢上、行人的脸上和整洁的路面上。路南的女修鞋匠，正在埋头走线，机器发出"哒哒哒"的声响，使我不禁想起过去那位头发花白、戴眼镜的老修鞋匠，连外国人也朝他竖起大拇指，他是她的父亲，已经去世多年。不远处的交通书店，因为是周末，没有开门。梧桐树下有位老伯，坐在马扎上闭目养神，台阶上的收音机响着，传出刘兰芳说评书的浑厚嗓音，他一手托着敞着盖儿的茶杯，听得入了迷。时光打这里经过，仿佛停滞不前，令人久久注视。

进入校园，我愈发地感受到光阴的静谧和历史的变幻。校园几乎一夜之间被缩小，篮球场改成汽车训练场，办公楼变身商务酒店，楼前是见缝插针停的汽车，迎面可见外卖骑手出入，还有五颜六色的单车驶过；迎接新生的横幅迎风鼓胀，好像承载着对未来的憧憬。过操场、餐厅，一拐弯就到了理发店，从这里仿佛进入了黑白的光影世界，陈旧，落后，当年锅炉房大烟囱熏染的黑色墙体，与现代气派的建筑间如有一条分界线，让人产生疏离感。听到操场上不时传来的军训呐喊声，我才缓过神来。

偶遇一位老校长，他从市区乘坐公交车，专程回来理发，每月一次。望着他远去的背影，我突然顿悟到，我的"呼愁"就在这里——踏上交校路的那一刻，就像老校长每月一次的"赴约"，他是借理发这日常琐事，来找寻曾经的足迹，找寻在这条街上拼搏时的激情与热血、理想与信仰。

我想起了我的爷爷。他18岁离家打拼，为学校开了一辈子的汽车，零事故，带的徒弟数不过来。然而如今，徒弟们健在的也不多了。他在世时，我曾陪着他去校医院打吊瓶。那也是一个秋天，我搀扶着他的胳膊，我的个头刚刚够到他的肩膀。我们缓缓走过交校路，路过教学楼，脚踩在泛黄的落叶上，发出"嘎吱嘎吱"的声响，陡生一种莫名的幸福感，温存，持久。他走得很慢，脚步蹒跚，一路给我讲了许多过去的事情。尽管他讲得生动鲜活，但我总觉得断断续续，就像从历史长河中撷取了几朵浪花。

理完发从学校出来，我走在交校路上，头发已被吹风机吹干，我的心却湿了。我的掌心回忆起当年爷爷的体温，他高大的身影恍若就在眼前，我的泪水溢出眼眶，再也无法控制。一切都变了，变得令我几近恐惧，想要逃离；一切又都没变，理想如昨，青春如昨，变化的只是我的心境，我的容颜。

就在我伏案时，外卖骑手的电话打进来，一通高声询问："你的地址是不是写错了？"我耐心解释，一度怀疑导航有故障。近一周内，这样的解释已经不止一次。原来，骑手找到了旁边的新建小区，以前楼前的幼儿园到期搬离，又一个参照物消失，导航里的交校路越来越模糊。想到这里，我的心底有个地方隐隐作痛。但是，不管怎样，有一条依偎在大学臂弯里的后街，我是幸运的，我还能够找回很多过去的黑白记忆；不管怎样，在钢筋混凝土森林里有这样一条街道，我是幸运的，我还能够遇见更多意想不到的时间馈赠。

四

世道轮回，兜兜转转，一个人从生到死，都绕不过家门口的街道。如苏童之香椿树街，徐则臣之花街，奈保尔之米格尔街，街道是地理意义上的原乡，也是精神层面的城堡。然而，交校路连通着大学的根脉，赓续着文化的薪火，它不同凡响，即使难以抵挡功利世界的入侵或裹挟，也不会失其本色，它拥有广博的胸怀和包容的精神。作家鹿桥在小说《未央歌》中有段话，我记忆深刻："这个看来竟像个起头，不像个结束。不见这些学生渐渐都毕业，分散到社会上去了么？他们今日爱校，明日爱人，今日是尽心为校风，明日协力为国誉，我们只消静观就是了。"

传承的力量,正是如此,人们往往看不到,却能无时无刻感受得到。

交校路上,曾有过许多悲欢离合:送牛奶的那对小夫妻,男人在一次送货中骑摩托出了车祸,被撞身亡,女人后来再婚了;街上排长队的那家煎饼馃子,每天早上可见一高个男推车出来,戴着啤酒瓶底般厚的眼镜,寡言少语,站在一旁用勺子搅拌面糊,某个秋天的早上他突发疾病,就这样离开了,现在他的妻子依然出摊;附近堤口庄那对曾牵着牛出来吃草的父子,好几年不见了,儿子患有智力障碍,父亲头戴白帽,常一手扶着自行车,一手拽着儿子的手,父子俩走过街道的场景,令我感动满怀;昔日街上从手推车卖百货发家的夫妻,买下了两处房产,中间闹过离婚又和好了,现在的店铺由两个孩子打理……

而我,也从这里离开,又回来,就像太阳每天升起,又落下。有一天,我会从这里消失,走向未知的世界。那一天,在交校路上的幼儿园里,势必跑出来一个梳着马尾辫的爱笑的女孩,她抱着心爱的篮球。

那是我吗?

那就是我。

五

俄国著名作家赫尔岑在回忆录中写道:"凡是属于个人的东西都会很快地消失,对于这种消逝只好顺从。这不是绝望,不是衰老,不是凄凉,也不是淡漠;这是白发的青春,恢复健康的一种形态,或者更恰当地说,就是恢复健康的过程。人只能用空虚方法忍受某些创伤。"这样看来,我的"呼愁",属于所有在这里停留过的人们,所有的回望或凝视,都是在寻找一份精神寄托。因此,交校路是我到世界的起点,也是我抵达世界的终点。

我走在交校路上,秋阳轻轻柔柔,照得我几分慵懒。对面走来一对情侣,衣着新潮,笑声清朗,男生搂着女生的肩膀,女生脸上飞起几片红晕,披肩的长发散发出洗发水的馨香,树叶的碎影,在他们身上跳动。那一刻,记忆深处的青春往事与场景,在我的脑海里浮现、飞升,就像空气里杂糅的香味,瞬间霸占我的鼻翼,还有心灵。

❗ 钟倩

中国作家协会会员,中国散文学会会员。已出版《含泪的绽放》《泉畔的眺望》《金蔷薇与四叶草》《千佛山:遥望齐州九点烟》等著作,至今发表作品 400 余万字。荣获《人民文学》全球华人文学征文一等奖、首届青未了散文奖一等奖、第六届"万松浦文学新人奖"、第四届"泉城文艺奖"、第二届"沂蒙精神文学奖"、首届"张纯如文学奖"、第二届"吴伯箫散文奖"等奖项。

❤ 本文荣获大赛三等奖　作品发布壹点号:雪樱的百草园

山居纪——济南印象

● 徐长臣

杏月

阳春三月的午后，朋友约我一起去爬山，我犹豫着，这天气并不友好，虽是春天，可济南的春天是极其的短，冬日的尾巴刚刚扫过，大概就到了夏天，所以，这所谓的春天并不温暖。

我这人向来主意少，又禁不住旁人的怂恿，想来也是闲着，出去走走总是不错的，也就答应了，被朋友半推半揉到了外面。这一天的阳光虽没有多少温暖可言，却还当得起"明媚"二字，轻柔的阳光铺洒在稍稍苏醒的大地上，裹着远近的山水，高低的草木，只是微风里尚且有些凉意。远远望去，小区北边的那座山略显荒芜，初春时节，远未到生机勃勃。记得去年秋天爬过这座山，当时已是水竭草枯，一片萧瑟之状，今天又来，希望可以看到些不一样的景致。

沿途盛开的迎春花倒是热闹得很，串串鹅黄的小花新鲜娇嫩，倘若只是看它这娇羞怯弱的样子，我是不敢相信它竟有如此勇气的，当先顶着初春的干冷开出这遍地的花来，甚至于连叶子都还未长出许多。其他的植物大多才刚刚有泛青的迹象，躬身去看路边的野草，去年枯死的茎叶依旧挺立，只是在根部有些微的绿色，但我看得清楚，这些微的绿色下面是涌动的生命，无须再过多久，只要一声春雷，那些蛰伏了一冬的精灵们便要肆意地生长了，此刻，它们还不得不低调些，安静地等待着。

上午的风将天上本就不多的云吹了个干净，此时万里无云的天空蔚蓝一片，我和朋友慢悠悠往前走，时而低头看脚下，用脚尖踢着路上的碎石子，时而抬头看着纯蓝的天，心情也好了一些，时间缓慢而悠长，一如脚下的石子路，缓缓地延伸开去。

山脚下是一个名叫"藤园"的小区，要想到山上去，必须穿过小区，从后门入山。当先进了藤园的门，迎面是一方不大的水池，池水清澈见底，右边两棵虬然老松，小路蜿蜒倾斜向上，鹅卵石被人踩得越发光滑。顺着石子路上去，一座小凉亭横在路正中，亭内无桌无椅，只有水泥地面上刻着深约几寸的浅沟，有细细的水流打中间穿行而过，虽不细致，大抵取了流觞曲水的意味。出凉亭，沿路往上走，又是一个水池，却比先前那一个大得多了，水并不很深，也是一样的透彻清澄，水里散落着奇形怪状的石块，一群金鱼慢吞吞游荡，自由自在，倒是懂得享受惬意。金鱼有些敏感，察觉到池边有人在注视，便结了伴急着游走。目光随着远去的金鱼看过去，池水荡漾起微微的波，午后阳光洒在池水之上，泛起粼粼金光，很美，左右无他人来欣赏，我心里想着，倘若今日没有我们两个前来捧场，这样的景致竟至于白白辜负了，不知道这算是谁的损失。

藤园的后面没有围墙，直接连着山脚的荒野，穿过小片的柏树林，便算是进了山，偶尔也会有一两枝迎春花，只是开得不似之前在路边所见那般猖狂热闹，零落的黄花开在山野里，倒显得有些落寞清冷，让人见了不免心生怜悯。

在荒野之中穿行是件很辛苦的事情，好在我们并不打算爬到山顶，只是把目标定在半山腰处的凉亭，这样想着，心里便少了些压力，前行之时也轻快了不少。一路踩着凌乱杂生的野草，鞋底很快沾了厚厚一层泥，浓重的土腥味顺着风弥散开来，挥之不去，避之不得，渐渐习惯后，反而觉得是一种鲜香。

半山腰的凉亭不知建了多久，看上去还不算破旧，红漆粉刷过的柱子上依稀开始有些斑驳的迹象，只是尚不明显。亭子里有石桌、石凳，我们走进去，见石凳上积了厚厚一层尘土。出门时我们并不曾带着用来擦拭的东西，此刻只能用嘴吹去表层的灰尘，将就着坐下，因为实在是累，便也顾不得许多。坐在凉亭里四下打量，东边的山势依旧斜斜向上延伸，近处是一片菜园，大概是附近居民在这里开荒种下的菜，青葱葱一片，看不真切是些什么，菜园用密密的树枝围了一圈，护得严实。

凉亭是建在一个断层上，西面便是一片湖水，湖比凉亭低着几米，坐在凉亭里可窥得湖之全貌。湖是硬生生在半山腰截出来的，上游是山中溪泉，水流细弱，沿山势顺流而下。山坡稍缓处用石块堆砌，水泥加封，便成了玲珑俊俏的一个湖。湖东头宽绰，越往西越是细窄，像一把长长的镰刀横躺在山坡上。湖里有莲藕，只是这个季节还没有一片荷叶长出来，唯有去年残败的枯荷横七竖八扑倒在湖中，越发显得湖水净澈冰凉，站在远处便已感到丝丝凉意。

在凉亭里歇息片刻，我们顺着湖边的小路往下走，见山上的柳树枝条泛黄，似乎有要发芽长叶的迹象，地上的野草也不是一味地枯黄，萌动的绿意在枯叶下面蠢蠢欲动。走在山中，才发觉并不像在远处看到的那样，早春的山并非一如冬日里颓败的模样，即便还没有焕然一新，也早已准备好将酝酿了一冬的生机唤醒，只等一夜春风过后，它们便要风风火火占领这座山了。我也才想到，春日里虽然气候不见得温暖，但总是一个新生的季节，所有的生命都已睁开眼睛，我看不到它们，它们却是实实的存在，湖光山色，草木一新。

春日踏青果然是件不错的事情，即便只是在附近略微走走，心情也好了许多，也才由衷觉得，春天确是一个美好的季节。春天虽短，我该做的，是不要将她辜负。

槐月

很久没有像现在这样，铺一张白纸在桌上，搬把椅子坐到窗前，于星光稀薄的夜幕下记下脑海中闪过的片段思绪，并没有什么特别想要深化的主题，随笔而已。

白天打小区外的林荫道由北向南独行，空气极好，两边粗壮的柳树绿意颇浓，新发的枝芽交错着垂下来，似乎一拧便能滴出翠绿的汁。路旁，粉红、纯白相间的蔷薇花杂乱地开满了绿藤，淡淡的清香顺风拂面，叫人欲醉还休。阳光甚是明媚，让人心情也晴朗起来，这便是阳光的妙处所在吧，它能将一切的阴霾驱散，不论是眼前的，还是心里的。

都说济南的春天极短,短得似乎在人们眼里可有可无,但它毕竟还是存在的。我以为,济南真正的春天是四五月交集的时候,此时太阳温热起来,水清草长,正是万物萌生的时节,各种花都绽放开来,绝非三月份只有迎春花的时候可比,这是姹紫嫣红、争芳斗艳的时节,空气里都是热闹的生命味道。山青了,天蓝了,片片白云下,大地开始抖落去年的积尘,萌生出崭新的面容,松动的沙土里探出一个个甲虫的黑脑壳。

信步往前走着,忽有浓浓的槐花香将周围整片天地笼罩,即便不去刻意地吸吮,这花香也已汹涌着钻进鼻孔。我抬头看,见路旁不远处有一排不算很高的槐树,一树白花碧玉成妆,凝脂中缀着翠碧的叶,开得正旺,清风吹过,早开的花絮便簌簌地落下来。打树下走过,地上已有薄薄的一层落花,香味益发浓重。隔不远,槐花又成了紫色,这是我第一次见到紫色槐花,老家的槐花清一色是纯净的白,而这紫色的槐花,乍看之下亦别有一番风味,花繁叶茂,自有一股庄重的神韵。在树下驻足,沉甸甸的紫色花瀑让人心生爱慕,往南望去,一条路看不到尽头,两旁白紫相间的槐树便也这般无限地延伸过去,暖暖的阳光穿过浓密的叶,在路面上泛起一片黄晕,更添了神秘。心里忽有一种渴望,想要在这样一条繁花胜锦的晚春林荫道上,走下去,永远也不要有尽头,永远也看不见终点。我明白,那只是一种奢望。

此刻坐在窗前执笔,不过是想记下当时真切的感受而已。我正写着,忽有一只极小的飞虫落在纸上,它太小了,小到落在白纸上亦不过留下微微的一个黑点。我下意识地用手轻捻了一下,本打算将它弹走,却忽然有了一种想法,将它凑到眼前细看。这针尖似的小生命竟还活着,一对透明的翅膀合拢着，细丝样的爪子还在挣扎。如此细微的生命也会努力地争取活下去，毕竟，它也有活下去的权利。我忽然为方才的举动感到后悔，好在我用力很轻，只是稍稍捻了一下，也许是因为它太小了，以至于我都不屑用力，也正因此，它才得以逃过一劫。我把它放回纸上，白色的灯光下，它投了一个极小的影子在纸上，我便这样看着它，大约过了十几分钟，它缓了过来，透明的翅膀微微振动几下，紧跟着，它那细微的身体便飞起来，摇摇晃晃，我打开窗，把它送走。

这小小的生命竟带给我极大的震撼，它触动了我内心深处的某根神经，在心海掀起一波不小的浪。我的手，成了它遥远旅途中一个借以小憩的驿站。放下笔，放下一脑袋沉沉的思绪，起身上床，熄了灯。五月的夜晚，依旧是静悄悄的。

瓜月

我所居住的小区坐落于小山西面，依山而建，楼房高低错落无序。而我所居的六号楼又是在小区最东边，正在山脚下，楼外隔着栅栏，沿山径出去便到了小山腰。每天清晨，旭日升过山尖，第一缕阳光斜斜越过树梢打在窗棂上，房间登时如外面一样明亮。

依山而居的好处便是清静，没有闹市区的车水马龙，偶有驶入的汽车，亦如穿梭于繁花丛间的蝴蝶，轻手轻脚，悠然缓慢。山林丛野的空气都要比别处新鲜可口，令人欲醉。可惜北方的山野少有清泉溪流，即便有，也像这座山东南角的那汪泉一样，水浅而不旺，曲折迂回在山间沟壑之内，等流成溪涧，多半没了那股鲜活如初的劲头。

时常会想到南方的水，星罗棋布的旷野湖泊，或是纵横交错的桥下渠河。江南水多温婉，遍透灵秀之气，一如江南女子，细腻柔弱处可见绰约风姿。《汉乐府》里有写"江南可采莲，莲叶何田田，鱼戏莲叶间。鱼戏莲叶东，鱼戏莲叶西，鱼戏莲叶南，鱼戏莲叶北。"试想南国水乡，夏日阳光和煦，千里荷塘，丛丛圆盖高擎，红白的莲花点缀其间，微风跌宕处，绿波如影似浪，即便没有御舟穿梭其间的采莲女，只这一片夏荷，亦足以使人心神向往，不可释怀。那样的美景，可惜只能从书画中略见后臆想，终也从未去过，无缘得以亲见。

　　有山无水略显枯干苦涩，有水无山则淡漠空寂，总是要山水相依才好些。原本，我身旁的这座小山也算是极好的了。虽不甚高，不足两百米，山顶累累可见的是些灰白岩石，杂乱于如茵的绿草之间。从半山腰往下便是浓密的树林，林中松、柏、杨、槐皆有，不一而足。如此盛夏时节，交错的树叶间不时泛起阵阵凉风，风里夹着夏虫长鸣、蝉饮风露之声，让人听了心中隐隐生出些清凉。而人的贪念总是难以满足，有了这样的景致还不知足，我又想着，倘有三五处清泉散落在山间，那便更好了，可惜这也只是我的欲念。

　　恰逢昨夜一场暴雨，狂风闪电，夏雨的诸多元素都齐全在这一场雨中，直到清晨。雨尚未停，我在窗前站着，临窗而望，半个山头隐在白茫茫一片云雾之中，小山也空灵缥缈起来。远近的树木青翠凝碧，这回不是绿得像要拧出水来，而是真的滴着水，娇嫩清新，濯而不妖，虽是俗物，却也清雅。吸一口雨后清晨的山间空气，畅然怡人，整个人都要醉了。耳中传来哗哗的水流声，此刻，外面的雨已渐渐弱下去，似乎便要停止，而这水流声却渐渐清晰响亮，莫非一夜骤雨，山间便出了清泉？我急急拿了伞下楼去看。

楼后面的路由东至西倾斜而下，五六米宽的水泥路面光滑平整，路旁青草依依，繁盛茂密。我往东去，自是由斜坡而上，路面上三寸深许的水流清澈无比，正湍流而下，流水漫过双脚，冲刷而过的凉意让人浑身都觉得舒服。

路的尽头，三米高的台阶上便是栅栏。两排栅栏之间尚有几米宽的一条路面，平日里供人散步之用。栅栏外就是树林了，穿过树林便到了山腰。这样的天气，自然是不能上山的，只能远观，然而令我欣喜的是两排栅栏间的路面上积了厚厚的一汪雨水，积水顺着几个排水孔倾泻而出，正落在下面这条倾斜的路面上，来时路上漫过双脚的水流便是自此处而来。台阶足有三米，水流经过排水孔倾出，像一排小小的瀑布，溅在下面的石阶上银花四起，这便是我之前听到的水声了。显然，这样假冒的瀑布不能长久，一旦雨过天晴，积水流尽，它便再无后续，所以，此刻更应撑伞在雨中细细品味，认真欣赏，方才不负它于盛夏送来的一片凉意。

双脚泡在水里久了，木木的有些发胀，我心里却是高兴的，还没有回去的意思。这时，路边经过两个买早点的女生，踮着脚尖在路上小心翼翼走着，似乎那雨水是极脏的东西，不愿沾染上身，对其避之不及。脏与净，不见得便是眼中所见，亦不见得是心中所想。

但我是很喜欢这样的景致，想起前几日燥热的天气，看什么也不顺眼，心里烦躁得很，难怪人们常说美景可使人怡情怡性。很多时候，心情不好的人会找个景致不错的地方，去舒缓自己的心境。我忽而又想，所谓的美景怡情，到底是环境改变心境，还是心境改变环境？一个人烦躁异常的时候，即便面对平日里叹为仙境的地方，也会觉得稀松平常、索然无味吧。由物入心，由心至物，或许是个双向的选择。

桂月

早晨起来，特意穿上小毛衣，为了抵御第一场秋雨带来的降温。我拎了雨伞下楼，刚出楼道口，一阵寒意透过毛衣渗进毛孔，虽然穿得厚，依旧不能抵挡这寒意，似乎气温骤然降下了几十度。我撑起伞，顶风走着。雨，并不大，却很凉，稍一抬头，小雨斜顺着风就洒到了脸上，只得赶紧又将伞压低，严严地罩在头上，因此我无法遥望远处的雨景，只能盯着路面。

路面铺满败落的银杏叶，金灿灿一片黄，醒心夺目。有些叶片溅进泥土里，几个翻身之后，被埋掉了。曾经何等清高洁净的银杏叶，随风摇摆在枝头，不沾一滴尘垢，连鸟儿的招呼都不屑于回应，沉浸在自己纯净的欢乐之中。如今一旦坠入泥沼，再也不是从前的样子，也不见它向命运抗争，甚至未见一丝一毫的挣扎，它就这样安然接受了命运的安排。我跳着脚，不忍再踩到它临终前一个孱弱的梦。

我在一个路口定了定神，小雨依旧，还不能收了伞，只得擎着它继续走，眼见路旁的青草地已然湿透，在晚秋绿得温润而僵硬，看过一眼便不能忘记，不能确定它们还活着，只是断定，它们还没死。

迎面走来两位建筑工人，有说有笑的，擦肩而过时，我侧身让过他们。两人年纪与我相仿，不过二十几岁的样子，却已经开始挑起生活的重担，扮演男人的角色。我不认识他们，自然无从了解，但从他们身上却看不到半点低迷，有的只是一份草根的乐观，一份对生活积极的执着，这一点，值得我向他们学习。往前走，又碰见几个匆忙路过的行人，连伞都没打，奔波在料峭的秋雨之中。我止住脚步，抬眼望去，雾气蒙蒙，秋影摩挲，草木林立，或冷青，或暗黄，或青黄相间，都给浸在这雨雾之中，间或人影一闪，随即隐没在远处。我在逼人的寒意中渐渐体会到生命的火热，这样的感觉把自己也吓了一跳，随即释然，不见得如人们所讴歌的野草般生生不息，然而，人，生命本来就是极顽强的。

写下这些文字的时候已是深夜，我坐在临窗的书桌旁，抬眼向外望去，昏黄的路灯稍显低迷，雨似乎停了，而风却未止，远处树影摇曳，对面楼上已是漆黑一片。我将杯中的茶水一饮而尽，该休息了。

菊月

雨后的一个下午，可巧又是周末，难得有这一点空闲，我独自游走在小区外的泥土路上，静静享受晚秋傍晚的宁谧，风轻云淡、天高山远，夕阳洒在身上，虽然依旧温暖，还是明显感到了秋的凉。

一个人行走在荒草杂生的小路上，心头别有一番滋味。我的脚步轻而慢，经过一丛丛野草，忽而眼角里闪过一抹绿，夹杂在半黄的草丛中。我弯腰蹲下，撩拨开外面的遮掩，一抹倔强的绿便出现在眼前。这草也不新鲜了，只有三片叶子，或许是生得晚吧，又给遮挡在了这里，叶尖也有些泛黄，但大体还是深深的墨绿，泛着一层油光的叶片在周围枯草的掩映下十分扎眼。

这样的季节，繁华了整个夏季的草木都渐渐颓败下来，消了绿意，换上一身干枯的黄，悄悄等待下一个春天的降临。它们不是将要死去，只是暂时休眠，只要一经春风唤醒，仍会爆发蓬勃的生机。然而我所处的这一片区域早已划入规划区，估计不用等到明年春天，便会有施工队在此作业了，到那时，它们恐怕难逃一死。我不忍心，所以，这一株绿被请到了我的房间。我将它养在用刀截下一半的矿泉水瓶中，填土浇水，摆在了向阳的窗台上，希望它能延续生命。

原本，我的世界也是一面面白灰粉过的墙，一扇空窗冷冷对着天空，忽而多了这生灵，我便有了事情可做，时不时去看望一下，拨弄一下细长的叶子，和它一起看看窗外的世界。

有天下午，我又来看它，顺便打算浇些水，意外的惊喜出现了，它竟新长了一片叶子，在叶心，一点泛黄的新绿，清纯淡雅。我兴奋不已，想着，这漫长的秋冬，终于有个伙伴陪我一起度过，不至于满眼尽是灰白。

窗外飞过一只麻雀，我抬头去看，它已远远地飞开了。我想起陆蠡《囚绿记》中所写，他为一己之私将树叶囚禁在铁窗之内，虽也生出了希望，有了欢乐，终也渐渐黯淡下来，它黄了、病了，到最后他放归了那抹绿。而我的这一株草，它的情况却有不同，我是在拯救它，绝非简单的囚禁，虽然这小小的一方土壤远远比不了外面广阔的天地，但在这里，它逃过一死，活了下来。

只是不知它怎么想，是否还有继续活下去的愿望呢？从某种意义上讲，我们该尊重死亡，不应以所谓的善意随便剥夺别人选择的权利，但我终是不忍心。

脑袋里思绪不定，在窗前呆立许久，夕阳的余晖透过窗子斜照进来，洒下金黄的一片，连草叶的新绿都遮了下去。我又浇了些水，水珠顺着叶尖滑落到土里，渗进去，那悬在叶尖上的一滴尚未坠离，阳光刺过来，穿过一半，折回一半，于是有了泛着金光的一颗珠子，吊挂在绿叶的尖角上，幻出片片彩霞，印着层层云光。

它会不会很高兴呢？在它一生原本就要结束的时候，我给了它重生的机会。以前，它当然也见过了无数落日晚霞的风景，也经历了雨露淋漓的畅快，然而如今的一切都该出乎它的意料。伙伴们都已颓败在萧瑟的秋意里，黄了茎叶、枯了神情，唯有它躲在这里，强行延续着生命。我常常叩问自己，到底是该活在当下，还是选择活在梦境？就像这株草，我把它从郊野移植到室内，在漫山的秋黄飘零之际，它在朝阳的窗台上孕育了一片新叶。我的无端干涉确然延长了它的生命，我从未考虑过这样是否有违天和，只是按照我的想法去做，以大善掩小恶，或许是不对的吧！所以，到底是在现实中等待死亡，还是去幻想中迎接春天，这确是一个极难的抉择。

算了，还是不要妄自尊大，我有什么资格替它去想呢？所谓的感知多是人从自身角度出发而言，人们又常常在标榜自己的博爱之心时发出这样的感慨：我完全理解他的感受，我可以站在他的立场来看这件事。这话听上去美丽得紧，细细一想又是荒唐得可笑，我们无法替代任何一个主体去感知周围的一切，那个"他的立场"不是我们想当然就可以随随便便站上去的。你说你完全理解一棵将枯野草的感受，然而你毕竟不是那野草，所以，它的感受唯有它自己知道，别的人，或疼或痒，都是旁观者。

只是我终不忍心再将它送归荒野，不论对错，还是将它囚在这温适的牢笼里，幻想着替它再圆一个梦。

葭月

我在客厅朝阳的窗台前搬了把椅子，闲坐着。外面是济南的冬天，很冷，很干。

这是近期难得一个有着晴好阳光的下午，若不是凛冽的北风吹得人头疼，我绝不愿意闷坐在这四壁徒白的房子里。可是现在，我也只能坐在这里了，沐着慵懒略带暖意的阳光，许久以来身上的潮腐味渐渐渗了出来，继而弥漫了整个客厅，和着阳光的味道，让人喜厌两难。

客厅很大，因是租来的，并没有什么摆设，家具更是一件也无，唯有西南角放着一台破旧电视机，除此，便只有我刚刚从卧室里搬来的这把椅子了。

手里是一杯热开水，水汽氤氲在空荡的客厅里，能看见阳光透进来，穿过窗玻璃，透过浮尘，穿过水杯，最后打在地面上。

窗外虽然有阳光，天空依旧灰沉沉的，这不是偶然，是常态。老舍笔下空灵山水的济南早已不复存在，多少年了，济南的天便一直是这样灰沉沉的，我这里虽说是到了济南的边上，依旧不常见澄蓝的天空，除非夏日的暴雨过后，而此时，冬天的济南，到处是灰蒙蒙的干冷。

三天前，这里降了一场大雾，从来都以为这里是所剩无几的清净地之一，没想到也变得像"雾都"一样了。入夜的时候，我穿戴整齐到楼下散步，一个人闲逛，从小区的北门遛到南门，北风直吹得脑袋里嗡嗡直响，我受不了那刺骨的冷，赶紧折道回走，远近的路灯都已通明，只是少有行人，商店门头的彩灯饥渴难耐，却也抓不住一个过客，一直不停闪烁。东面是师范大学的校园，学生此时多半都已放假了，却依旧有许多宿舍楼上亮着灯。远处的夜空漆黑一片，吞没了半个世界，剩下这半个世界又不见一些人的影子，偶尔倒是会有车辆经过，然而那厚厚的铁皮里坐着的，还是一个有着热血红心的性情人吗？济南的冬天，真冷。

半月前去了一趟市区，沿途经过泉城公园，一围的铁栏杆包着小小的园子，小河沟挽成一个圈，老辈人口中灵性的泉水便锁在这围栏里。亭台小榭，蜷缩在林立的高楼间，看不出一丝美意，只觉可怜，它们，不协调。如今的济南，依旧三面环山，可这山又是四面环楼，山上的草木也镀了一层泥灰，不如从前那般清雅朴素了。那个美丽的山水画一般的济南给圈在这笼子里，如同圈养的兔子，渐渐失了野性，终至于消了眼中最后一丝灵气。

或许我不该这样评价自己所生活的这座城市吧！它应该还有很好的一面。可是，我希望它一直是好的，好得全面而彻底，不夹杂一星半点的瑕疵。我总是看着今天的济南，又往往想到书卷上的老济南，我虽没有亲见过，但耳闻神思这许多年，也算是老相识了，时时会陷入无端的怀念。

人之所以怀念过去，大抵不过是为着对现实的不满，可是根植在骨子里的懦弱却让人终也不敢发声，所以，有愤世者，也只能把头埋进书本里，怀念罢了。

去年的冬天，我还未走出校园。那个冬天也是干而冷，天空也经常如现在这般灰沉沉的，可是心情好，不需要想太多的事，一周的人都是同学，不必费尽神思钩心斗角，只要想着白天上课，晚上睡觉就够了。那是段无忧无虑的日子，虽然当时也会有烦心事，并曾一度为之愤怒，然而现在看来，那都不叫事。去年冬天的雪在我看来还是洁白的，雪后的天地还会有一丝清朗的片段，然而现在都不会出现了。这个冬天，没有白色的雪花飘零，只有乌蒙蒙的浮尘，罩在头顶，日夜不断。

济南的冬天，倒还保留了一个特点，便是催生了我无尽的睡意。坐在阳光斜洒的余晖里，我眼皮有些发沉，手里水杯一倾，洒了一些水在地上，这才猛地清醒过来，定了定神，见外面夕阳泛红，已是傍晚时分。我站起身来，窗台上一盆大蒜长得正旺，浓绿的叶子看上去总是充满了力量，有一股直指苍穹的劲头。我的房子里没有暖气，厨房里放的白菜都能冻坏，可想温度之低，可是，这几头大蒜却依旧浑然忘我地肆意生长着，全然不理会周围的环境如何。看来，任何一个既存的生命都有其顽强的一面，不论它以何种形式、面貌展现出来，它总是坚强的。这样想来，济南的冬天，冷就冷些吧，谁知道这干冷的浮尘下，蛰伏着多少肆意生长的顽强生命呢？

♥ 徐长臣

山东人，"深漂"中，闲暇写作，业余爬格，不求闻达于圈内。作品散见于《山东文学》《天津文学》《山东画报》等刊。曾获 2020 年深圳市睦邻文学奖年度十佳，中国作家网 2021 年度"文学之星"优秀奖等。

♥ 本文荣获大赛三等奖　作品发布壹点号：青荇

一个人的日照

● 崔新志

走出日照火车站的时候，空中正飘着朱自清笔下的那种花针样的小雨。站前广场上，除了几个等候乘客的出租车司机外，几乎看不到别的闲人。

查看了一下电子公交图，发现离火车站最近的33路公交车需要在市区拐几个弯才能到达目的地，即使不耽误学会的活动，也会仓促得手忙脚乱，因为根据通知，作家们必须在八点前签到，所以临时决定打车。准确地说，我是和夏松亭先生一起决定的，他从济南直接过来，而我是中途转车正好跟他赶到了一块儿，我们都是要去海边的一栋大酒店，那里是散文作家们集合的地方。

网约车很快如约而至，司机是一位小哥，他爽朗的笑和热情的解答，打消了我的种种顾虑。经过攀谈知道他跑网约车是为了帮衬家庭，车是自己的，相对更自由一些。当他看到我紧盯着车外一闪而过的景物时，轻轻地说："您放心！我绝对安全快捷地把您二位送过去。这个城市的大街小巷，我熟悉得就跟从家里的客厅到厨房一样，很多时候还会恍惚觉得这个城市就是我一个人的！既然是给自家干活，又怎能马马虎虎？"

一个人的日照？我惊讶于他大胆的表述。那么，能让人产生这种想法的城市，到底是个什么样的呢？我不由得把目光放飞到了海天相接的地方……

这场不期而遇的雨，使得城市的天空灰蒙蒙的，看不到一丝放晴的意思，更不用说"日出初光先照"的景象了，好在司机小哥在得知我第一次来日照后，热心指点了好几个可以游玩的景点，一定程度上缓解了我内心的焦躁。

万平口是日照有名的景点，当我顺利报到并随着团队来到这里的时候，微雨还在下着。别看我们这么多人乘坐小火车在海边走马观花，还要忍受细雨的洗礼，可是每一处景点都会引得好几个人驻足拍照品评。"天空之城"就是一个简简单单的四方框，由于安放到了海边，就被波涛汹涌的海浪衬托得诗意十足。情侣们爱在这个景点留影，一袭婚纱让海滩多了一丝浪漫，有文友笑着打趣说，要来此地再求一次婚，再拍一次婚纱照，惹得众人哄堂大笑。玩笑归玩笑，能够暂时离开凡尘琐事，无拘无束地放肆一下，多多少少会触动作家诗人的灵感倒是真的。

我并不挤着去争抢最佳拍照位置，一来本就不爱拍照，因为拍照时过于在意自己的形象，拍摄出来的效果虚假成分居多，又因此折腾忽略了身边的美景，实在得不偿失。二来静静地旁观也挺好，纵然身边人潮汹涌，却扰乱不了一个人天马行空的漫想，日思夜想的海就在眼前，怎可轻易错过？真想脱了鞋赤脚在软软的沙滩上走一回，只是蒙蒙细雨加上海风的助力，让我收回了亲近大海的脚步。

在海草屋，夏松亭给我拍了照片，算是留下了"到此一游"的证明。照片上，我望着大海的远方，似乎在思考，其实什么都没想。海浪正朝着岸边挤过来，似乎在围观我们这些远道而来的文朋诗友。岸边每天都变换着游客陌生的面孔，可这对于这一片海来说，早已见怪不怪了，高兴了就涌上岸滩嬉闹一番，不高兴了就远离了岸，在阳光下安静地闪着亮光……

众人喧嚷为海潮，我自漠然融化了。在日照，在海边，总有那么一瞬忘了所有的喧闹，觉得日照只属于自己了。当然并不是说日照令人孤独，晴朗的日子到万平口看海，常常能收获意外的惊喜，"等闲识得东风面"于别处或许是借用，在万平口则是实实在在的感受。海岸线由南到北铺开，就那么无遮无拦地向大海敞开心扉，浪从东边涌来，风从东边拂来，真是凉在身外、爽在心间。

小孩子赤脚在海滩上印下足迹，大孩子徒手来一幅沙画，"老孩子"留下几行诗词，转眼间就被海水擦得干干净净，可是后来人依然乐此不疲，丝毫不会怨恨浪花的调皮捣乱。他们知道，能够从沙滩上得到快乐，释放心头的抑郁或者沉闷，然后被大海清除，有什么可埋怨的呢！喧闹似乎永远属于万平口，毕竟四方游客是冲着大海而来，而日照这座小城就像朴实的主人，只是因为单纯，很容易让人产生简单的印象。

举目四望，天空、海面、绿地以及游人，彼此和谐相衬，令人赏心悦目。这是日照这座小城所独有的，别处的要么阳光刺目，要么海浪桀骜不驯，唯有此处配合得恰到好处。明朝诗人叶先登在《石臼所观海》中极形象地写出了"沧溟极望接天遥，万里长风送晓潮"的诗句，

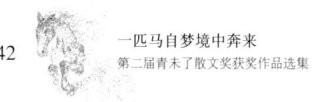

给海味十足的日照增添了厚重的文化底蕴。

可见日照真的不简单。

当我信步走进一条偏僻的小街,这里虽然和喧闹的海滩比邻而居,却也独守一份安宁。路面十分干净,几枝凌霄花沿着路边不知谁家的栅栏攀缘而上,还有一些叫不上名字的花草也在热热闹闹地开放着。

偶尔经过的行人都步履轻盈,"不敢高声语,恐惊路边梦。"这是日照人对于生活的态度,或许他们都清楚地知道,脚步轻轻也是对这个城市的呵护。

我和一个正在路边歇息的环卫工人交流,他郑重其事地告诉我:"工作时没想别的,这里是我的家,有什么理由不尽力呢?"

他说,他负责这一段的清扫,另一边归媳妇打理,可以说这条小街让他家包下了。还有一点便利,他家就在这条街上,这令他很满足,一个劲儿说感谢组织照顾。

当我说起环卫工人薪水低的时候,他忽然激动起来:"不能这么说吧!干活时我就只想日照是我一个人的,为自己干活哪有讨价还价的?"

我连忙致歉,他语气和缓下来,轻轻地说:"只要环境整洁了,心里也就不那么烦躁了,您说是这个理不?"

哦,一个人的日照!司机小哥的话语犹在耳边回荡,又在环卫工人这里听得,我想如果每个人都认为这个城市是自己的,"众人拾柴火焰高",美丽的日照不也就是大家的吗?我们常常一边埋怨世风日下,另一边又不自觉地扮演破坏环境的恶人,这种矛盾说透了就是缺乏一种主人翁意识。从这个层面看,一个人的日照并不是自私的说法,实在是敢于担起建设责任的表白。

观一回潮涨潮落，思人生喜怒哀乐，看一次海上日出，品生活苦辣酸甜，作为一个初来乍到的游客，日照留给我的不是孤独，而是静静思考的氛围，无论是在车水马龙的海曲路驾车寻芳，还是在曲径通幽的海边小道漫步，浓郁的海洋气息都会扑面而来。如果你活力四射，只要招呼一声，立刻就会被热情包围。"笑迎天下宾，礼待八方客。"日照人性子里经山历海的豁达，真正能使人感受到宾至如归的坦诚。

天终于晴了，大街上重新热闹起来，小城醒过来了，很精神地展现在人们面前。我觉得这场景就是一种力量，每一个人都是建设日照的生力军，汇集起来就是浩浩荡荡的春潮，从海边，从远山，一点点汇成响亮的声音：

这是一个心愿，这是一份力量，为了一个人的日照，托起喷薄而出的朝阳……

♥ 崔新志

　　网名菏泽新志、山雀、九肥，山东省散文学会会员，菏泽市作家协会会员，中国诗歌网认证诗人。从中学起开始文学创作，先后在省、市级教学论文大赛中获奖，并在省、市级报纸杂志及电台上发表各类文学作品百余篇，先后发表长篇小说《浮梦萍花》等网络文学作品数十万字，另有多篇作品入选各类文集。

♥ 本文荣获大赛三等奖　　作品发布壹点号：崔新志

济南的桥

◆ 崔洪国

> "水底远山云似雪,桥边平岸草如烟。" 济南名桥不可胜数,这些景色秀美的"长虹卧波"连着泉城百姓一年三百六十五天的起居出行,丰富和充盈着他们相聚相叙的话题,并且承载着天下泉城的文化叙事。
>
> ——题记

一

"济南泉水甲天下"。济南是一座名泉荟萃的城市,趵突泉、珍珠泉、漱玉泉、黑虎泉无不天下闻名,而且泉水常年清流不竭,好多人据此都说济南也是一座"水城"。因为济南地势南高北低,南部山区是济南泉脉的起源,泉水流入护城河中,齐聚到大明湖汇成一泓碧波,既而浩荡北去,随小清河东流入海。因此,济南不仅常年"泉源上奋,水涌若轮",护城河也是一年四季流水不腐,碧水长清。有泉,有河,有湖,自然就要有桥。白石桥、青龙桥、南门桥、鹊华桥、琵琶桥、玉涵桥……济南的桥就如无数巧夺天工的金簪,串联起那汩汩流淌的清泉,一枚一枚镶嵌在大美济南的水域之上。

济南的桥联系着我对这座城市深情的记忆和念想。2010年我到省城工作后,有一段时日住在青龙桥附近的十亩园小区。那是一处上了年岁的老旧小区,小区没有院落,都是些四层小楼,楼层不高,也没有电梯,两层楼之间的台阶也就是八九级的样子。每层楼住着南向和东向两户人家,两户合用楼梯口的一个卫生间。街坊邻居的住着,大家都彼此和睦谦让。每天谁用完了洗手间都收拾得干干净净,卫生间门上还贴了大家都遵守的公约:"此处为邻里公共空间,请大家自觉遵守公德。"邻里之间谁家门没关好,小电器故障等问题,都能互相搭把手,帮个忙,所以虽然只有不多的几户人家,但就如农村里的四邻一样,大家都心和气顺。我和另两位同事住在四层东向的一户,我住的那间屋子窗户外面不远处就是解放路。出门后,楼梯间有一个朝向西边护城河的窗户。那时,最难以忘怀的事情就是隔着窗户望着解放路上的车水马龙,还有每次上下班时都会趴在楼梯间的小窗户上,望着外面护城河的水缓缓流过,望着护城河边的柳树绿了黄了,望着青龙桥上车辆穿梭,南边的白石桥上游人如织。

那时初到济南,人生地不熟,也没有亲戚朋友投靠。工作之余消磨时光最有意义的两件事情,一是从泉城路的新华书店买了一堆书,有《夜航船》《人间词话》《文化苦旅》《最美乡情散文选》等,把自己关在房间里安静地看,看到好的小说和文章总是反复地读,这也

影响了我后来的散文创作能力。二是把自己在沾化订阅的《南方周末》《中国国家地理》等报纸、杂志也转到了省城。那时还没有如今的微信收藏、Kindle电子书等，阅读和保存资料的手段很单调，我把那些报纸中自己最愿意看的文章都剪了下来，贴在了一个本上，抽空就翻开来读，杂志就一期一期存了下来，到现在还整齐地摆在家里的书橱里。另外还有一件很有趣的事情，就是到楼下的护城河边，望着护城河水潺潺流淌，水底那些青青的荇草顺着水流的方向斜铺着，无数的游鱼在水里和草里上下穿行出没着。有时还会站在青龙桥上，靠在桥的栏杆上，往南看着碧水从不远处白石桥下流过，远处就是中国银行的楼顶如塔尖一般高高耸立着；再向桥北望就目送着护城河的流水在绿竹和花草的簇拥下奔向明湖欢快地流去。看到白石桥人声鼎沸了，好奇之际，也顺了护城河边赶过去，去看看白石桥上的人们是在着急赶路，或是悠闲赏景，还是急匆匆穿过桥去赴约呢？

二

从那时起，济南的桥就成了连接我和这个城市的纽带，这么多年陪伴下来，也有了很多可以讲述的故事。我住的地方离着青龙桥最近，下了楼向北走几步就到了。因为青龙桥连着解放路和泉城路步行街，又处在这两条路和黑虎泉北路的交叉口处，所以过往的车辆多，在桥边等红绿灯过路口的多，因有不息的车辆来往，所以在桥上驻足的游人就少，大多只能站在桥畔望着桥下的水波和岸边的垂柳，或以护城河和南边远处的中国银行大楼为背景摆出自己中意的姿势，拍个照留个纪念就离开。我因为住得近，时间长了，就愿意站在桥边，手扶着栏杆，看身边的行人匆匆而过，身后的车辆匆匆而过，自己在这喧嚣中，望着那轻轻流淌的河水和从远处划过来的渐行渐近的小船，想着来到省城后的过往和未来。那些船是在护城河中来回打捞浮萍和落叶的。"春雨断桥人不渡，小舟撑出柳阴来"，春来了，雨多，但春天的雨很细，护城河边的柳树早春发芽早，绿得快，还是春寒料峭，河边就春意盎然了。在那桥畔的细雨中，让淅淅沥沥的雨化作我的气息，滴落发梢，透过衣服，渗入心脾。雨在嫩绿的柳梢上聚成无数的水珠，随风轻扬，柳梢下垂摆动着，那些水珠跳跃着连成无数的丝线，轻飘飘落入河中，随着那船驶过，在雨滴、雨帘中漫卷起一团团水雾，氤氲成一首诗，一幅画。

　　白石桥与青龙桥、南门桥隔水相望，斜跨在护城河上。"白石桥"三个字在老远处就能醒目地映入眼帘，那意思仿佛是要让来来往往的人们知道："这里是白石桥，旁边是泉水浴场，那边就是巍然耸立的解放阁，再过去就是宽厚里和泉城路。'一个宽厚里，半座济南城'，去解放阁和宽厚里可要从我这里跨过去，快陪我一起留个影吧！"白石桥是在护城河的中间凌空飞架，不像青龙桥连着主干道，所以在桥上驻足停留、拍照的人就特别多。护城河全面通航之后，河里来往的画舫就多了，那些画舫雕龙画凤，装饰美观，本就是泉城济南的一道美景。一艘艘画舫在白石桥西边靠着河岸依次排开，船身刷了红色的漆，船篷绘满了山、泉、湖的各样风景，船头挂着喜庆的彩绸和彩灯，场面也是蔚为壮观。白石桥就成了画舫的最佳观景点，人们争相在桥

上眺望，船上的游客也和桥上的行人互动，彼此展现自己最美的容颜，大家纷纷把那停靠岸边和在河里穿梭的画舫拍下来，记录着泉城动感旖旎的每一刻。我也是发自内心地喜欢在白石桥驻足停留，到现在我的手机里保存最多的就是春夏秋冬在白石桥取景拍摄的那些照片。在桥上你不仅可以看一河的烟雨和画舫，还能看到解放阁，看到宽厚里，看到黑虎泉，大概率还能听到老济南的快板，嗅到济南油旋的酥香。

  南门桥也是之前我经常去的一座桥。2011年单位搬到舜耕路以后，离着我住的十亩园小区远了。那个时候年轻，脚上有的是力气，每天都要步行四五公里路程上班和回宿舍，必经的路线就是从青龙桥沿着黑虎泉北路和西路一直走到南门桥，从南门桥一路向南到舜耕路，沿途是最有"济南范"的城市坐标：黑虎泉、护城河、舜井街、泉城广场……就是在每天的步行中，我渐渐从内心把自己当成了济南人，而不再是一名游子和过客。那些来往的风物和沿途见到的人和事，日复一日常留在了心底，我知道与这座城市已经无法分离，不管经历怎样的沧桑，始终会不离不弃。想家乡了，我就在每天下班后，一路走到傍晚的南门桥，倚着桥的西侧看夕阳西落。"但得夕阳无限好，何须惆怅尽黄昏。"天晴的傍晚，我都会到南门桥和夕阳如约相逢。夏天的日头落得晚，我到南门桥时，阳光还很明媚，还难寻最美夕阳红的晚景。秋冬时节，天很快就黑了，到了南门桥，夕阳就如涂深了色一般，悬在泉城广场的泉标之间。不远处天空的云团在夕阳的映照下色彩斑斓，在南门桥西的河中投下红色的光和影。夕阳落下，用不了多久，一轮皎洁的月亮就爬上来了，伴了那一河阑珊灯火，引领我从南门桥到十亩园的路。远方的家乡此时也在经历着夕阳晚照，不过那就是另一番"新月已生飞鸟外,落霞更在夕阳西"的乡村晚景,待回乡的时候慢慢品赏就是了。想到这里,刚刚升起的惆怅自然就烟消云散了。

三

最是人间烟火气,伴得浮生又一年。这么多年了,我逐渐发现我的足迹,我的眼睛,我的思考越来越离不开济南的那些桥。不仅如此,这些桥也无处不在地构成了济南都市人间烟火的独特元素。离白石桥不远的地方就是黑虎泉,"黑虎啸月"也是护城河边的一景。每天,除了来往的人们穿过白石桥到黑虎泉拍照留念,还有不少大爷大妈提了水桶,顺着白石桥两侧专用的坡道台阶下来上去,到黑虎泉的虎嘴处取水,接满了再一手拖着一个小拖车,小拖车上捆着一个水桶。这些大爷大妈们每天都要穿过白石桥到黑虎泉取水烹茶做饭。黑虎泉的泉水甜,煮茶清香,熬粥黏稠。

每天,大爷大妈们都能不约而同地在白石桥上碰面,这是他们日常生活的一部分。长长宽宽的白石桥每天就在那里迎来送往着这些熟悉的面孔。后来,宽厚里人烟阜盛了,就有更多的人穿过了白石桥,穿行过黑虎泉西路,到宽厚里的"皇城根""老牌坊""会仙楼",几个人点上份九转大肠和爆炒腰花,配上一份水煮花生,斟满一杯"趵突泉"酒,望着外面的人潮涌动,听着那南腔北调、此起彼伏的招徕顾客的叫卖声,好不休闲惬意。也有的人穿过白石桥,到护城河的对岸,那里就是济南有名的赵记羊汤馆,一碗羊汤,一个烧饼,一份小咸菜,

窗外就是白石桥，护城河和河里来来去去的画舫，那份闲适，自然又是一种别样的人生体验。

而在"天下第一泉"风景区有步青桥，游人来到趵突泉，都要在步青桥上停下来寻觅和倾听，看能否觅得清照的倩影，哪怕是片刻的邂逅，也期望看见她在欢饮的午后，划着那一叶轻舟，吟诵着"争渡，争渡，惊起一滩鸥鹭"，渺渺地消失在远处明湖那一汪碧水中。那就一起去大明湖吧！"春来无处不春风，偏在湖桥柳色中。看得浅黄成嫩绿，始知造物有全功。"大明湖有鹊华桥。到明湖者，谁不到鹊华桥上寻觅一番"鹊华秋色"的美景呢！

四

1292 年夏天，人称"松雪道人"的赵孟頫出任同知济南路总管府事，在济南为官两年多，"为政每以学校为先务"，深得民心。济南的山水和人文成为他托物言志、抒发胸臆的重要源泉，任职时间虽短，但他与济南情义绵长。1295 年，42 岁的赵孟頫南归故乡吴兴，遇见好友周密。周密祖上居齐州（济南），北宋末南渡，自幼生长在吴兴，但对先祖之地情深意浓，赵孟頫向周密述说济南山水之美，并挥毫泼墨，欣然作《鹊华秋色图》相赠，既是好友之间的情谊相许，也算是了却了自己对齐州的那一份深深的念想。

赵孟頫在齐州任职期间，办公府署就在大明湖附近，因此大明湖也就成了他经常光顾之地。每临明湖，放眼四顾，远处鹊、华二山嵯峨峻秀，近处水村山郭，湖泉绕城，这些元素都成为一种灵动的诗意和天才的灵感，成为赵孟頫内心深处对自己处境无法言说的一种情感寄托，惟妙惟肖、近乎完美地融入《鹊华秋色图》中，化身济南历史和文化最美的写真。

如今的鹊华桥在花海树涛的掩映中也宛如一条彩虹横卧在碧波之上，五孔联拱，端庄秀丽。桥下的环湖水系如一束锦绣彩带，串联着烟波浩渺的明湖和秀气婉约的小东湖，又似一双玉手轻盈地托着雄踞桥北的超然楼。

观此绝景，谁还会刻意去想《鹊华秋色图》描绘的是鹊山，华山，还是明湖呢？因为鹊山、华山、明湖，都是诗意的济南，当年离开齐州的赵孟頫和如今身在济南的你、我一样，心里满满的都是齐州府，济南城。

济南还有很多的桥，尽管说了这么多，一篇文章还是难尽其详。有些桥历经沧桑，依然保存着历史的原样；有些桥虽然是复新的，但历史叙事和文化底蕴犹存；有些桥的实物虽已不复存在，但它们也已经融入这个城市精气和生活的传承中，在那些纪录片、口述史、地方志和市井百姓每天的话语中口口相传着。那些每天和来往的人们打着照面的桥，连接着无数的路，展现着多彩的风格，彰显着不同的风骨，想细说的话，每一座桥和济南的老街老巷一样，都是一段历史，都有说不完的故事，都是需要站在桥头慢诵的经典。就单说这明湖之上，除了鹊华桥，还有七十多座桥，把那一湖碧水和湖畔水带连缀成了柳暗花明、曲径通幽的桃源风光，让人流连忘返。待有时间，请你乘了画舫，一座一座走近了，细细品味，慢慢欣赏。

❗ 崔洪国

中国散文学会会员,山东省作家协会会员,山东省散文学会会员,济南作家协会会员,烟台作家协会会员。出版有散文集《寻找灵魂的牧场》《胶东散文十二家·崔洪国卷》。在中国作家网、烟台文化网、当代散文网、《齐鲁晚报》、《联合日报》、《当代小说》、《胶东文学》、《首都文学》、《黄海散文》、《胶东散文年选微刊》等媒体、刊物发表散文、书评 120 余篇,作品多次在省、市征文大赛中获奖。作品《与海阳最美的邂逅》入选齐鲁晚报青未了优秀散文选读篇目,收录于《胶东散文年选(2021)》《清泉录——齐鲁晚报壹点号优秀作品选集》《黄海散文精选二十家》等多部散文选本。

♥ 本文荣获大赛三等奖　作品发布壹点号:风过林梢

芝罘味道

● 刘玉涛

一个人的记忆,就是一座城市。我曾在《芝罘记忆》中写道:二十世纪八十年代初期,金秋时节,我从龙口海边小镇的汽车站,坐车来到了陌生的城市烟台,从一个艺考生成为一名艺术学校美术专业的学生,开启了三年的求学之路……

一

秋风习习。走出烟台长途汽车站时,已近响午。我拿着行李、画箱,转来转去找到海防营附近的一家馄饨店,店面不大,门向南开,门头是用"腊克油"手写的店名,白底仿宋大红字,门窗刷墨绿色,窗玻璃上写着经营项目,一目了然。民间认为"馄饨"与"混沌"谐音,人们将吃馄饨引申为打破"混沌",有寓意开辟天地的说法。

饭店内,醒目处悬挂着营业执照,屋内摆放着简陋的铺着塑料布

的长条方桌,掉了漆的"破边掉角"板凳。墙面刷白涂料,豆绿色墙裙,水刷石地面,卫生收拾得挺干净。来吃馄饨的人络绎不绝。我找了一个靠门口的位置坐下,向服务员招了招手,也没问多少粮票多少钱,就奢侈地要了一大碗"鸡丝馄饨",漫不经心地听着录音机里播放的邓丽君的《四季歌》。

拿出速写本子,面前的是名年轻女服务员,身穿白色"绦棉"工作服,胸前印有"国营饭店"的字样,戴着"更生布"的"套袖"和白色"的确良"的"卫生帽"。抬头望向天棚,吊着"金龙"牌四叶大功率电风扇,伴随着不间断传来的嗡嗡响声,慢悠悠地坚守生命的原点,为吃馄饨的人们送去一份清凉。四周墙面到处贴有《祖国万岁》《职工守则》《五讲四美》《四有新人》的大幅宣传画,仿佛置身于"山河一片红,无限风光在眼前"的境界。

一会儿工夫,一碗热气腾腾、香气扑鼻的"鸡丝馄饨"上桌了,印着"为人民服务"的大碗上面飘着"高汤"四溢的香气,馄饨皮晶莹剔透,还有鸡丝、鸡蛋丝、胡萝卜丝、黑紫菜、香菜末装点,让人看着垂涎欲滴,有一种吃了一碗还想再来一碗的欲望。这一碗好吃入味的"鸡丝馄饨"的鲜香,瞬间覆盖掉了满屋人声的嘈杂。

我迫不及待地拿着小勺,兴奋地舀起一个馄饨,放到嘴边吹一吹,轻轻咬下一小口,那馄饨馅的美味和馄饨皮的滑溜感融合在一起,妙不可言。随后再舀一勺浮有零散"油花"的淡淡的"高汤",送口中的馄饨连汤带水滑入腹中,舌尖的小小黄瓜肉馅,以及极软又带着柔性的外皮,细嚼慢咽,汤味浓郁,沿着喉咙滑向灵魂深处,这种柔和顺滑,伴随温暖落入心底。这碗"鸡丝馄饨"的味道,已成为一生中难以忘怀的美好。

饱腹后,我看了看学校新生报到的须知。起身出门,绕过几条街,穿过几个路口,坐上1路公交车,前往位于福山路25号的学校。车上只有二十几个座位,但是那时候大家都不富裕,坐车的人不多,很宽敞。望着窗外自行车接踵而过,听着丁零丁零的车铃声,看那些白衬衣紧扎在腰带里的人们,彰显独属那个年代的时尚风貌。

二

冬山如睡。一条街上,一座座小红楼格外醒目,传说曾是栖霞牟氏庄园的当家人姜振帼留给女婿丁佑民的私产,给这寂寥的冬天芝罘湾畔,增添了一抹色彩。

一间不起眼的灌汤包店,虽然门面简陋,但进进出出的人挺多,厚实的门帘挡住了店外人的视线。凡是路过的人,无不被馋人的香气牢牢牵住鼻子,充满诱惑的香味侵入饥饿的肚子,情不自禁地停下脚步,便情不自禁地推帘进屋,要上一笼屉灌汤包,即使是在座无虚席时站着吃,也是一种惬意的享受。

灌汤包皮薄软嫩,洁白如景德镇陶瓷,吃之内有肉馅,底层有鲜汤,汤色透明。其香味既像是荷花的清香,又像是桂花的蜜香,更像是莲花的淡淡幽香,是一种独特风味的芝罘味道。烟台人吃"灌汤包"有这样一句顺口溜:"先开窗,后喝汤,再满口香"。

当蒸笼屉盖一打开,里面的蒸汽马上窜了出来,瞬间云雾缭绕。

热气散去，露出里面排列整齐、笑得像向日葵一样的灌汤包。随着一个个灌汤包下肚，再配上小米稀饭和咸菜丝，暖心又暖胃，感觉整个人有了精神。

"你们是第一次来店？看着有些眼生。"一名中年的女服务员急匆匆跑过来告诉我们："灌汤包的吃法是要轻轻用筷子夹起送到嘴里，再蘸少许醋和蒜泥，小小地咬上一口，接着把里面的汤汁吸到嘴中，因为它里面鲜美的汤汁十分充足，如果稍微夹破一点，里面的鲜美汤汁就会流出来，吃起来口感就会差了一点。"

梁实秋《汤包》中写道："一笼屉里放七八个包子，连笼屉上桌，热气腾腾，包子底下垫着一块蒸笼布，包子扁扁的塌在蒸笼布上。取食的时候要眼明手快，抓住包子的皱褶处猛然提起，包子皮骤然下坠，像是被婴儿吮瘪了的乳房一样，趁包子没有破裂赶快放进自己的碟中，轻轻咬破包子皮，把其中的汤汁吸饮下肚，然后再吃包子的空皮。没有经验的人，看着笼里的包子，又怕烫手，又怕弄破包子皮，犹犹豫豫，结果大概是皮破汤流……"

"汤如诗歌，肉馅是为散文，面皮为小说。因为小说是什么都包容的，散文精粹一点，诗歌便就是文中精华了。"故此，吃罢"灌汤包"，率先记住了汤之鲜，肉馅是近乎淌进入味觉感官的，面皮除去嚼感，几乎可以忽略。

据历史资料记载，"灌汤包"起源于宋朝的开封，相传是宋代皇家专享的美食。说起"灌汤包"的由来，还有一个传说。600多年以前，朱元璋攻天下，当时他手底下有两名大将，常遇春和胡大海，当城门被悄悄打开时，常遇春将军用肩膀顶起万斤闸，让士兵们冲进城去。

可是，人是铁，饭是钢，一顿不吃饿得慌。胡大海就抽出时间细心喂常遇春包子还有汤，两样东西轮流喂，一直换来换去。于是，胡大海就想出了一个办法，那就是把菜汤灌进包子里，既省时又方便，就这样美味的"灌汤包"诞生了，并延续至今，成了大众普遍喜欢的传统美食。

三

春暖花开。一个星期天，同学们一起去所城里写生，站在巷口，看到老街老巷底蕴铺开，眼前是一幅幅美丽的画卷。巷内喝茶聊天的老人，嘴里唠着家常。老人们敞开黑色制服棉袄，露出看不清颜色的"卫生衣"，棉袄袖口磨得锃光瓦亮。他们悠闲坐在马扎上，抽着旱烟袋，以亘古不变的方法晒着太阳。烟台本地的同学王加璐，要带我们同学去吃"焖子"，大家都很高兴，我是第一次听说这个陌生的名字，不知道是什么东西，感觉既好奇又期待。

说去就去，同学们欢天喜地背着画夹，走了一段坡道，小跑着来到路边的小吃摊，看见老板以"传世的经典，有一些味道从未改变"为招牌招揽着路人。炒"焖子"的"吱吱"声，各种商贩的叫卖声，汇集在一起，像在农村赶大集一样，热闹非凡。路边有很多操着不同口音的人大排长龙，期待能吃上一碟"焖子"，以饱口福。

为了不浪费时间，我们决定先让同学赵鹏飞一个人在那排着队，石良国和其他同学便支起画夹，拿画笔速写了拥挤的人群争相排队吃"焖子"的火爆场面。我和同学鲁彦文又各画了一张老板不同角度的

人物速写，分别赠送给了他。老板喜出望外，如获至宝。他是一个中年男人，脸上刻满皱纹，浓眉大眼，声音洪亮，精瘦而且探肩。他匆忙把双手习惯性地往衣服上搓了一下，虔诚地弯腰接过两张人物速写，感动的同时，便打开了话匣子说："这两张人物速写画得真像，还蛮传神，等我回家装相框挂起来。你们来我这里吃'焖子'，可真找对地方了，我这儿算是最正宗的一家。我是土生土长所城里的人，从爷爷那辈开始，就在这里摆摊经营'焖子'，迄今为止，算到我这辈，已经是第三代传人了。"

我赶紧拨开人群，凑到灶台前，看到一口和黄县老家一样的"七人"大铁锅里，密密麻麻堆满了青灰色"胶冻"状切成零碎的小方块。温火加热，小方块由青灰变成透明，直至变得透亮晶莹，趁热将其盛入小瓷碟中，再舀上一勺咸香的鱼虾油，辛辣的蒜泥，简简单单就是一碟滋味丰富"焖子"的真味。

正晌午过后，摊位前，吃"焖子"的人少了许多。同学们一边画速写，一边和不算太忙的老板漫无边际地闲聊，没有了刚开始来的陌生感。

怀着好奇心，我问老板"焖子"是否有烟台地方史志记载？还有没有传说和典故？他停顿一会儿，把黑色油布围裙从腰间摘下来，放到桌子边，从口袋里摸出一沓子烟纸，卷起一支"锥把"的旱烟，麻利地坐到"二人"凳子上，跷起二郎腿，用他"海蛎子"味的口音，慢条斯理地说："相传100多年前，有门氏两兄弟来烟台晒粉条，有一次刚将粉胚做好，遇上了连阴天，粉条晒不成，粉胚就要酸坏。情急之下，门氏兄弟将乡亲们请来，用油煎粉胚，加蒜拌着吃，大家异口同声说好吃，有风味。于是便帮门氏兄弟支锅立灶煎粉胚卖，但问此食品叫什么名，谁也说不出。其中，一个智者认为此品是门氏兄弟所创，又用油煎焖，就脱口而出叫'焖子'。"

吃过"焖子"之后，忽然想起黄县老家有一种经常吃的叫"凉粉"的风味小吃，它与"焖子"一样，都是用地瓜淀粉加工而成，只不过两者做法决然不相同。黄县"凉粉"的做法，是用刀切成大方块，放上芥末油、香椿末、黄瓜丝、海虾皮，再加少许黄县醋和冷镇凉水拌着吃，唇齿留香，不忍咽下。这就是母亲夏天做的"凉粉"的味道。

四

夏日炎炎。毕业前的一个晚上，在南大街烟台锦章照相馆工作的，同村和父亲同一辈分的乡邻刘兆慈，非要拿出一个月的工资，给黄县老乡钱行。那时他每月才40多元的工资，我和石良国、王金亭都不太好意思。

当时，南大街被称为"烟台第一街"，并不是因为它是烟台最老的街，而是因为它几乎贯通芝罘东西，实实在在地见证了许多个"第一"诞生：第一座高楼，第一个广场，第一座商业中心……

从烟台锦章照相馆出来，南大街上的灯也亮起来了，白的黄的混成一片。喇叭声、叫喊声，讨价、还价声响成一片，好不热闹的南大街！夏天的夜晚非常凉爽，男女老少身着各色的衣裳沉浸在喧闹声中。海鲜、烧烤、散啤酒的香味结合在一起，仿佛隔着几十里也可以闻到鲜香。

夜色下，大庙戏台，一时间繁华不再，落寞得让人心生感慨。这里曾有烟台人最热闹的夜晚,眼前这座戏台上也不知演绎了多少故事。老戏台,它渐渐消失在芝罘的老时光里。如今,这些承载着烟台历史文化的庙宇戏台已渐去渐远,那个年代的印记,真的会在将来的某一天,像锣鼓钟声一样,余声渐消终至不见。

在"福建会馆"旁边,我们找到一个三层楼装饰豪华的酒店,大厅内点了螃蟹、鲷鱼、梧桐花、"海肠子"、"海怪"等六个菜,外加几个点缀的小凉菜。我们上了二楼的雅间,空调早已打开,很是凉爽。四个人临别前夜,有些伤感,没有了往日的欢歌笑语,沉默过后,异口同声提议,先喝老白干,我们同时起身含泪端起酒杯,在陌生的城市,饮尽异乡的愁。随后,又开始大口喝起了散啤酒。当时散啤酒是用铝制的"炮弹"装、用罐头瓶喝的,推杯换盏把酒言欢,等到"酒过三巡,菜过五味"时,话自然又多了起来,分别之苦,油然而生。

我们四个人都控制不住自己的眼泪,边吃、边哭、边喝,一直喝空了两个"炮弹"的散啤酒。最后,每个人跟跟跄跄地站起来,卷着大舌头敬了一杯告别酒,又端起一小碗食而不知其味的面条吃起来。一句句问候,一杯杯祝福,一碗碗面条。话的经典,酒的甘爽,面的素雅,汤的澄澈,一起撞击心扉,唤醒柔软忠实的内心,一辈子兄弟般纯真的爱永不放弃。

第二天,我们将要启程各奔东西,有太多的不舍,有太多的话想说。眼看快到夜里11点,1路末班公交车就要收车了,我们匆匆与乡邻刘兆慈握手告别,飞奔到1路公交站点,哪知道坐上了逆行方向的车,快到烟台电厂终点时,才发现坐错。这时候,我们三个人的酒都清醒了,毕恭毕敬地和司机师傅商量,又随车返回到虹口路宾馆的停车场。

步行回到了学校,午夜时分,宿舍里空荡荡,"今宵酒醒何处?"

站在岁月的肩膀上远眺,一天,一季,一年……

我今天重新站到所城里,这里在高楼大厦之间散发着与世隔绝的古朴气息,墙面上早已布满的点点青苔,正是时间逝去的痕迹,也是历经沧桑的最好佐证。已经消失的芝罘味道,点点滴滴都沉淀在烟台人的心中,那些百年建筑,令烟台人一辈子挂念。它们都陪伴了这里的人们走过一个半世纪的沧桑……

❗ 刘玉涛

　　山东龙口人,画家,文化学者,现为龙口市博物馆副馆长。中国散文学会会员,山东省散文学会理事,山东省散文学会龙口创作之家秘书长,烟台市作家协会会员,《黄海散文》《胶东散文年选》微刊副总编、副主编,齐鲁晚报青未了签约作家。

❤ 本文荣获大赛三等奖　作品发布壹点号:龙口文学

事实上,
与一匹梦中的虚构之马对视,
我们越是觉得体会到了
一点儿什么,
我们便越是无知。